LENDAS DO MUNDO EMERSO

2 - FILHA DO SANGUE

LÍCIA TROISI

LENDAS DO MUNDO EMERSO

2 - FILHA DO SANGUE

Tradução de Mario Fondelli

Rocco

Título original
LEGGENDE DEL MONDO EMERSO
II – FIGLIA DEL SANGUE

Copyright © 2009 Arnoldo Mondadori Editore S.p.A., Milão

Direitos para a língua portuguesa reservados
com exclusividade para o Brasil à
EDITORA ROCCO LTDA.
Avenida Presidente Wilson, 231 – 8º andar
20030-021 – Rio de Janeiro – RJ
Tel.: (21) 3525-2000 – Fax: (21) 3525-2001
rocco@rocco.com.br
www.rocco.com.br

Printed in Brazil/Impresso no Brasil

preparação de originais
MARIA ÂNGELA VILLELA

CIP-Brasil. Catalogação na fonte.
Sindicato Nacional dos Editores de Livros, RJ.

T764f   Troisi, Licia, 1980-
        Filha do sangue/Licia Troisi; tradução de Mario Fondelli. –
    Rio de Janeiro: Rocco, 2012.
        – (Lendas do Mundo Emerso; v. 2)
        14x21cm

        Tradução de: Leggende del Mondo Emerso, II: Figlia del
    sangue
        ISBN 978-85-325-2725-7

        1. Ficção italiana. I. Fondelli, Mario. II. Título. III. Série.

11-8133   CDD – 853
                                          CDU – 821.131.1-3

*Para Sandrone,
pois afinal de contas é tudo culpa dele...*

Farol de Dessa
Promontório Último
Ilhas de Mista
Porto de Giafta
Golfo de Barahar
Golfo
Lama
Lome
Barahar
Laia
Província dos Pântanos
Saar
Bosque Marinho
Mar Pequeno
Deserto Central
Sossa
Terra
Cataratas de Naël
Floresta Ocidental
Darea
Montes do Sol
Laodameia
Loos
Província dos Bosques
Pradaria
Terra do Vento
Nova Enawar
Salazar
Floresta
Daress (Montes do Norte)
Terra dos Rochedos
Nassel
Thal (Pai dos Montes)
Assa
Floresta de Pedra
Rephtà
Montanhas Negras
Barreira do Fogo
Gana
Terra do Fogo
Passel
Campos Mortos
Hora (Cratera Meridional)

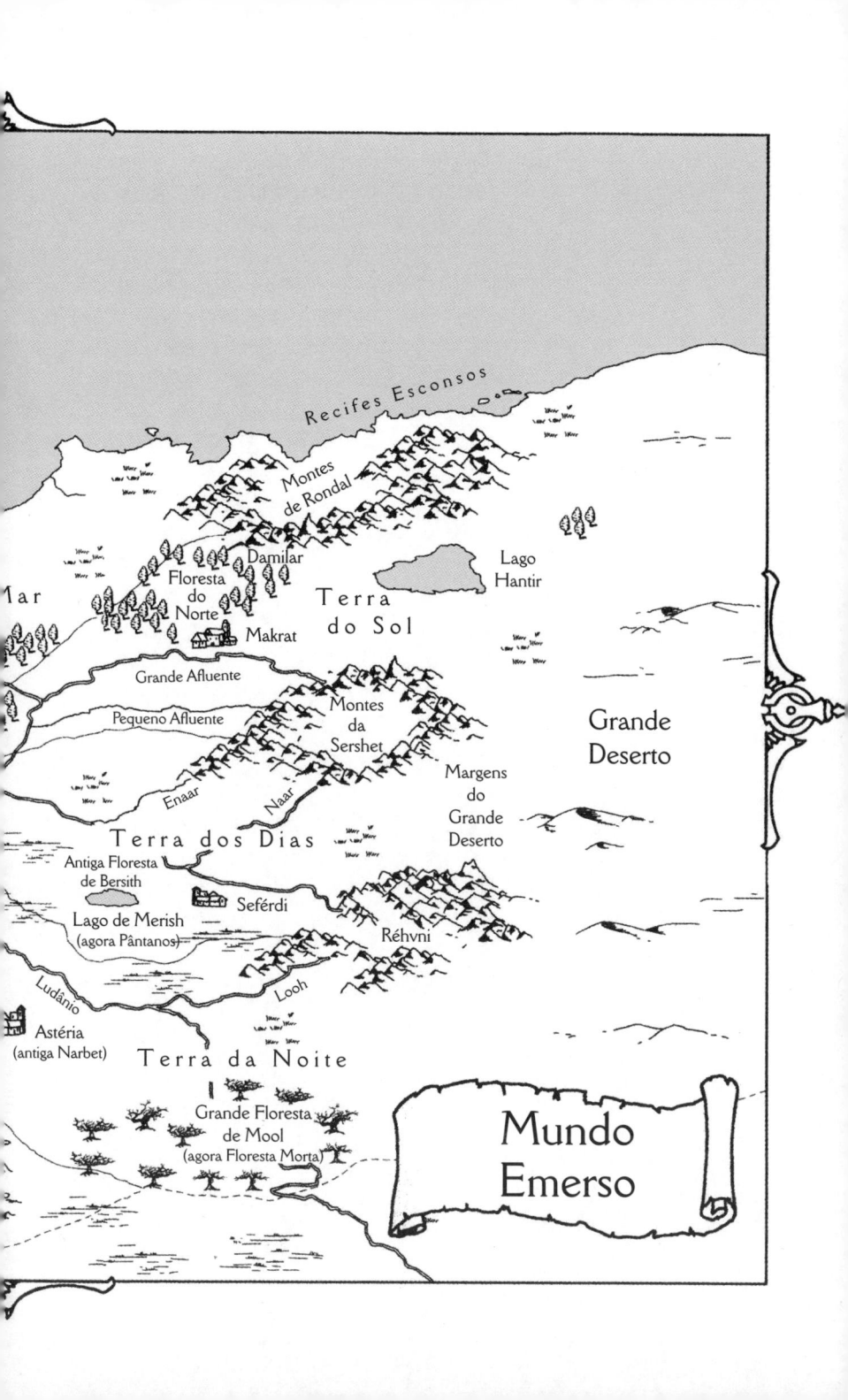

Mundo Emerso

Recifes Esconsos

Montes de Rondal

Damilar
Floresta do Norte
Makrat

Terra do Sol

Lago Hantir

Grande Afluente
Pequeno Afluente

Montes da Sershet

Enaar
Naar

Margens do Grande Deserto

Grande Deserto

Terra dos Dias

Antiga Floresta de Bersith
Lago de Merish
(agora Pântanos)

Seférdi

Réhvni

Ludânio

Looh

Astéria
(antiga Narbet)

Terra da Noite

Grande Floresta de Mool
(agora Floresta Morta)

ALGUNS PASSOS PARA TRÁS...

Depois da derrota de Dohor por conta de Ido, Dubhe e Learco, o Mundo Emerso parece estar no caminho certo. Pouco a pouco a vida retoma o seu curso regular, e dos escombros da guerra surge um novo mundo. Os monarcas mortos ou comprometidos demais com o passado foram substituídos. Learco, junto com a esposa Dubhe, assumiu as rédeas do poder, e as várias Terras decidiram estabelecer uma política comum. Criou-se um Exército Unitário, e até Enawar, a cidade perdida dos tempos de Nâmen – o maior rei dos semielfos –, foi reconstruída. Theana encontrou o seu lugar no novo mundo, dedicando-se à reconstituição do culto de Thenaar, conspurcado pelas mentiras da Guilda dos Assassinos. Os adeptos do novo culto, os Irmãos do Raio, ergueram templos por todo o Mundo Emerso.
    Mas, principalmente, houve paz. Cinquenta longos anos de paz. Desde os tempos de Nâmen, o Mundo Emerso não vivia um período tão sereno. Muitos começam a chamar Learco de "o Justo".

E é justamente num tranquilo dia desta nova idade de ouro, bem no meio de um gramado ensolarado, que certa manhã uma jovem acorda. Não sabe quem é. No corpo, só veste uma túnica grosseira, e tem marcas vermelhas de correntes nos pulsos e nos tornozelos.
    A nossa heroína começa a vaguear pela floresta em busca de respostas: quem é e como acabou naquele lugar? A única resposta lhe é dada por uma desconhecida, que olha para ela de uma nascente na qual ela se espelha. Olhos de duas cores diferentes e mechas azuis entre os cabelos negros. Indícios que nada explicam.
    É em Salazar, a cidade de Nihal, que as coisas, no entanto, dão uma virada. A jovem é salva por um jovem, quase certamente um militar, armado com um pesado espadão de dois gumes. Existe algo perturbador

nele: uma fúria estranha, que o rapaz mal consegue dominar. Mas salvou-lhe a vida, e ela sente que pode confiar nele.

O soldado se chama Amhal e é aprendiz de Cavaleiro de Dragão. Depois de ter concluído uma missão, está agora de volta, a caminho de Nova Enawar. A jovem pede para ir com ele: afinal de contas, não tem mais ninguém a quem recorrer. Continua sem lembrar coisa alguma de si, não faz a menor ideia de onde está, nem mesmo sabe como se chama. Quem lhe dá um nome é Amhal: Adhara.

A primeira parada da viagem é Laodameia, na Terra da Água, mas antes de chegar lá os dois passam por uma pequena aldeia bem na fronteira com a Terra do Vento. O que encontram deixa-os abalados e horrorizados: doentes e mortos por toda parte, afetados pelo que parece ser uma doença desconhecida.

Fugindo milagrosamente do vilarejo amaldiçoado, Amhal e Adhara retomam o seu caminho e chegam a Laodameia. Aqui começa a surgir alguma débil resposta a respeito do mistério da moça. Amhal pede que um sacerdote a examine, e ele percebe que Adhara foi submetida a alguma forma de magia. Nada mais disse além disto, no entanto.

Os dois jovens seguem então para Nova Enawar, onde são recebidos pelo mestre de Amhal, Mira, um homem de guerra, de maneiras rudes, que Amhal muito admira e pelo qual sente muita afeição. Adhara, no entanto, continua se sentindo desnorteada. O tempo passa, e ela ainda não se lembra de nada. Só sabe que não quer separar-se de Amhal. Formou-se um vínculo entre eles, e além do mais Amhal deu-lhe um nome, transformou-a numa pessoa. A jovem acompanha, portanto, o rapaz a Makrat, a capital da Terra do Sol, onde ele presta serviço.

Em Makrat, a vida foi particularmente generosa com Dubhe. Do casamento com Learco nasceu um único filho, Neor, que deu muitas satisfações aos pais, apesar de uma queda feia do cavalo que o deixou paraplégico. É um sujeito esperto, de raciocínio rápido, conseguiu tornar-se o primeiro conselheiro do rei, seu pai, e, para muitos, é a eminência parda que de fato governa a Terra do Sol. E mais, deu a Dubhe e Learco dois netos: a irrequieta Amina e o ponderado Kalth.

É justamente à corte que Adhara acaba chegando, na tentativa de arrumar um trabalho. Uma vez que não tem passado, tenta pelo menos criar para si um futuro.

Quem lhe oferece esta oportunidade é Neor: tornar-se dama de companhia de Amina, uma maneira de dar à filha, rebelde e incompreendida, uma amiga que a ajude a sentir-se menos só.

Ficar perto da jovem princesa, no entanto, não é nada fácil, mas Adhara reconhece nela alguma coisa de si mesma, e as duas acabam se tornando muito amigas.

Quando tudo parece estar tomando o rumo certo, um novo elemento aparece para perturbar a paz da corte de Makrat: San, neto de Nihal, volta à Terra do Sol depois de um voluntário exílio de cinquenta anos. Learco, que sempre se considerou responsável por seu desaparecimento, recebe-o como herói e entrega-lhe um cargo na Academia dos Cavaleiros de Dragão. Mas San parece estar interessado principalmente em Amhal. Nunca sai de perto dele, começa a treiná-lo por conta própria, investiga a natureza ambivalente das suas capacidades, indecisas entre a sede de sangue e o desejo de tornar-se um dedicado Cavaleiro de Dragão. E assim, enquanto Adhara e Amhal chegam a um primeiro, sofrido beijo, Mira começa a ver com desconfiança as manobras de San, a ponto de intimá-lo publicamente a deixar em paz o rapaz.

Enquanto isso, o encontro entre Theana e Adhara, solicitado por Amhal, revela-se infrutífero. A sacerdotisa percebe algo obscuro em Adhara, mas não revela os seus pensamentos. Só confirma que a moça foi objeto de magia e sujeita a um encantamento para indagar a sua memória.

Enquanto leva a cabo a experiência, Theana é forçada a lembrar episódios sombrios da história dos Irmãos do Raio. O equilíbrio do Mundo Emerso, desde o começo, sempre baseou-se no confronto entre o Marvash, encarnação do mal, criatura devotada à destruição, e a Sheireen, destinada a lutar contra o Marvash e a derrotá-lo. Marvash e Sheireen, Destruidor e Consagrada, enfrentaram-se ao longo dos séculos, prevalecendo ora um, ora outro, numa alternância impossível de ser quebrada. Mas alguns Irmãos do Raio, abandonando o culto ortodoxo para fundar a Seita dos Vigias, no passado já tentaram interferir neste ciclo, primeiro procurando o Marvash, no intuito de matá-lo, antes de ele ficar ciente dos próprios poderes, e depois tentando criar a Sheireen. Quando, porém, os seus crimes ficaram indefensáveis, acabaram sendo perseguidos até mesmo pelas autoridades da Terra do Sol e a seita foi suprimida. Mas é uma história antiga, Theana diz a si mesma, uma história que nada tem a ver com o presente.

As coisas se precipitam durante uma tarde de lazer em que Mira, Adhara e Amina ficam juntos. Mira aceitou "adestrar" a princesa por um dia inteiro, e é justamente durante o treinamento que um dardo envenenado penetra no seu pescoço. Adhara mata por instinto o assassino, mas é tarde demais. Mira morre logo a seguir.

Amhal fica arrasado com a perda do mestre, mas San prontifica-se a tomá-lo sob a sua custódia. Infelizmente, coisas bem piores estão sendo tramadas por ele nas sombras.

A aldeia cheia de doentes encontrada por Amhal e Adhara é só a primeira de uma longa série: a doença, inexorável e letal, começa a grassar no Mundo Emerso espalhando a morte por todo canto. As vítimas são humanos e gnomos, nunca ninfas. Difunde-se então o boato de as ninfas serem as responsáveis pela peste. A suspeita envenena lentamente o Mundo Emerso. Quarentenas, soldados chamados a impô-las, terror, comunidades que se desagregam devido ao medo. Parece que o Mundo Emerso está fadado a pagar pelos cinquenta anos de paz de que gozou...

Amhal viaja com San para levar assistência às áreas sujeitas à quarentena. Adhara decide ir atrás dele, porque também desconfia de San e sente que a escuridão está tomando conta de Amhal, que sem Mira ficou desprovido de qualquer referência.

O lugar chama-se Damilar, uma miserável aldeia cercada pelo pesadelo da peste. É aqui que, pouco a pouco, Amhal se torna presa da sua própria loucura, é aqui que o último ato se desenrola. Diante de um grupo de pessoas que trucidaram uma ninfa para tomar o seu sangue, na convicção de que aquilo as tornaria imunes à doença, Amhal não consegue refrear a própria fúria e, com San, comete uma chacina.

A situação não é certamente melhor no Palácio Real. As investigações sobre a morte de Mira parecem levar a San, e, como se já não bastasse, a peste chega aos aposentos do rei: Learco adoece e morre. Cabe a Neor a ingrata tarefa de assumir o comando do Estado. Muda toda a corte para Nova Enawar e decide mandar prender San. Diante dos soldados encarregados de capturar o seu novo mestre, Amhal não sabe mais o que pensar. Abalado pela chacina cometida e pela detenção do seu novo mentor, decide partir para Nova Enawar. Libertará San e tentará descobrir a verdade: teria ele realmente matado Mira? Ou, como o próprio San sugeriu ao ser levado embora acorrentado, tudo não passaria de um complô de Neor para eliminar um incômodo pretendente ao trono?

Adhara, mais uma vez, decide obedecer às razões do coração: Amhal acabará sendo morto, tem certeza disto. Melhor avisar a corte, melhor fazer com que seja preso e ser odiada para sempre, antes que vê-lo morto.

Em Nova Enawar vem à tona uma perturbadora verdade quanto às intenções de San. Diante de um Neor aflito, ele confessa. Sim, San mesmo matou Mira, a fim de tirar do caminho um incômodo empecilho para a sua missão. Porque o que realmente lhe interessa é Amhal, pois é ele que San sempre quis. E não é só: bastou derramar uma ampola de sangue infectado no quarto de Learco, para o rei também morrer. Um presente para o misterioso mandante que lhe confiou a missão na capital do reino.

Nesta altura, Amhal faz irrupção na cela de San. Adhara não conseguiu avisar ninguém. Amina recebeu a mensagem por magia, mas não soube lê-la. Agora é tarde. As duas descem às masmorras onde Neor está interrogando San, mas só para assistir à libertação deste por parte de Amhal, que, para garantir a fuga, usa o novo rei como refém.

É uma tentativa desesperada, mas Amhal e San conseguem escapar. Neor procura de todas as formas fazer com que Amhal recupere a razão: conta da confissão de San, tenta despertar a parte melhor do rapaz, mas é inútil. Amhal não pode nem quer acreditar que San seja o artífice de todas as tragédias que aconteceram nos últimos tempos, e quer principalmente parar de sofrer na sua luta diária com a fúria que sente crescer no seu peito. Corta a garganta de Neor e foge com San.

Adhara está abalada. Sabe que o que Amhal fez está além de qualquer possível perdão. Mas ainda acredita nele, acha que ainda pode salvá-lo, porque há alguma coisa boa na sua alma.
Vai no seu encalço, na fuga, até chegar a um lugar estranho, um subterrâneo em ruínas, cheio de escombros. Adhara tem a impressão de conhecê-lo: muros devorados pelo fogo, restos de um laboratório. As lembranças, aquelas recordações que por tantos meses ficaram ocultas, voltam agora à tona de repente. Um homem que lhe diz para esperar, que voltará para buscá-la.
Tudo, no entanto, desaparece diante de Amhal. Lá está ele, destruído, parece outra pessoa. Mas Adhara sente que ainda há lugar para a esperança. Procura de todas as formas convencê-lo, até San se intrometer. No duelo, Adhara está a ponto de levar a pior, quando um desconhecido, surgindo do nada, salva a sua vida. Um breve embate, e Amhal e San escapolem, deixando Adhara sozinha com o recém-chegado, que parece conhecê-la. Chandra, é assim que ele a chama...

O homem, cujo nome é Adrass, conta-lhe finalmente a verdade, uma verdade que Adhara procurou por muitos meses e que agora gostaria de não ouvir.
Adrass pertence à Seita dos Vigias e trabalhou por anos a fio na criação da Sheireen. Para fazer isso, ele e os confrades pegavam os cadáveres de jovens mulheres e os traziam de volta à vida com práticas mágicas e sacerdotais. Uma coisa abominável que acabou levando a ela. Adhara, ou melhor dizendo Chandra, é a sexta experiência que passou pelas mãos de Adrass, foi criada pela magia a partir de um cadáver. E é a Sheireen. Depois de muitas tentativas malogradas, finalmente os Vigias estão convencidos de que criaram a Consagrada.
Adhara simplesmente se recusa a acreditar. Tomada por uma raiva cega, golpeia repetidamente Adrass e foge. Continua correndo, sem rumo, até chegar àquele gramado, o mesmo onde tudo começou. E então

lembra: o laboratório no qual os Vigias levavam adiante as suas experiências, o que acabou de visitar; San, que invade o local para matar os moradores; Adrass, que a salva escondendo-a num cubículo secreto.

"Fique aqui e espere por mim", diz para ela, e a tranca lá dentro. Por minutos, horas. Até ela conseguir sair, movendo-se entre cadáveres e escombros, perdendo pouco a pouco a consciência de si e toda recordação, até cair sem sentidos naquele gramado, onde tudo começou.

PRÓLOGO

O sangue na armadura ainda estava fresco. O elfo apreciou seu odor adocicado e metálico. Era um cheiro bom. Olhou para as tropas adversárias perfiladas no vale e fremiu já saboreando a nova, iminente carnificina. Já imaginara que tentariam se defender. Eram criaturas teimosas as que agora povoavam o Mundo Emerso, obtusamente apegadas à vida. Deviam ter visto de longe as suas vivernas e se haviam preparado para resistir. Talvez tivessem pensado que, rechaçando aquela primeira investida, tudo poderia acabar antes mesmo de começar. Pobres coitados. Não sabiam havia quantos anos o seu povo vinha preparando aquela ofensiva.
    Logo que os primeiros inimigos apareceram no horizonte, o som dos cornos ecoou no vale. Na garupa da viverna, o elfo contou alguns dragões e uma dúzia de barcos, um número ridículo, comparado com suas tropas. Virou-se então para os seus soldados e levantou a espada sem hesitação. Encarou-os imóvel, enquanto as asas da sua cavalgadura fremiam no esforço. Reconheceu nos olhos deles uma fria determinação, um sacrifício absoluto. Estavam prontos a morrer por aquela causa.
    – Sabíamos que este dia iria chegar! – gritou. – E também sabíamos que teríamos de derramar o nosso sangue. Mas venceremos, podem ter certeza disto, assim como eu tenho. Às armas!
    Um urro de guerra elevou-se das tropas. Os arqueiros retesaram suas armas, prontos a desfechar suas setas quando ele desse o sinal. A sua espada baixou no vazio e uma chuva de morte caiu em cima dos inimigos. Eram poucos, justamente o fator no qual ele mais contava, mas isto não impediu que muitos dos seus também morressem sob os golpes dos adversários. Então foi a vez das lanças: as frentes chocaram-se entre berros e ataques mortíferos. Com seus movimentos graciosos, a sua gente investia contra os corpos toscos dos usurpadores. No rio, os barcos tentavam a abordagem e o barulho dos corpos que caíam na água se misturava com o frio ranger das lâminas. Ali estava o suave som da guerra.

Extasiado diante daquilo, o elfo lançou-se ao ataque gritando toda a sua raiva. Um Cavaleiro de Dragão tentou detê-lo com uma baforada de fogo, mas ele o atropelou com o peso da sua viverna. Um choque surdo, pesado. A lâmina inimiga feriu-o no braço, sentiu a carne arder, mas não se importava. Afundou a espada no peito do cavaleiro e, com prazer, deixou que o seu sangue quente lhe molhasse a mão.
  Então investiu contra outro sem hesitação, dando apoio às próprias fileiras. Concentrou-se no dragão, cortando de um só golpe sua cabeça. O cavaleiro caiu na água com um longo grito, acabando esmagado pela massa da sua cavalgadura.
  Logo abaixo, o rio já estava cheio de cadáveres. O homem sabia que aquela terra tinha de ser purificada com o sangue antes que a sua gente pudesse voltar a considerá-la de sua propriedade. Era o destino. A glória passava pelo massacre e pela morte, e ele ordenara que não fizessem prisioneiros. A água se encarregaria de sumir com aquele horror. Tragados pela correnteza, os usurpadores do Mundo Emerso iriam desaparecer para sempre de suas vidas.

Depois da batalha, alguns soldados desceram para averiguar se ainda restava algum inimigo.
  O elfo esperou na garupa da viverna mergulhada na água até os ombros, com as patas fincadas no fundo lamacento do rio.
  – O caminho está livre, meu senhor – disse um soldado, aproximando-se.
  Ele tirou lentamente a armadura, entregou-a a um ordenança, então desmontou jogando-se na água com um pulo. Um coro de vozes contrariadas correu pelas tropas.
  – Meu senhor! – exclamou o ajudante, já pronto a segui-lo.
  O elfo acenou com a mão para que parasse.
  – Está tudo certo. – Em seguida começou a nadar para a outra margem. A correnteza não era violenta naquele lugar, e ele tinha braços fortes, bem treinados.
  Estou me preparando para isto há uma vida inteira, *pensou.*
  A terra era uma miragem verde e marrom ao longe, onde céu e mar se juntavam. Mergulhou de cabeça, imaginou a sua gente explodindo

numa única exclamação de maravilha. Então fincou os pés na lama do fundo, empurrou-se para cima e recomeçou a subir.

Pouco a pouco a água ficou à altura do seu pescoço, depois da cintura e finalmente dos joelhos. Emergia um pedaço de cada vez, como num nascimento. Ouviu o vascolejar do rio contra o casco dos barcos, o silêncio tenso dos seus homens que seguravam a respiração, à espera. A margem estava logo ali. Tinha sonhado com ela, desejara-a e imaginara-a milhares de vezes. Era como se já tivesse estado lá, porque a conhecia graças aos escritos deixados pelos seus antepassados, que haviam possuído aquela terra, que amorosamente tinham pisado nela. Mas era ainda mais bonita do que imaginara. Uma terra prometida, onde o verde das folhas era mais intenso, a grama, mais viçosa, o ar, mais perfumado.

Respirou fundo. Cheiro de casa. Cheiro de liberdade.

Parou na margem, no meio do canavial. Só faltava dar mais um passo para o desafio começar.

Pensou nos seus similares que no passado haviam atravessado aquele rio como exilados. Pensou no pai, que passara uma vida inteira entocado nos rochedos de Orva, contentando-se com o minúsculo reino a pique sobre o mar. Pensou naqueles que o tinham escarnecido, que o impediram por não conseguirem acreditar no seu sonho imenso. Sorriu comovido. Levantou os olhos para o céu de um azul absoluto, e uma lágrima de cansaço e dor riscou seu rosto. Logo que se afastou da margem caiu de joelhos, afundou as mãos na terra fértil e gorda, suave no contato com as palmas. A história estava refazendo o seu percurso ao contrário. Alguém o ajudou a se levantar. Os seus soldados, de olhos cavados de exaustão e armaduras ainda manchadas de sangue, olhavam para ele cheios de esperança.

Kriss mandou-os perfilar e revistou os soldados um por um.

– Obrigado – disse. – Obrigado por tudo que fizeram, pelo sofrimento e as privações que tiveram de enfrentar.

Virou-se para os barcos do seu povo, daqueles elfos que conduzira para tão longe de casa, perseguindo um sonho que muitas vezes parecera grande demais para se apoiar apenas nos seus ombros.

– O seu rei está com vocês – trovejou. – O tempo do desterro acabou. Os dias dos usurpadores estão chegando ao fim. Perecerão em suas aldeias, vítimas da doença que lhes levamos. Ninguém poderá nos deter, *apagaremos de vez estes séculos que passamos longe da nossa pátria, lavaremos o sal das nossas lágrimas com o sangue deles, e Erak Maar voltará a ser nosso. Saúdem a alvorada de um novo dia!*

Levantou o punho para o céu, segurando na mão aquela terra que em breve iria ser dele. O seu povo explodiu num único e poderoso grito de júbilo.

Erak Maar, *o Mundo Emerso*.

Kriss fechou os olhos, em êxtase. Então arregalou-os e olhou para o território diante dele, como um predador que observa a sua presa.

PRIMEIRA PARTE

FUGA

I
TRAIDORA

Adhara desembainhou o punhal. No começo não os ouvira. O barulho confundira-se com o do vento nas trevas, e ela estava cansada demais para reparar na batida rítmica dos passos que a seguiam. Virou-se para olhar a mata fechada, onde lhe parecera vislumbrar uma sombra mais escura. Ao primeiro vulto juntou-se outro, e mais um, e mais outro ainda. Embora houvesse pouca luz, acabou reconhecendo-os. Soldados. Vestiam a mesma farda de Amhal, quando o jovem servia na milícia urbana de Makrat.

Amhal!

Por um instante acreditou que podia ser ele. Contra toda lógica, contra toda esperança, convenceu a si mesma que tudo aquilo que havia acontecido naqueles últimos tempos terríveis não passava de um pesadelo. Mas a ilusão logo acabou.

— Não queremos fazer-lhe mal — disse um deles, saindo em campo aberto. — Viemos a mando do Ministro Oficiante.

Adhara não respondeu. Olhou em volta, procurando um caminho de fuga.

— Theana quer falar com você — acrescentou outro.

Theana. A lembrança daquela mulher gélida despertou nela uma súbita e violenta cólera. Mais um ator obscuro nas vicissitudes da sua vida, mais uma pessoa que não lhe contara a verdade e que se aproveitara dela.

— Não tenho nada a dizer para ela — declarou recuando.

— O do Ministro Oficiante não é um convite. É uma ordem.

Adhara compreendeu. A época em que podia escolher entre lutar ou não, quando podia jurar que nunca mais iria matar, tinha terminado. Do mundo acolchoado em que vivera durante três meses acabara sendo jogada numa guerra, num lugar perdido onde a única chance de sobreviver era a fuga, a única salvação, o aço. Parecia que uma vida inteira se passara desde que matara o assassino de Mira.

A lâmina do seu punhal brilhou ameaçadora. Os quatro soldados se enrijeceram.

– O Ministro Oficiante não quer lhe fazer mal. Não nos obrigue a usar a força – disse o soldado.

Adhara ficou em guarda.

– Saiam daqui, e ninguém terá de fazer coisas das quais poderá arrepender-se – disse entre os dentes.

Uma lâmina deslizou fora da bainha, acompanhada por mais três.

– Pela última vez... – insistiu o soldado.

Adhara não o deixou acabar a frase. Pulou adiante, ágil e precisa. Um ataque, esquivado. Curvou-se para evitar o movimento circular que se seguiu, rodou sobre si mesma e acertou os tendões dos joelhos. Um grito, o homem desabou. Adhara pegou ainda no ar a sua espada e voltou a investir.

A única lembrança que tinha de um combate com armas brancas era o duelo contra o assassino de Mira. No mais, não tinha qualquer recordação de outros combates, mas era como se seu corpo agisse por conta própria, como se os ensinamentos dos Vigias lhe tivessem gravado os movimentos na memória. Ela, criatura forjada como arma viva, sabia muito bem o que devia ser feito.

Um amplo corte abriu-se no peito do adversário, que caiu de joelhos, as mãos apertadas em cima da ferida.

Adhara virou-se. Atacava tanto com o punhal quanto com a espada, sem descanso, impassível. Investiu com fúria, até ver a arma de outro adversário voar para longe. Um movimento atrás dela, rodou sobre si mesma, a perna esticada num pontapé na mandíbula. Virou-se de novo, olhando em volta. Dois estavam no chão, gemendo; um jazia esticado de costas, desmaiado, e o quarto estava desarmado. Foi a ele que se dirigiu, apontando a espada na sua garganta:

– Diga ao Ministro Oficiante que nada tenho a ver com ele. Diga-lhe que pare de me procurar, pois de qualquer maneira nunca me terá.

O homem estava ofegante, mas não parecia preocupado. A sombra de um sorriso iluminou-lhe o canto da boca. Adhara sentiu

um golpe surdo na nuca e uma dor latejante logo incendiou a sua coluna.
Cinco, eles eram cinco, pensou com raiva.
Então a escuridão fechou-se sobre ela.

Foi acordada por um barulho de rodas. Um sacolejo incessante, interrompido por raros solavancos. Adhara abriu lentamente os olhos enquanto era tomada por violento enjoo. Nem teve tempo de entender onde estava, pois vomitou imediatamente no chão. Havia palha, espalhada num piso de madeira.
Sua cabeça parecia estourar. Tentou massageá-la, mas teve de tirar imediatamente a mão. A nuca doía, a dor era insuportável onde recebera o golpe.
Olhou à sua volta. Estava numa carruagem estreita, de madeira tosca. Haviam-na deitado sobre uma camada de palha macia, tendo ao lado um baixo recipiente metálico. Adhara esticou-se para ver o que continha. Água. Jogou-se em cima dela avidamente, e, quando a sentiu descer fresca por sua garganta, pareceu-lhe melhor que qualquer remédio.
Reparou que tinha mãos e pés soltos. Não estava amarrada. Experimentou empurrar com as mãos a porta da viatura, mas percebeu claramente que algum tipo de ferrolho a mantinha trancada. Não havia como fugir.
Sentou-se num canto, tentando pensar.
Estava presa. E agora?
Sentiu mais uma fisgada na cabeça e, apesar da dura realidade da dor, percebeu com aflição que, a essa altura, aquela cabeça de fato não lhe pertencia.
Adrass lhe contara a verdade. Havia sido criada. Suas mãos já pertenceram a alguma outra mulher, *antes*. Seu corpo vivera a sua parábola terrena: tinha amado, sofrido, regozijado, experimentado sensações que agora já não podia lembrar. Então haviam chegado os Vigias, e seu corpo voltara à vida com a finalidade exclusiva de tornar-se uma arma.
A única coisa verdadeira daqueles meses era o sentimento que tinha por Amhal. O amor por ele era vivo e pujante, e a tornava viva

também. Por isso parecera-lhe natural ir procurá-lo. Porque ele dera-lhe a vida, dera-lhe um nome e uma identidade, e a transformara na jovem que era agora. Salvá-lo era, portanto, um dever.

Depois de fugir de Adrass, dirigira-se imediatamente para um vilarejo que conhecia, logo fora de Nova Enawar. Precisava de comida e, principalmente, de informações. Desconhecia para onde San estava levando Amhal, tinha de encontrar algum indício.

Na hospedaria onde gastou as poucas carolas que levava consigo, só havia uns poucos fregueses e uma criada. Depois de uma refeição frugal, perguntou à mulher se por acaso tinha visto uma viverna voar por ali alguns dias antes.

— Dois dias atrás, para sermos precisos.

— Eu vi — respondeu um beberrão, de uma mesa num canto, tropeçando nas palavras e segurando uma caneca.

— Sim, claro, assim como viu um unicórnio, há dois meses, e aquele ser metade mulher, metade cavalo, um mês antes — gozara-o a criada. — Não dê atenção a ele, o sujeito vive mais bêbado que um gambá.

— Estou lhe dizendo, eu vi! — insistira o homem, levantando-se sobre as pernas trêmulas. — Aquele bicho soltou um grito horrível, uma espécie de berro estrídulo que gelou o sangue em minhas veias. Pensei até em parar de beber. Mas aí tomei mais uns tragos e o medo se foi — concluiu com uma sonora gargalhada.

Adhara sabia que o sujeito não estava mentindo. Ela também tinha ouvido o grito da viverna e sabia como aquele som podia ser assustador.

— Viu para onde estava indo?

— Para o oeste — respondera o homem —, como se um demônio estivesse atrás dela.

Para a Terra do Vento, portanto.

— Onde estourou a guerra.

Não fazia diferença. Teria ido para qualquer lugar, desde que assim pudesse trazer Amhal de volta à razão.

Partira então para o oeste e, para evitar problemas, decidira cortar caminho pela floresta.

Mas alguém tinha ido ao seu encalço, e agora a sua viagem tinha acabado ali, naquela carruagem apertada.

Segurou a cabeça com as mãos.
Só quero ir embora, disse para si mesma. Mas não tinha para onde ir.

Naquele momento a carruagem parou. Adhara ouviu a fechadura estalar e o ferrolho se soltar. A porta abriu-se lentamente e a luz ofuscante do dia iluminou o cubículo. Reagiu sem pensar, deixando-se levar pelo instinto e pelo desejo de liberdade. Deu um pulo, investindo com força contra o homem diante da porta. Derrubou-o e procurou sair logo correndo. Deu alguns passos, até uma mão segurar seu tornozelo. Com o contragolpe, ruiu desajeitadamente, caindo de cara no chão. Por alguns instantes, só houve dor.

— Inacreditável, você é mesmo obstinada, garota.

Era um soldado, o rosto dele quase colado no seu.

— Para onde estava pensando fugir? Há morte por toda parte lá fora! Vamos levá-la para a única pessoa que pode nos salvar deste desastre; muita gente mataria para estar no seu lugar.

— Sou imune — disse Adhara, com uma careta desafiadora e rangendo os dentes.

O homem fitou-a com ódio enquanto a levantava e amarrava seus pulsos com uma pesada corda.

— Foi você que pediu — respondeu, jogando-a novamente na carruagem de cotovelos atados. — Não vai demorar, procure ficar boazinha, sem criar mais problemas.

A porta fechou-se com um baque e Adhara ficou mais uma vez sozinha consigo mesma.

Quando chegaram a Nova Enawar, dois soldados mandaram-na descer, desamarraram seus pés e a levaram consigo pelas calçadas de pedra das avenidas.

O outono incendiara de amarelo e vermelho as copas das árvores, e o ar cheirava intensamente a folhas e musgo. A única coisa que destoava naquele espetáculo natural era o silêncio perturbador que envolvia a cidade. Só se passara uma semana desde a última vez que Adhara ali estivera, mas agora tudo parecia ter uma aparência diferente. As ruas estavam praticamente vazias, e quem perambulava pelos becos mantinha comprimido na boca e no nariz um volumoso lenço embebido de perfume. Vez por outra podiam se ver bizarras figuras vestindo amplas túnicas de mago e usando estranhas máscaras bicudas. Guardas armados e soldados estavam em cada esquina, e nas ruelas mais escondidas se vislumbravam os sobreviventes da peste, alguns com o rosto quase intato, outros totalmente irreconhecíveis.

Pela primeira vez, Adhara sentiu-se uma estranha. Estava no meio dos *outros*, pessoas que já não eram como ela. Aquelas criaturas assustadas que se afastavam quando ela passava eram seres vivos. Haviam nascido do ventre de uma mulher e crescido, tinham uma infância a ser lembrada e sabiam que um túmulo esperava por elas no fim do caminho. Mas não ela, era carne morta. Desprovida de mãe e de pai, tampouco tinha lembranças que lhe dissessem quem era e de onde vinha. Parida pelo nada, de repente não conseguia encarar os que já não eram seus similares, pois os olhares deles deixavam claramente à mostra o fato de ela pertencer a outro mundo.

Fixou os olhos na calçada que escorria sob seus pés e concentrou-se na rítmica alternância dos passos nas pedras da rua. Seu coração batia com força. Pensou em Amhal. Enquanto ela perdia tempo em Nova Enawar, ele ia seguindo para o oeste, para aquela guerra misteriosa que a criada da hospedaria mencionara.

Pararam diante de um prédio imponente. Desenvolvia-se principalmente no sentido da largura, e a fachada era decorada com grandes painéis de cândido mármore e cristal negro, numa combinação que tornava ainda mais pesada a aparência do edifício. Adhara estremeceu. Era o Palácio do Conselho. Onde agora havia a corte ou aquilo que dela sobrava.

Os guardas perceberam o corpo da jovem que se enrijecia, pois apertaram com mais firmeza a sua presa.

– Vamos andando – disse um deles.

Adhara entrou relutante, sem levantar os olhos. Passaram por corredores cheios de soldados. Alguns olhavam para ela, talvez reconhecendo-a. Sabe-se lá o que estariam pensando dela, naquela altura. Talvez fossem prendê-la e condená-la por traição. Todos já deviam saber, na certa, do motivo da sua fuga, e era inegável que tivesse colaborado com o assassino do rei.

Desceram as escadas. Os subterrâneos cheiravam a morte. Pararam diante de uma cela com a porta de madeira fechada. Havia uma maga, diante dela, com a máscara pendurada no peito. Adhara a reconheceu: Dália, a assistente de Theana. Lembrava seu rosto de jovenzinha, o sorriso aberto. Mas já não ria agora, estava pálida.

– Minha senhora... – disse um dos soldados, dando um passo adiante.

Dália cumprimentou-o com um sinal de cabeça. Em seguida olhou para os pulsos de Adhara.

– Amarrada?

– Tentou fugir. Não havia outro jeito.

– As ordens do Ministro Oficiante eram claras.

– Também foi muito clara quando disse que queria a moça a qualquer custo.

A assistente deu ao guarda uma olhada muito significativa.

– Agora está comigo. Podem ir.

Os dois deram meia-volta, e a jovem segurou gentilmente o braço de Adhara.

– Sinto muito que a tenham tratado mal. A intenção do Ministro Oficiante não era esta.

Adhara empertigou-se, mas deixou-se levar até a porta de um aposento pequeno e mal iluminado. As paredes estavam repletas de estantes carregadas de livros, ampolas e das mais variadas plantas. No fundo, atrás de uma mesa coberta de pergaminhos e papéis, estava Theana. Parecia ainda mais velha do que da última vez que Adhara a vira. Encontrava-se dobrada sobre os manuscritos, completamente absorvida pelo trabalho, os cabelos brancos desgrenhados sobre a fronte marcada por rugas profundas.

A assistente curvou-se numa profunda mesura.

– Minha senhora, a jovem chegou.

Adhara permaneceu imóvel, apertando os punhos no peito, ainda amarrada.

Theana ergueu os olhos e deixou na mesa a pluma de ganso com que estava escrevendo. Levantou-se devagar, como se aquilo lhe custasse um enorme esforço.

– Bem-vinda – disse.
Adhara não respondeu.
– Deixe-nos sozinhas, Dália – acrescentou.
A jovem fez mais uma mesura e desapareceu atrás da porta.
Theana aproximou-se para desatar os nós, e Adhara estremeceu no contato com seus dedos.
– Solte-me, deixe-me ir – murmurou.
– Você não é minha prisioneira – disse Theana, encarando-a.
– Os seus guardas me capturaram, mantendo-me presa numa carruagem. O que quer de mim?
Theana não respondeu, o olhar meio inseguro.
– A situação se precipitou – explicou, sentando. – Os mais recentes acontecimentos levaram-nos à beira da destruição.
De relance, Adhara reviu Amhal, que matava Neor. Esforçou-se ao máximo para afugentar a imagem da sua mente.
– Enquanto o seu amigo trucidava o rei, na fronteira os elfos desferiam o seu ataque.
Aquela revelação foi como uma bofetada. Os elfos?
Theana sorriu ao reparar na expressão de surpresa da jovem.
– Estamos em guerra. Quem espalhou a doença foram eles, e agora que já nos dizimaram começaram a conquista. Querem recuperar o Mundo Emerso, quanto a isto não há dúvida.
Adhara procurou controlar o tremor das mãos.
– Não entendo o que isso tem a ver comigo.
– Eu fui cega. Recusei-me a encarar a realidade, não dei a devida importância aos sinais. Mas agora acredito que o Marvash esteja novamente entre nós – disse Theana. – E que você seja Sheireen, a Consagrada fadada a derrotá-lo. Deixei o meu posto na Terra da Água para vir controlar pessoalmente.
Mais uma vez aquelas palavras, as mesmas que lhe haviam sido ditas por Adrass.
– Não há Marvash algum e tampouco uma Consagrada. São apenas umas lendas idiotas. – Adhara deu um pulo para a frente, apertando os punhos até os dedos ficarem brancos.
– Quando o exército ficou no encalço de Amhal, descobriu o que sobrava do covil dos Vigias. Um lugar que, ao que parece, você conhece muito bem... – explicou Theana.

Um longo arrepio correu pelas costas de Adhara.

— Contaram-me tudo — murmurou a maga. — Adhara, eu preciso saber se você é a Sheireen. Há meios indolores para descobrirmos.

— Já chega! — gritou ela. — Cada um de vocês procura em mim alguma coisa, cada um quer impor-me um destino que não me pertence, mas eu... eu já escolhi o meu caminho!

— E qual seria esse caminho? — replicou Theana. — Tudo aquilo pelo qual vivia desapareceu. Learco morreu, Dubhe está na frente de batalha, Amina já não sai do seu quarto há muitos dias. A corte deixou de existir, e quem a destruiu foi justamente a pessoa em que você mais confiava.

— Só eu sei o que se esconde no coração de Amhal — murmurou Adhara.

— Amhal e San são o câncer que destruiu a Terra do Sol, e infelizmente só compreendemos tarde demais. Mas ainda podemos consertar as coisas.

— Não com a minha ajuda.

— Você não entende...

— Não há coisa alguma para entender.

Ficaram imóveis, paradas dos dois lados da mesa cheia de livros, separadas por um abismo.

— Vai ficar aqui — disse, finalmente, Theana.

Adhara deixou escapar a sombra de um sorriso.

— Afinal está mostrando o que realmente é. Só quer me usar, exatamente como fizeram os Vigias.

Theana apertou o queixo, sentindo a acusação na carne.

— A seu ver, é justo o que fizeram comigo? Acha justo que me tenham criado a partir de um cadáver? Que me tenham torturado e forjado como uma espécie de arma predestinada à morte e ao sacrifício? — Adhara havia se aproximado, ameaçadora, o rosto quase encostado no da sacerdotisa.

— Se for para nos salvar... talvez seja — respondeu o Ministro Oficiante, impassível.

— Traidora! — esbravejou Adhara.

Theana tocou uma campainha e num piscar de olhos dois guardas apareceram na entrada.

— Prendam-na.

Adhara tentou investir contra eles, mas os homens jogaram-na ao chão, imobilizando-a com um braço atrás das costas. O peito da jovem estava achatado contra a pedra, impedindo que respirasse.

— Levem-na à prisão — ordenou Theana. Os guardas entreolharam-se incrédulos. — Ouviram o que eu disse! O que estão esperando?

Adhara foi levada embora, esperneando, aos berros pelos corredores do palácio.

— Tornou-se exatamente como eles! Não passa de uma traidora! — gritava.

O eco da sua voz multiplicou-se ao longo dos subterrâneos. Theana tapou os ouvidos com as mãos para não ouvir.

2
O CAMINHO DO MAL

Estavam um diante do outro, tendo somente as armas dos dois a separá-los. O aço de um espadão de dois gumes cruzando o cristal negro de uma espada famosa, a de Nihal. Em volta, o leve ruído de uma fina chuva outonal.

O primeiro movimento coube a San. Um ataque direto, de cima, imediatamente detido por Amhal, que penetrou a guarda e apontou para o coração. O golpe, no entanto, encontrou uma barreira de prata e só conseguiu explodir num feixe de faíscas. San aproveitou aquele momento de fraqueza para arrancar-lhe a arma das mãos e derrubá-lo no chão. Logo a seguir Amhal tinha o próprio espadão apontado na garganta. Em volta, só silêncio.

– Já lhe disse mil vezes. Quando se depara com uma barreira mágica, pode começar a ficar preocupado.

O rapaz fitou-o com raiva.

– Ora, ora, que cara é essa? Venci-o lealmente, ao que tudo indica – disse San, sem perder a pose.

– Você está certo – suspirou Amhal. – Só que não gosto de perder.

– É normal. Mas quanto mais treinar, mais chance terá de se sair bem numa situação dessas no futuro.

Deu a mão para ajudá-lo a se levantar.

Só se havia passado uma semana desde que tudo mudara. Com um pequeno esforço de memória, Amhal ainda podia sentir em suas mãos o corpo abandonado de Neor, o cheiro do seu sangue.

Sacudiu a cabeça. Precisava deixar de pensar naquilo, pois do contrário acabaria passando mal. Como naquele primeiro dia.

Tinha vomitado a alma. Contudo, havia sido tão bom afundar a lâmina na garganta do rei. Sentira-se finalmente livre. Fizera a sua escolha, cumprira um gesto que o colocava além de qualquer possível retorno. Entregara-se totalmente à sua sede de sangue, acreditando que, depois disso, não haveria mais qualquer dúvida.

No começo tentou não se questionar, procurou não pensar no assunto. Na garupa da viverna de San, Amhal nem perguntou para onde estavam indo. Com os sentidos embotados, só percebia uma dor surda e difusa no peito. Talvez fosse a lembrança do seu antigo eu que, de alguma forma, pressionava para não ser descartado. De qualquer maneira, sabia que tinha feito a coisa certa.

Já na segunda noite, quando acamparam em volta da fogueira, San falou com ele.

– Ouça com atenção o que vou dizer – começou –, pois o que estou a ponto de contar é a verdadeira história do Mundo Emerso, a que o impulsiona desde que foi criado.

O relato foi muito pormenorizado. Falou a respeito do Marvash, da Sheireen, e aí de Nihal e de Aster.

– Aster era um Marvash? – perguntou Amhal.

– Era – respondeu San.

– Mas eu conheço a história, ouvi muita gente contando, e todos dizem que ele queria salvá-lo, o Mundo Emerso...

– Nem todos os Destruidores são parecidos. Cada um tem suas características próprias para levar a cabo a missão. Aster acreditava estar salvando o Mundo Emerso, sem perceber que através dele Leish, o primeiro Marvash da história, estava, ao contrário, querendo destruí-lo. Um verdadeiro logro, a suprema ironia do destino, não acha? – San tomou um grande gole de cerveja. – Mas nas pessoas como nós, Leish manifesta-se de forma diferente.

O coração de Amhal teve um estremecimento.

– Como nós? – perguntou com voz trêmula.

– Nós somos os Destruidores, e o nosso destino é acabar com qualquer coisa. Aquele fascínio pela matança, aquele desejo de sangue que se aninha no nosso peito é o sinal distintivo com que o Marvash nos marcou.

Amhal sentiu a cabeça rodar, enquanto o terror tomava conta de suas entranhas.

– Não pode ser... – disse, quase num sussurro.

– Se parar para pensar, se considerar toda a sua vida, perceberá que sempre soube disto.

O medo da própria força, o horror da própria raiva. A fúria cega que o tornava invencível em combate. Tudo assumia um sentido diferente nesta perspectiva.

Amhal passou os dedos entre os cabelos, pressionando com força a cabeça. Sentia-se sujo, maldito.

– Não é isto que eu quero – disse.

San deu uma risadinha.

– O que você quer não faz diferença. O que importa é o que você é. Pense no Tirano, nas suas ideias loucas, no seu amor inútil e desmedido por esta terra. – Levantou a voz, quase com desprezo: – Achava que ia salvar tudo, que ia ajeitar as coisas. Mas só estava cumprindo aquilo pelo qual nascera. Não podemos nos esquivar do nosso destino.

– Então prefiro morrer – respondeu Amhal, como se fosse o único jeito de se livrar da sua sina. A paz do túmulo, a verdadeira quietude da ausência de vida. Já não tinha aspirado por este tipo de sossego, no passado, sem ter nem mesmo coragem de admitir?

San olhou para ele de soslaio.

– Acho que não está entendendo. – Sentou-se numa posição mais confortável, fitando-o diretamente nos olhos. – Olhe à sua volta. Quantas guerras já conheceu este maldito farrapo de terra e quantas ainda terá de conhecer?

– Estávamos em paz – tentou protestar o rapaz.

– Uma paz que Learco construíra com as armas, chegando até a matar o pai. E, enquanto isso, Theana mandara exterminar os Vigias. Alguns milhares de anos atrás aqui viviam os elfos, antes de serem exilados. Quanto tempo ainda levaria, no seu entender, antes que alguém quebrasse esta paz? Posso lhe assegurar que este alguém já começara a agir antes mesmo de eu começar a procurar por você, e dentro de mais uns poucos dias você poderá conhecê-lo, poderá vê-lo com seus próprios olhos.

– E daí? Senar já disse isto. É um ciclo. – As mãos de Amhal tremiam, e um gelo atroz apertava seu coração.

– Destruir não quer dizer, forçosamente, acabar com tudo. Um apêndice doente precisa ser cortado fora. Talvez você tenha

de viver sem um braço, mas ainda estará vivo. Nós somos a cura, Amhal.
– Não, não acredito! – gritou ele.
– É mesmo? E por que matou Neor, então? Porque aceitou a sua natureza. A mentira da qual quis convencer-se desde menino, o Amhal bondoso e gentil que luta pelo bem, esteve pregada em você por tanto tempo que agora quase parece ser parte da sua pele. Mas era e continua sendo uma mentira. Estamos aqui para dar um basta numa fase da história, Amhal. Nem sempre a Sheireen venceu, como no caso da minha avó Nihal. Às vezes quem saiu vencedor foi o Marvash.
Uns cepos de madeira estalaram na fogueira. Amhal encarou San em silêncio, o rosto iluminado pela luz trêmula.
– Toda vez que um dos nossos triunfou, o mundo acabou resultando melhor. Porque esta terra precisa ser ciclicamente purificada, temperada pela violência do fogo. Só o sangue limpa os pecados e permite um recomeço. É por isto que nós fomos criados, para suportar o peso dos erros alheios. Nos amaldiçoarão, talvez procurem até apagar a nossa lembrança, mas será a nós que eles ficarão devendo a vida. Nós somos os verdadeiros heróis do Mundo Emerso.
San pareceu imenso a Amhal, quase divino. Havia alguma coisa terrível em suas palavras, mas também grandiosa. O poder que vinha movendo o Mundo Emerso pelos séculos afora, a grandeza de um mal extremo, absoluto, necessário. Ele também queria ser daquele jeito? Ou será que já era?
– Talvez tudo isto lhe pareça agora inconcebível. Quando descobri quem eu era, também levei em consideração a ideia de me matar. Como você agora. Mas só lhe peço que espere, que pense a respeito. Lembre as suas vãs tentativas de mudar. Nós não podemos ser melhores, e no fim de tudo só um triste destino nos aguarda. Está pronto a aceitá-lo?
Era demais para Amhal. Achava que sua cabeça iria estourar, e só desejava parar de sofrer.
– Não precisa dar uma resposta agora. Mas saiba que, ao vir comigo, já está marcando o seu caminho.
San derramou água na fogueira, e a escuridão envolveu a pequena clareira onde haviam acampado.

– Agora durma, foi um longo dia.

Naquela noite um pesadelo conturbou o sono de Amhal. Adhara e Mira acompanhavam-no numa terra desolada, onde tudo era sombrio e putrefaciente. Seus corpos se corrompiam a cada passo, sem dor. Por baixo, a candura dos ossos reluzia reconfortante, e ele sentiu-se aliviado. Aí uma ventania forte e perfumada varreu todas as coisas e Amhal ficou sozinho, admirando o próprio corpo despojado, renascido na pureza do mal. No nada poeirento que o cercava, brandiu a espada e, finalmente, sentiu-se de fato livre.

– Para onde estamos indo? – perguntou Amhal quando seguiram viagem.

– Para a Terra da Água, onde alguém está esperando por nós.

San mal teve tempo de terminar a frase quando línguas de fogo alcançaram a cauda da viverna.

Eram dois, atrás deles, cada um em seu dragão. Cavaleiros da Academia. Homens da Terra do Sol, certamente enviados por Dubhe ou por quem regesse agora os destinos do reino.

– Maldição... e Jamila não está comigo – disse Amhal, entre os dentes.

– Não precisamos! – exclamou San, com um sorriso feroz.

Inverteu a direção e arremeteu a toda a velocidade contra os inimigos.

– Cuide do da direita, enquanto eu vou cuidar do da esquerda – ordenou.

– Como assim? – quis saber Amhal, mas o choque já era iminente. Levantou-se com um pulo, uma das mãos já apoiada na empunhadura da espada. Quando achou que o momento certo chegara, lançou-se no vazio. Por um instante foi como voar. Os seus sentidos ficaram mais apurados, o corpo preparou-se para a batalha. Desta vez, contudo, não procurou reprimir a fúria, não tentou refrear a sua sede de sangue. Deixou-a correr solta e sentiu-se invencível.

É para isto que eu nasci.

Enquanto San, na viverna, via-se com o outro inimigo, ele agarrou-se com o braço nas costas do dragão e, com o punhal que guardava na bota, penetrou profundamente na carne do animal. Um grito dilacerante rasgou o ar. Amhal ignorou-o, pulou na garupa e esquivou-se do golpe do soldado. Tinha as insígnias do Exército Unitário.

Como eu. Mas rechaçou na mesma hora o pensamento e concentrou-se na ação.

Achatou-se nas costas do dragão, onde as estocadas do adversário não podiam alcançá-lo. Desprendeu o punhal e voltou a rasgar várias vezes a pele coriácea da criatura. O sangue começou a escorrer farto. O cavaleiro forçou o dragão a dar pinotes, mas seus movimentos já se haviam tornado mais lentos e estorvados. Amhal arrancou mais uma vez a arma da carne e acertou com precisão o peito do bicho. Conhecia muito bem a anatomia daquele corpo e sabia qual era o seu ponto mais fraco. A lembrança de Jamila atacou-o à traição. Quantas vezes adormecera encostado no corpo dela, percebendo as lentas e poderosas batidas do seu coração.

O dragão estremeceu, suas asas fremiram até quase parar. Então começou a perder altitude, cada vez mais rápido, numa inevitável descida de cabeça rumo ao bosque abaixo deles.

Amhal segurou-se numa asa, puxou-se para cima e ficou imóvel. Contemplou a queda, frio e implacável, e só a poucos metros do solo invocou o feitiço do voo, uma das primeiras mágicas que aprendera com o mestre. Pegou impulso e flutuou no ar. Viu o dragão espatifar-se no chão e nada sentiu ao reparar no seu sangue que embebia a terra. Levou a mão à empunhadura da espada, pronto para um novo combate. Não tinha caído de grande altura, talvez ainda não estivesse acabado.

E, com efeito, o golpe pegou-o por trás, mas o deteve sem problemas. Virou-se sobre si mesmo e partiu ao ataque com toda a fúria que tinha em si. A armadura dava alguma vantagem ao adversário, que o forçou a recuar. Tinha de encontrar algum jeito para pegá-lo de surpresa. Foi suficiente tocar na espada e murmurar as palavras da fórmula. Por um instante o outro ficou desnorteado, e ele aproveitou para dar o bote. Abaixo da cintura, onde acabava a proteção do peito mas ainda não começava a das pernas. A arma penetrou fundo, queimando a carne em volta. Um chiado sinistro encheu a clareira, antes que o grito do cavaleiro encobrisse qualquer outro som.

O homem caiu de joelhos, e Amhal continuou a espicaçá-lo sem piedade. Golpear para infligir dor. Golpear mesmo quem estava indefeso, batido, derrotado.

Eis o meu verdadeiro eu, pensou enquanto com a espada fazia voar para longe o elmo do outro. Seu rosto assumiu uma expressão de surpresa. Conhecia aquele homem, haviam sido companheiros de armas. Durante o treinamento, chegaram até a se sentarem juntos à mesma mesa com Mira.

– Como é que você pôde? – murmurou o rapaz, com um fio de voz.

Amhal recobrou-se. Fitou-o por mais um instante, atônito, quase pego em flagrante. Em seguida rangeu os dentes e deixou a espada descrever seu arco mortal. O soldado ficou no chão, sem vida. Ninguém podia dar-se ao luxo de duvidar das suas ações. Tinha feito a coisa certa.

No sexto dia San soltou a viverna.

– Somos visíveis demais com um bicho desses – explicou. – Vamos seguir a pé. De qualquer maneira, ela conhece o caminho e poderá despistar os inimigos.

E, de fato, sentiram-se menos acossados. Ainda encontraram alguém no trajeto: soldados voltando da frente de batalha e alguns bandidos. Mataram todos, sem hesitar, para não serem reconhecidos e se apoderarem dos seus mantimentos.

Por mais que matasse, Amhal ainda não estava livre. Da dor, do arrependimento, de tudo aquilo que ele já fora.

– Acabou não me dizendo para onde estamos indo – disse a San.

O homem aproximou-se e sentou-se ao seu lado.

– Quem os encontrou foi você mesmo, não está lembrado? Aqueles sujeitos esquisitos, de cabelos verdes e olhos violeta...

Os dois que tinham agredido Adhara e que Amhal matara.

– São elfos. Vieram tomar de volta o Mundo Emerso. Estamos indo para eles.

3
SHEIREEN

A porta abriu-se de estalo. O clarão de luz que investiu Adhara por um momento deixou-a ofuscada. Não poderia dizer há quanto tempo estava trancada lá dentro; bastante, na certa, o suficiente para que seus olhos agora custassem a se acostumar novamente com a luz. Eram dois. Puxaram-na para cima e levaram-na embora. Desta vez não tentou resistir. Os dias de cativeiro deixaram-na profundamente esgotada, dobrando a sua determinação. Sentia-se cansada, mortalmente exausta. Na escuridão da cela, não tinha feito outra coisa a não ser refletir. O que Theana lhe dissera era a pura verdade. Fora dali, não havia mais coisa alguma para ela. Em lugar nenhum. De nada adiantava fugir.

Levaram-na para uma ala do palácio que não conhecia. A disposição interna do edifício mudara bastante desde que lá morara. Nada continuava tendo a função de antigamente. Os Irmãos do Raio ocupavam agora uma grande parte do prédio, instalando nela seus laboratórios, as salas de culto e as estátuas de Thenaar. Coube justamente a uma dessas estátuas cumprimentá-la, ao longo de um corredor. Numa das mãos segurava a espada, na outra o raio, com o cenho severo de um deus intransigente mas justo. Thenaar observava-a das alturas do seu poder, enquanto ela se arrastava na lama. Odiou-o de todo o coração.

Entraram numa ampla sala, de alto teto abaulado, de pedra. Nas paredes, as tochas emitiam uma luz trêmula que de alguma forma auxiliava a escassa claridade que filtrava pelas seteiras. No meio do aposento, uma mesa coberta por um pano azul parecia esconder alguma coisa.

Theana, envolvida numa longa túnica preta, estava encostada na pedra nua, onde a semiescuridão era maior.

– Podem ir – disse aos guardas que haviam trazido a jovem diante dela.

Os soldados fizeram uma rápida mesura, para então sair fechando a pesada porta atrás de si.

— Sinto muito pela maneira com que foi tratada — disse a sacerdotisa quando ficaram sozinhas —, mas não podia permitir que você fosse embora antes de eu saber.

Adhara não respondeu.

Theana suspirou, então começou a andar pela sala, atormentando as próprias mãos.

— Muitos anos atrás — foi dizendo — numa sala como esta um jovem veio me ver, anunciando que o fim dos tempos estava próximo. Eu não prestei atenção. Escorracei-o, chegando até a perseguir seus seguidores.

Adhara fingiu não ouvir.

— Alguns anos mais tarde, aquele jovem criou você — prosseguiu a idosa maga, baixando a voz. — E você acabou aqui. Os Destruidores chegaram, o meu rei morreu e o Mundo Emerso está desmoronando. Nas fronteiras, os elfos começaram a tomar de volta o que antigamente já fora deles. Quantas pessoas morreram devido à minha recusa daquela tarde? Quantas vidas poderia ter salvado se tivesse escutado aquele rapaz?

Aproximou-se da mesa. Seus dedos nodosos fecharam-se sobre o veludo azul, afastaram-no jogando-o longe. Apareceu então uma lança de esplêndido feitio. Era comprida, com ponta fina e aguçada e haste finamente trabalhada. Em volta da lâmina entrelaçavam-se dois rebentos verdes encimados por flores de cores vivas.

— Conhece?

Adhara nunca vira aquela arma antes, mas sabia o que era, pois alguém inculcara à força a lembrança na sua mente. O objeto lhe pertencia, assim como muito antes a outras pessoas como ela.

— Não.

Theana sorriu.

— Está mentindo. Posso ler nos seus olhos. É a Lança de Dessar — disse —, um dos artefatos dos Consagrados, um objeto de imenso poder que eu mesma tentei usar muitos anos atrás. — Baixou a cabeça. — Roubaram-na de nós, mas conseguimos reencontrá-la. Estava no covil dos Vigias, o lugar de onde você vem.

Adhara engoliu em seco.

— Quando tentei segurá-la para salvar a rainha da morte certa, nada aconteceu. Só a Sheireen pode ativá-la. Basta um mero toque.
— O rosto de Theana fremia de tensão. — Pegue — disse.
Adhara não se mexeu.
— Não tem nada a perder.
Como resposta, a jovem meneou a cabeça, impassível.
O olhar de Theana ficou repentinamente gélido. Havia tamanha determinação naqueles olhos, tamanho furor, que por um momento Adhara ficou com medo. A maga aproveitou aquele momento de hesitação para segurar suas mãos e forçá-la a tocar no metal.
— Não! — gritou ela, desesperadamente, fincando os pés. Em contraste com sua aparência frágil, Theana conseguia segurá-la com firmeza. Adhara tentou desvencilhar-se, mas de repente sua mão fechou-se docilmente em torno da empunhadura, como que chamada por uma voz antiga. Uma luz ofuscante inundou a sala. Adhara sentiu-se invadir pelo poder da cabeça aos pés. Gritou, jogando a arma para longe, e caiu de joelhos.
De súbito as tochas se apagaram. Sobrou somente a fraca claridade das seteiras e a respiração ofegante de ambas. Theana tinha sido arremessada ao chão, machucada.
Adhara cobriu os olhos com as mãos, esforçando-se ao máximo para afugentar a lembrança daquele poder. Não podia negar: surgira dela, a lança havia sido ativada. Adrass tinha falado a verdade.
— Você é a Consagrada — disse Theana, quase sem voz.
Adhara encolheu-se aos pés da mesa, para chorar baixinho. Aquilo era o começo do fim. A partir daquele momento, só poderia sujeitar-se ao seu destino.

Mais uma vez na cela, mais uma vez no escuro. Havia sido levada às masmorras logo depois do encontro com Theana.
Adhara estava deitada no chão gelado, totalmente esgotada, quando de repente ouviu um arranhar ritmado. No começo pensou que fossem ratos, mas então percebeu uma voz que a chamava baixinho:
— Adhara? Você está aí?
Seu coração deu um pulo. Conhecia aquela voz.

Levantou-se na mesma hora e encostou o ouvido na madeira da porta.
– Amina? – perguntou quase num sopro, incrédula.
– Sim, sou eu.
Adhara sentiu alguma coisa derreter no seu peito.
– O que está fazendo aqui?
– Vim por sua causa.
O postigo pelo qual recebia a comida estalou. Adhara deu uma olhada para fora. Era ela mesma, Amina, mas ao mesmo tempo não era. O rosto estava cansado, pálido, e tinha perdido muito do aspecto juvenil que até pouco tempo antes a caracterizara. Seus cabelos eram extremamente curtos, cortados de qualquer maneira, mas o que mais demonstrava os sinais de recente sofrimento era a expressão. Adhara reviveu de relance o momento em que o pai da menina foi assassinado. Ela estava lá, tinha visto tudo.
Estava usando uma túnica simples e suja. Tinha uma aparência desleixada que Adhara nunca vira antes nela. Segurava nas mãos o almoço para ela.
– Amina... – murmurou, e tentou alcançá-la enfiando os dedos na pequena abertura.
A jovenzinha entregou-lhe o prato.
– Fique primeiro com isto.
Adhara colocou-o no chão, depois apertou finalmente as mãos da amiga. Estavam magras e geladas. Sabe-se lá o que tivera de enfrentar naqueles dias, quais fantasmas haviam assustado a sua solidão. Agora podia senti-la ainda mais parecida consigo mesma, perdida, aflita, fatigada. Demorou-se naquele breve contato.
– Como conseguiu chegar aqui?
– As pessoas são insolitamente compreensivas com os órfãos – respondeu Amina. O tom era seco, desprovido de qualquer sentimento. – Bastou eu pedir para trazer a sua comida.
Adhara ficou chocada com aquela palavra, "órfãos", que a princesa soltara quase com desprezo. Era algo inesperado.
– Sei como arranjar as chaves deste lugar – continuou Amina.
– Mas há muito guardas, não será fácil fugir.
– Amina, não acho que...

– Mas sei como distraí-los. Você só cuide de ficar pronta, está bem? Através do postigo, Adhara podia ver a estranha obsessão presente naquele olhar.
– Não quero que se meta em encrencas por minha causa – disse.
– Este não é o seu lugar, mas agora tampouco é o meu.
Adhara estava a ponto de rebater, mas Amina virou-se de chofre.
– Estão chegando – murmurou. E antes de fechar a pequena abertura, acrescentou: – Amanhã. Fique pronta.

– Sentiu-se melhor depois de rever a sua amiga, ontem? – perguntou Fea.
Os dedos da mãe demoraram-se afagando seus cabelos. Amina, deitada na cama, não respondeu. Aquele contato não lhe comunicava nem calor nem afeição. Fea continuava sendo uma figura distante, como sempre.
– Posso entendê-la, minha pequena, mas você precisa reagir, não pode deixar que a dor a corroa por dentro. Procure, pelo menos, partilhar comigo esse seu sofrimento. Você sabe, é o que eu também sinto.
Mas o que podia realmente saber a mãe, que nunca a entendera? Como podia imaginar a dor excruciante que pouco a pouco se transforma em raiva? A sua vida parara no momento em que Amhal cortara a garganta do pai. A Amina de antigamente já não existia.
Fea levantou-se e dirigiu-se lentamente à porta, que em seguida fechou-se atrás de si.
Amina esperou até os passos da mãe se perderem ao longo do corredor, então também levantou-se. Estava imbuída por uma estranha calma, a calma de quem sabe o que fazer após vários dias de incerteza.
Pegou o punhal escondido embaixo do travesseiro. Era uma velha lâmina que tirara de um dos aposentos abandonados do palácio meio deserto. Passou o dedo em cima da ponta trincada. Não se importava com as condições do objeto, teria sem dúvida a oportunidade de encontrar uma arma melhor.

Tirou a camisola de dormir e vestiu a roupa que preparara: uma ampla blusa, um corpete de couro e uma calça. Os trajes mais apropriados, uma vez que a partir daquele momento só viveria para lutar. Prendeu o punhal na cintura e certificou-se de o caminho estar livre. Tinha usado lençóis e vestidos para transformá-los numa corda. Prendeu o improvisado cabo no pé da pesada mesa e ajeitou tudo ao alcance da mão, perto da janela. Em seguida usou o fuzil e a pederneira. Suas mãos não tremiam, o coração batia com lenta regularidade. A madeira, as roupas, tudo pegou fogo rapidamente. Ficou por alguns segundos a contemplar as chamas que devoravam o quarto. Era o fim de uma época e o batismo de uma nova Amina. Deixou-se escorregar até embaixo logo que sentiu a garganta arder devido à fumaça. Esperou até ouvir os gritos, os alarmes, o barulho de passos apressados nos corredores. Aí correu para as masmorras.

Ninguém prestou atenção nela, o palácio estava um caos devido ao incêndio que se espalhava pelos andares superiores. Além do mais, naquele momento, a única prisioneira era Adhara, que havia sido trancafiada a mando do Ministro Oficiante, e não do rei, razão pela qual a vigilância era um tanto descuidada.

E, com efeito, não encontrou ninguém no caminho. Até o guarda encarregado do acesso às celas tinha subido aos andares superiores para ver o que estava acontecendo. E havia deixado as chaves penduradas num prego dentro da guarita. Costumava fazer isso, um péssimo hábito pelo qual, naqueles tempos confusos, ninguém jamais o repreendera. Amina só teve de esticar o braço e pegar. Parou diante da porta da cela, o coração a martelar em seu peito. Enfiou a chave na fechadura e tentou rodá-la. Nada feito. Tentou de novo, com as mãos suadas de tensão.

– É você, Amina? – perguntou Adhara, com voz insegura.
– Esteja preparada! – respondeu ela.
Um estalo seco, mais decidido que os demais, e a porta se abriu.
– Vamos, saia logo daí!
Adhara saiu com passo incerto e Amina segurou-a pelo braço.
– Precisa conseguir sozinha, não temos tempo a perder!
Adhara estava confusa e deixou-se guiar pelo labirinto de escadas e corredores que as separavam da liberdade. Nenhum guarda à vista, só o penetrante cheiro de fumaça

— Onde é que todo mundo se meteu?
— Nada de perguntas, ande! — respondeu a amiga.
Saíram da prisão quase correndo. Tinham alcançado o térreo e, pela primeira vez em vários dias, Amina sorriu: estavam conseguindo. A saída ficava uns poucos passos adiante quando, ao virar numa esquina, quase esbarraram num guarda. Por um momento, os três ficaram se entreolhando meio abobalhados.
O baque surdo de um pontapé, e o guarda desmoronou sem sentidos no chão. Adhara golpeara-o e agora estava se curvando para ficar com a sua arma. Uma careta de nojo desfigurou-lhe o rosto.
— Tudo bem? — perguntou Amina, ainda desnorteada.
— Tudo — respondeu a jovem, decidida.
Adhara segurou a mão da menina e, desta vez, coube a ela guiá-la na fuga.
A porta apareceu às duas como uma miragem. Aberta na escuridão da noite, na quietude desconfiada de uma cidade moribunda, era uma boca escancarada para um incerto futuro de liberdade.
Dos dois soldados que a vigiavam, só havia ficado um, que certamente não esperava um ataque do interior do palácio. Adhara aproximou-se sorrateiramente e, com um só golpe, deixou-o fora de combate.
O cheiro da noite invadiu suas gargantas e o silêncio da cidade preencheu seus ouvidos. Adhara olhou para trás e vislumbrou os reflexos avermelhados das chamas que saíam de pelo menos quatro janelas do andar de cima.
— Amina... — murmurou. — O que você fez?
A menina nem se virou. Agarrou com sua mão gelada o pulso da amiga e continuou a correr.

4
O PRÍNCIPE

Dubhe contemplou, imóvel, o que sobrava do quarto da neta. Os móveis haviam desaparecido. Só paredes enegrecidas pelo fogo e um cheiro acre de fumaça que irritava a garganta.

– Nunca poderia imaginar que... – começou Fea.

Está completamente fora de si, pensou Dubhe. *E como não concordar com ela? Mais uma tragédia, depois da morte do marido.*

Apertou os punhos. O que sobrara da família real, naquela altura?

– Vamos encontrá-la – disse seca. Olhou fixamente para a nora e apoiou as mãos em seus ombros. – Enviarei os meus homens à sua procura. Dela e de Adhara.

Porque aquele incêndio só havia sido uma maneira para libertar Adhara: não levou muito tempo para dar-se conta disto. De forma que não só tinham perdido a princesa, como também a única arma que, segundo Theana, podia enfrentar o avanço dos elfos.

Quanto a ela, Dubhe nunca acreditara muito nas profecias ou na religião. Aquela história da Consagrada parecia-lhe uma ilusão, o último refúgio de um povo que perdera qualquer esperança. Mas Theana também tinha repetido as mesmas palavras que acabava de dizer a Fea.

– Vou trazê-la de volta. Afinal de contas os meus homens são excelentes caçadores.

Avançou segura pelos corredores do palácio devastados pelo incêndio. O fogo tinha deixado suas marcas em pelo menos um terço do terceiro andar, mas não causara prejuízos irreparáveis.

Chegou à sua sala de trabalho, um aposento simples e despojado, de onde administrava o reino moribundo. Chamou sem demora um dos seus homens mais fiéis.

– Já deve saber o que aconteceu esta noite – disse.

– Sim, Vossa Majestade.

O sujeito mantinha a cabeça baixa, com o punho e um joelho apoiados no chão. Aqueles que Dubhe treinara ao longo dos anos para se tornarem a sua milícia pessoal de espiões e assassinos tinham a mais cega e total fé nela, demonstrando-lhe uma abnegação e uma obediência absolutas.

— Quero que encontrem a princesa o mais rápido possível. Ela e a prisioneira. Procurem-nas por toda parte e voltem com elas. Não preciso dizer que as quero vivas.

— Quantos homens, Vossa Alteza?

Aí é que estava o problema. Pois quase todos os seus foram deslocados para as zonas de guerra. Até mesmo no palácio havia poucos soldados. Afinal, se ela tivesse tido ao seu dispor todo o seu pessoal de segurança, Amina nunca teria conseguido levar a cabo o seu plano.

— Tire dois de cada frente de batalha e una-se a eles.

— Será feito, Vossa Majestade.

O homem levou o punho ao peito e fitou-a com determinação, depois saiu fechando a porta atrás de si.

Dubhe suspirou. Um passo de cada vez, a sua vida havia sido despedaçada, e agora, para mantê-la viva, só tinha a raiva ardente que a queimava por dentro. Conseguia mantê-la sob controle quando aparecia em público e tinha de tomar decisões oficiais. A sua mente continuava aguçada como sempre, e a sua aparência não deixava transparecer o tumulto que explodia em seu peito. Mas quando ficava sozinha, quando o silêncio enchia o aposento, aí já não podia reprimir os gritos que afligiam seu coração.

Fechou os olhos e deixou a fúria fluir solta em suas veias, uma fúria inútil e estéril que, depois de cada ataque, a deixava ainda mais esgotada. Mas era a única coisa que lhe sobrara, só podia odiar a si mesma e fingir uma calma que não tinha.

Havia sido a última a saber que o seu filho morrera. Naquele momento se encontrava na Terra da Água, e o ataque dos elfos acabava de ser desferido. Um ataque repentino, violento e inesperado, que os pegara não só despreparados como também prostrados. O exército sofrera terríveis baixas devido à peste, o caos reinava por todo canto. Cada um só pensava em si mesmo, alimentando a suspeita e tentando sobreviver naquele mundo enlouquecido.

Entre os inimigos havia combatentes homens e mulheres, pois todos tinham de dar sua contribuição à vitória. E como se já não bastasse, haviam chegado aqueles horríveis bichos alados, aquelas vivernas que pareciam ter saído do próprio inferno.

Dubhe buscara coordenar as suas tropas. Embora se sentisse meio deslocada, procurara acudir onde mais se tornava necessária a sua presença. Depois da morte de Learco, sentia a exigência de esquecer a si mesma no próprio corpo que lutava, na fúria da batalha que libertava a sua mente de toda reflexão e de toda dor. E havia sido durante o combate que a notícia a alcançara.

Neor estava morto. Sem que ela estivesse ao seu lado. E então aquele vazio surdo que a acompanhava se transformara numa raiva infinita, que estivera com ela até o dia do funeral.

Enquanto a pira queimava no pano de fundo de um céu lívido, Dubhe não sentira coisa alguma, como se estivesse envolvida numas volutas de algodão que amorteciam todas as coisas, todos os sons, todos os gestos. Lembrava que alguém a amparara, recordava que tinha chorado até a sua garganta doer. Trancara-se na escuridão do seu quarto por cinco longos dias.

Soubera, em seguida, que Kalth se encarregara dos negócios do reino durante aquele período. Um menino que nem tinha treze anos completos tomara o lugar dela, para protegê-la, para permitir que consumisse a sua dor. Fora capaz de realizar o que ninguém mais conseguiria fazer.

Dubhe afastou da mente aquela lembrança. Precisava esquecer, pois do contrário aqueles pensamentos iriam devorá-la. Nos cinquenta anos passados ao lado de Learco tinha aprendido a desprezar as próprias fraquezas. Só com ele dava-se ao luxo de não ser a mulher forte e invulnerável que parecia ser. Agora que ele estava morto, já não havia lugar para estas fragilidades. Tinha de recobrar-se, para guiar o seu povo, para defender a honra do marido e do filho.

* * *

Alguém bateu à porta. Dubhe voltou à realidade. Relaxou as mãos que apertavam com força os braços do assento e respirou fundo.
— Pode entrar.
— Minha senhora — mais um dos seus homens —, os outros estão prontos para a reunião.
Toda semana, um general diferente vinha relatar a situação na frente de batalha. Mas nem por isso a versão se modificava. Quem sobrevivia à doença levava dias para conseguir de novo ficar de pé, e enquanto isso o exército inimigo não fazia outra coisa a não ser continuar seu avanço. Naquelas condições, era impossível opor uma resistência digna desse nome.
Dubhe ficou de pé, devagar.
— Já estou indo — respondeu cansada.
O que poderia fazer para levantar o ânimo dos seus homens desta vez?
Passou a mão na parte direita do rosto. A peste infectara-a, mas tinha sobrevivido. Sobravam aquelas manchas, grandes e pretas, a lembrar-lhe que a morte a poupara. Era a sina de quem, afinal, sarava: levar gravado na pele o pesar por quem não conseguira.
Entrou na Sala do Conselho. Umas dez cabeças inclinaram-se em uníssono e Theana, num canto, fez o mesmo. Já fazia algum tempo que participava ativamente da resistência, procurando uma cura para aquela doença que os dizimava. E também havia Kalth. Ao retomar as rédeas do poder, Dubhe dissera para ele:
— Fez o que tinha de ser feito, e até mais. Não há motivo para continuar cuidando das coisas do reino, eu já estou aqui.
Mas ele sorrira com tristeza.
— Não posso tolerar a ideia de só ficar olhando enquanto o reino do meu avô e do meu pai se desmorona. Acho que pode entender.
Desde então, nunca faltara às reuniões do Conselho. As suas observações eram argutas, sempre demonstrando surpreendentes conhecimentos diplomáticos. Nunca apresentava pontos fracos ou condescendentes, mantinha-se sempre lógico, dono de si e da situação. Havia ocasiões em que Dubhe não conseguia encará-lo: apesar de o seu rosto ainda ser miúdo e imaturo, era como o pai, dava para reconhecer os mesmos traços.

A rainha olhou para os presentes, em silêncio, então sentou-se no seu lugar.

O primeiro a falar foi um dos generais, que desenrolou um grande mapa cheio de marcas vermelhas. A geografia da derrota. As poucas vitórias conseguidas não eram suficientes para conter o avassalador avanço dos elfos, que pareciam ter planejado tudo da melhor forma possível. Não eram tão numerosos no conjunto: o seu exército consistia em pequenas unidades formadas por umas poucas centenas de indivíduos, mas atacavam de surpresa, com ações de guerrilha. Graças à peste, já saíam com uma enorme vantagem e prosseguiam com movimentos cirúrgicos, estudados para solapar as forças do adversário. Deviam ter um habilidoso soberano, que no entanto ninguém até então vira.

– Isto é tudo – concluiu o comandante enrolando rápido o mapa, como se estivesse com pressa de esconder os sinais da derrota.

Dubhe suspirou.

– Reforços vindos de outras Terras? – perguntou.

– Escassos e confusos – respondeu outro general. Houvera uma tentativa para reunir os vários exércitos, mas não dera em nada.

– Minha rainha, estão todos enfrentando a nossa mesma situação: poucos homens, e todos praticamente esgotados. E o pior é que não conseguimos encontrar um jeito de coordenar as poucas forças que ainda nos restam.

– Está faltando alguém capaz de nos guiar – acrescentou um jovem. – Os generais perecem na guerra ou por doença, e os que sobram, perdoem a franqueza, não conseguem segurar as rédeas do comando. Precisamos de um líder.

– Precisamos dizimar o quanto antes os chefes deles, é o único caminho. E aí esperar pela ajuda do Mundo Submerso. Mantemos boas relações com eles, não podem nos recusar a sua ajuda – disse Dubhe, após alguns momentos de reflexão.

O desalento geral pareceu tornar-se mais pesado.

– Não há mais nada a dizer – concluiu.

Os seus homens dirigiram-se à saída e, ao reparar em seus rostos tensos, Dubhe achou que, mais do que um líder, estavam precisando de esperança. Do outro lado do aposento só ficou um rosto, pálido e imóvel. Kalth.

– Também pode ir – disse Dubhe, com um sorriso.

Mas o garoto permaneceu no lugar, de punhos apertados contra os flancos.

– Ouviu o que disseram? – perguntou.

Dubhe anuiu, procurando uma posição mais confortável no assento. Havia um tom de acusação na voz do neto:

– Está faltando um líder. O seu lugar é ao lado deles, eles precisam de você.

– O reino precisa de mim aqui, Kalth. A minha obrigação é ficar junto do meu povo, agora que me tornei imune à doença.

Kalth aproximou-se atravessando lentamente a sala.

– Não é verdade. A sua tarefa sempre foi lutar, faz parte da sua natureza.

– A gente muda na vida.

– Acho que deveria ir à frente de batalha.

Agora estavam um diante do outro. Dubhe só conseguiu encarar por pouco tempo o olhar do rapaz. Neor estava naquele olhar.

– Eu represento a Terra do Sol, quem sabe até o próprio Mundo Emerso. Sem mim, o reino desmoronará.

– Posso ficar no seu lugar. Já fiz isso.

Aquelas palavras comoveram-na. Que tempos eram aqueles, quando um menino era forçado a dizer palavras como essas?

Dubhe meneou a cabeça.

– Está bem, mas só por poucos dias. Pois, afinal, você deve viver sua própria vida e não assumir responsabilidades que não lhe competem.

– A minha vida? Enquanto a guerra avança, e já sem uma família? – A sua voz mostrara-se só veladamente alquebrada. Dubhe tentou rebater, mas Kalth não lhe deu tempo. – Não estarei sozinho. Poderei contar com Theana e com os conselheiros mais antigos e fiéis. Deste jeito não podemos continuar. Vamos acabar perdendo, e você sabe disso.

A ideia era tentadora, ela não podia negar. Guiar os seus homens, entrar mais uma vez em ação como no tempo em que havia ladeado Learco em combate, quando os dois ainda eram jovens. Não era o que sempre desejara, desde a morte de Neor?

– Mesmo que eu fosse, não poderia certamente compensar a falta de homens e os estragos provocados pela doença, não acha?

— Mas poderia dar-lhes esperança.
— Estou muito velha — murmurou Dubhe.
Kalth apertou os punhos.
— Não pense que é um capricho. Estes são os tempos que a sorte reservou para nós, e cada um tem de conformar-se com o seu papel. Até mesmo um garoto como eu pode tornar-se rei. É o meu destino, e tenho de aceitá-lo.

Dirigiu-se lentamente à porta, com as mesmas passadas calmas que distinguiam Neor quando ainda andava. Dubhe precisou fechar os olhos para tirar da cabeça a imagem do filho.

Ficou sozinha, na quietude da sala. No coração, o brado da batalha que esperava por ela, lá longe, onde a guerra estava destruindo o sonho do seu marido.

5
A FUGA

— Já podemos parar – disse Adhara. Estavam no meio do bosque, o mesmo pelo qual ela passara não fazia muito tempo, quando fugira da Sala dos Vigias em chamas. *Como se tudo se repetisse num eterno ciclo*, não pôde deixar de pensar.
 Já tinham andado um bom pedaço. Aquelas primeiras horas eram de vital importância, pois muito em breve iriam começar a procurar por elas. Uma vez dominado o incêndio, os homens de Dubhe estariam logo no encalço das duas. Mas não era só isso que a preocupava.
 — Você tem certeza de que não seria melhor seguir adiante? – disse Amina. Estava cansada, macilenta, nervosa.
 Era a primeira vez que perguntava alguma coisa, desde que começaram a sua fuga.
 — De qualquer maneira, não conseguiria dar nem mais um passo – disse a jovem, deixando-se cair ao chão. – Estou exausta.
 Amina não fez comentários. Limitou-se a deitar-se numa capa que tirara da mochila que levava consigo. Em seguida procurou mais alguma coisa na sacola, sacando uma ampola que continha um líquido escuro. Algo pareceu despertar na mente de Adhara. *Uma poção de camuflagem*, pensou. Detestava aquelas lembranças repentinas, pois sabia que não eram fruto de uma verdadeira experiência de vida. Eram a marca dos Vigias, recordações postiças que deviam preencher o vazio da sua existência.
 — Essa poção serve para camuflar-se.
 — Então não é verdade que não se lembra de nada – observou Amina.
 Adhara recompôs-se.
 — Não é isto. Acontece que li alguma coisa a respeito na biblioteca – mentiu. – Sei que o efeito dura vinte e quatro horas, basta tomar um gole.

– Achei que poderia ser útil. Tirei de um dos homens da minha avó.
– Entendo, mas essa aí só vai dar no máximo... – Adhara avaliou-a com olhar esperto – para umas três ou quatro doses por cabeça.
– Só vamos tomar se estivermos em perigo ou no caso de encontrarmos alguém.
Amina tinha realmente planejado tudo nos mínimos detalhes. Havia alguma coisa obsessiva na sua maneira de agir que Adhara não conseguia entender.
A garotinha ajeitou-se melhor no leito improvisado.
– Não acha que seria oportuno organizarmos turnos de vigia?
Adhara tentou interpretar a expressão da outra na pouca luz que a lua cheia deixava filtrar entre a folhagem
– O que tenciona fazer agora? – perguntou.
– Ir com você – respondeu ela, simplesmente.
Adhara baixou os olhos para a espécie de ninho de samambaias que aprontara para dormir. Havia alguma coisa espectral no bosque. Sentiu um aperto no coração, a sombra longínqua de um afeto que se obstinava a não morrer.
– Estava pensando em ir até *ele*.
Não tinha a coragem de mencionar o nome. Amhal. O que pensava, Amina, dele? Vira-o matar o pai e fugir junto com San.
– Pois bem, vou com você. – Amina mal levantou a cabeça para uma rápida olhada. – Incomoda-se em ficar com o primeiro turno de vigia?
Era óbvio que queria mudar de assunto, mas Adhara precisava saber.
– Por que decidiu juntar-se a mim? Por que incendiou o palácio? Toda sua vida estava lá.
– Não, não havia mais nada para mim ali – respondeu, curto, Amina. – Mantinham-me fechada num quarto, olhando a cidade deserta de uma janela. Estava morrendo de solidão. E, de qualquer maneira, não podia deixá-la apodrecer naquela cela nojenta. Todo o mundo me decepcionou. Theana, que mandou prender você e a trancou lá embaixo, a minha avó que permitiu isso, o meu irmão e minha mãe com todo aquele sofrimento bobo. Já não são a minha família.

– Não fale assim. Eles lhe querem bem, eu sei disso.
– Não entendo como você ainda possa pensar uma coisa dessas, depois do que lhe fizeram.

Adhara apoiou o queixo nos joelhos.

– Por que quer ir comigo? – insistiu.

Havia alguma coisa de errado na presença de Amina, sozinha com ela naquela floresta, algo terrível na maneira com que estava vestida, na tranquilidade com que acariciava o punhal preso à sua cintura.

– Estou com sono. Chega de conversa.

Puxou a capa por cima dos ombros e deitou-se entre as samambaias, dando-lhe as costas.

Foi como uma vibração surda, que nascia em seu peito e o oprimia. O coração começou a bater muito lento, os pulmões se contraíram. Adhara arregalou os olhos no escuro, certa que ia morrer. Amina era um embrulho encolhido entre as folhas secas, enquanto ela continuava grudada ao tronco no qual se apoiara.

Passou a mão nos braços, nas pernas, no peito. Talvez tivesse sido vencida pelo sono. À sua volta, a escuridão começava a deixar o lugar à primeira claridade do alvorecer.

Lentamente a dor desapareceu, a respiração voltou a ser regular. Adhara deitou-se na grama e aspirou com prazer o ar perfumado da manhã.

Devia ter sido um pesadelo, apenas isso. Um sonho mau que a apertara numa mortalha de terror, e seu corpo limitara-se simplesmente a reagir. Mas ainda estava com medo, um medo louco. Até aquele momento o seu físico jamais a traíra. Nunca tinha passado tão mal.

Ficou cabisbaixa, de braços caídos entre as pernas, engoliu em seco e preparou-se para acordar Amina. No indicador, logo atrás da unha, no entanto, reparou numa minúscula, quase imperceptível manchinha vermelha escura.

No dia seguinte, Adhara decidiu prosseguir pela vegetação rasteira. Sabia que Amhal tinha viajado rumo a oeste. Até saírem da Grande

Terra, poderiam continuar naquela direção. Depois, já bastante longe dos homens de Dubhe e Theana, poderiam procurar novos indícios.

Foram dias muito duros, com os sentidos cada vez mais aguçados. Caminhavam no leito dos riachos para não deixar rastros, em silêncio, cada uma perdida em seus pensamentos. Adhara não conseguia parar de pensar em Amina. Ela não era mais a menina melancólica e indômita à qual aprendera a querer bem. Tornara-se alguma coisa diferente, algo terrível.

E mesmo sem conseguir arrancar uma palavra sequer da sua boca, tinha certeza de que ficara com ela só para se vingar de Amhal, o assassino do seu pai.

Poderia deixá-la sozinha. Amina iria considerar aquilo uma verdadeira traição, mas na realidade, desta forma, salvaria a vida dela. Mas deixá-la sozinha onde? Não podia simplesmente aturdi-la e abandoná-la ali, à mercê dos animais da floresta. Não, nem pensar.

Voltar, por sua vez, seria o mesmo que se render, submeter-se às ordens de Theana.

Não tenho outra escolha a não ser aceitar o meu destino.

Estremeceu. Não havia destino algum para ela. Amina tinha calculado tudo direitinho, devia ter compreendido o que se passava na cabeça da menina.

Só agora Adhara se dava conta claramente da enormidade daquilo que acontecera. E se, mesmo que o encontrasse, não conseguisse fazer com que ele recuperasse a razão? Ela já não tinha fracassado uma vez?

Talvez tivesse sido melhor eu ficar no palácio e render-me à evidência.

Mas não podia, em nome daqueles sentimentos que a atormentavam, daquele tumulto de emoções que lhe diziam que era uma pessoa e não uma experiência.

Razão pela qual só podia seguir em frente, levando consigo uma criatura tão perdida e confusa quanto ela mesma. E esperar encontrar o caminho.

Ficaram seis dias andando sem parar. À sua volta, lentamente, a paisagem mudava, sinal de que tinham passado a fronteira com a

Terra do Vento. Adhara ficou pensando no fato de estarem trilhando exatamente o mesmo caminho que ela percorrera depois de acordar na clareira. Só que desta vez tinha de tomar mais cuidado.

Naquele momento, alguma coisa se mexeu entre as samambaias. Adhara segurou Amina e puxou-a para baixo.

– Acho que não estamos sozinhas – ciciou.

– Quem pode ser? – perguntou a amiga, baixinho.

Ela limitou-se a sacudir a cabeça. Sacou o punhal que tinha tirado do guarda derrubado durante a fuga. Senti-lo entre as mãos devolveu-lhe a confiança.

– Fique aqui – ordenou.

Arrastou-se silenciosamente entre a grama alta e aproximou-se. Era um homem, apoiado de costas num pedregulho, de pernas mergulhadas na água e braços inertes na correnteza. Adhara segurou a respiração. Nenhum barulho. Devia ter certeza de que não havia qualquer perigo, antes de seguir adiante com Amina. Avançou mais um pouco e finalmente ouviu. Um estertor, como um gemido lento e excruciante. Devia estar ferido. Talvez a prudência e a condição de fugitivas as aconselhassem a esquecer o homem, abandonando-o ao seu destino, mas Adhara preferiu seguir o instinto e se aproximou, mantendo com firmeza a mão no cabo do punhal.

O homem era relativamente idoso e olhou para ela com expressão cansada, de olhos embaçados. Tinha um grande rasgo no ventre, de onde o sangue escorria farto. Haviam tirado tudo dele, deixando-o somente com as roupas de baixo e a camisa grossa que usava sob as roupas mais pesadas. Assaltantes. Bandos de desesperados. Só podiam ter sido eles. Uma simples olhada bastou para Adhara entender que não havia mais esperança. Mesmo assim, não podia ficar ali, sem fazer nada.

Revistou a memória à procura de algum encantamento de cura. Um paliativo já bastava, só para aliviar o sofrimento à espera do fim. Cruzou o olhar do velho e reconheceu nele uma súplica aflita que a fez sentir-se mal. Ele tentou dizer alguma coisa, mas dos seus lábios nada saiu.

O velho segurou então o punhal que ela mantinha nas mãos e encostou-o no próprio peito. "Por favor", dizia sua boca muda.

Adhara entendeu.

O homem esboçou uma espécie de sorriso, quase satisfeito. Fechou os olhos e Adhara fez o mesmo. Não podia olhar para ele. Afundou rapidamente a lâmina no seu peito, rezou para o fim ser rápido e indolor. O corpo estremeceu num único espasmo, depois mais nada.

Os músculos de Adhara relaxaram, sua mão afrouxou a presa. Sentia-se vazia. Percebeu ter ficado um bom tempo segurando a respiração. Ficou horrorizada com aquele mundo enlouquecido, com aquilo que provocava nos homens.

– O que está havendo?

Uma voz longínqua, estrídula. Amina. Adhara esquecera-se completamente dela. Ficou de joelhos e procurou não olhar para o homem que acabara de matar. Fez sinal para a amiga se aproximar. Ela apareceu entre as moitas e alcançou-a rapidamente, saltitando de uma para outra pedra do riacho. Então parou diante do velho.

– Demorou este tempo todo só por causa de um cadáver? – perguntou cética.

Adhara não teve ânimo de contar o que havia acontecido.

– Precisava ter certeza de que não havia perigo – explicou. – Não olhe para ele – acrescentou, baixinho.

– Acha que foram os elfos?

Adhara sacudiu a cabeça.

– Foram ladrões. Roubaram tudo. – Levantou-se. – Ajude-me.

Não tinham como sepultar o corpo, e de qualquer maneira a operação iria exigir tempo demais. Naquele ponto, no entanto, o riacho era fundo o bastante para levá-lo embora. Adhara achou que o mar seria melhor do que aquela margem, onde o homem estava exposto à vista e ao escárnio de qualquer viajante. Segurou-o pelos braços, enquanto Amina ajudava com os pés. A correnteza demorou algum tempo, mas pouco a pouco o cadáver tornou-se uma mancha longínqua, rumo ao Saar e depois para o oceano. Adhara teria gostado de rezar, mas não tinha um deus ao qual recorrer. Depois de tudo que havia acontecido, Thenaar e os demais pareciam-lhe meros simulacros com os quais os homens justificavam a própria loucura.

E então veio a dor. Pungente, a ponto de estraçalhar seu peito. Caiu de joelhos, na água, enquanto aquela horrível sensação abria caminho, das mãos, até penetrar cada músculo. Seu corpo já não

lhe pertencia, não obedecia. Ficou por alguns segundos sem fôlego, certa de que aquela era a morte, uma morte inexplicável e horrenda.
Aí, como começara, acabou.
– Você está bem? – perguntou uma voz.
Levou algum tempo para focalizar Amina, curvada sobre ela. Anuiu. Sentou-se nos calcanhares, com a água que lhe molhava a calça.
– Uma tontura. Talvez ainda esteja fraca devido ao cativeiro.
– O que houve com você? Caiu de repente...
– Não foi nada. Aquele cadáver... fiquei chocada.
Levantou-se e, ao fazê-lo, reparou de relance na mão esquerda. A mancha no dedo parecia ter ficado maior.
– Bateu em alguma coisa? – perguntou Amina.
– Não faço ideia... – respondeu, mas algo preenchera de repente a sua alma com um obscuro presságio.
Então um assovio, um barulho na mata fechada. Adhara se recompôs. Podia ser um pássaro ou alguém que imitava o seu canto.
– Acho melhor irmos embora – acrescentou. E retomaram a sua marcha.

6
HORRORES DA GUERRA

Esfregou por um bom tempo, com força. Usou a saliva, molhou-o na água. Mas não era uma mancha que se podia lavar, tinha de dar-se por vencida e aceitar a evidência. Seu dedo estava vermelho, de um rubor escuro e doentio, como se alguém tivesse dado um nó na sua base e o sangue não conseguisse passar. Ao tocá-lo sentia um leve formigamento. Mas podia movê-lo.

Amina se mexia num sono agitado, perto dela. Já ia alvorecer, era hora de seguir viagem. Adhara interrogou o próprio corpo. Como se sentia? Não poderia dizer. Alguma coisa estava acontecendo com ela, algo *feio*, que não conseguia explicar.

Talvez eu não seja tão imune à peste como acreditava, pensou. Mas por algum motivo sentia que não se tratava da doença. Aquele mal-estar vinha de dentro, das profundezas do seu ser. Desde que ficara com falta de ar no riacho, começara a preocupar-se realmente, tanto que lhe parecia estar passando mal o tempo todo. Entrava bastante ar nos seus pulmões? E o coração, não estava por acaso batendo rápido demais? Enquanto isso, a mancha ficava cada vez maior.

Puxou-se para cima, sacudiu delicadamente Amina.

– Está na hora – sussurrou em seu ouvido. Viu-a espreguiçar-se e resmungar, sonolenta. Eram seus melhores momentos. Perdia aquele ar sinistro e sofrido que mantinha pelo resto do dia e voltava a ser o que sempre fora: uma menina.

– Vamos lá, arrumei algumas maçãs para o desjejum – disse para ela.

Amina levantou-se e, bocejando, anuiu. Se pudesse ser sempre assim, se fosse possível apagar o que aconteceu e fazê-la voltar a ser a criança que ela aprendera a amar... Mas, longe disso, tornara-se um enigma que Adhara não conseguia resolver.

Comeram em silêncio, sob um chuvisco miúdo. O inverno estava chegando e o ar, de manhã, já cheirava a geada. Há dois dias estavam em campo aberto, precisavam absolutamente encontrar uma aldeia onde parar, a fim de arrumar alguma comida, é claro, mas também para encontrar indícios acerca da direção a seguir. Adhara não fazia ideia.

– Em marcha! – disse, quando terminaram o desjejum, jogando longe as sobras da fruta.

Amina não fez comentários. Envolveu-se na capa e a seguiu.

As botas afundavam na lama. O terreno estava úmido e Adhara mostrava alguma inquietação. Deviam ter chegado às pradarias da Terra do Vento, e não havia uma única árvore à vista num raio de milhas. Viajar daquele jeito não era seguro.

De repente um cheiro nauseabundo apertou sua garganta. Cobriu na mesma hora o rosto com a orla da capa.

Amina teve ânsias de vômito.

– O que é?

Adhara conhecia aquele cheiro. Putrefação, sangue e morte. Talvez San e Amhal também tivessem passado por ali, mas este pensamento não a consolou. Depois do que acontecera na corte, sabia que não hesitariam a continuar matando.

– Fique aqui, enquanto eu vou ver do que se trata – disse.

Amina estava branca como um trapo e limitou-se a concordar.

Aquele rastro terrível era melhor do que qualquer trilha, e Adhara não levou muito tempo para descobrir a sua origem. Quando os viu, suas pernas se imobilizaram, impedindo que seguisse em frente.

Dois homens jaziam no descampado. Ou melhor, o que sobrava deles.

Era aquilo que se reduziam os corpos quando o destino completava o seu curso. Se os Vigias não a tivessem apanhado no chão, agora ela também estaria daquele jeito. O pensamento fez sua cabeça rodar, e só então conseguiu desviar o olhar. Mas tinha de continuar. Precisava ter certeza de que nenhum dos dois era Amhal.

A duras penas forçou-se a avançar, lentamente, cobrindo o nariz e a boca com o braço. Curvou-se para examinar os restos, procurando não olhar para aqueles rostos descarnados. Compreendeu de imediato. Um amplo golpe trespassara-os de um lado a outro. Aquilo só podia ter sido feito pelo espadão de dois gumes de Amhal. Ele tinha passado por ali.

Os homens não vestiam qualquer tipo de armadura, somente roupas de pano grosso, justamente como aquela do sujeito que encontrara na margem do riacho. Talvez algum ladrão de passagem roubara aquilo que restava. Tinha de se apressar. Amina estava sozinha, e o lugar era evidentemente perigoso. Levantou-se, controlou o terreno em volta. Uma confusão de rastros de todo tipo tornava impossível entender qualquer coisa. Deu mais alguns passos, procurando alguma pista. De repente, alguns rastros no chão chamaram a sua atenção. Pegadas mais profundas, de pelo menos quatro ou cinco homens, indicavam uma direção, dirigiam-se para um pequeno matagal à direita. As outras, de dois homens, seguiam para noroeste. A Terra da Água. Era para lá que San e Amhal estavam indo. Afinal de contas, a própria Theana tinha dito que fora por lá que os elfos haviam penetrado naquela parte do reino.

Um grito arrepiante a fez estremecer. Amina. Adhara saiu correndo, de punhal na mão, e, ao chegar ao topo da encosta, os viu. Eram três e estavam em cima dela.

Usavam roupas esfarrapadas e armas enferrujadas, eram homens sem rumo, desesperados. Talvez, em tempos normais, houvessem sido pessoas como qualquer outra, que agora a fome e a doença transformaram em assaltantes enlouquecidos.

Adhara investiu contra o primeiro afundando a lâmina em suas costas, até o pulmão. Nem o ouviu gritar. Desmoronou ao chão na mesma hora. Por um momento os outros ficaram abobalhados, então um agarrou Amina enquanto o outro se jogou em cima de Adhara. Ela apanhou a espada daquele que acabara de matar, esquivou-se da estocada e atacou o agressor com um golpe firme nas costas. O grito ressoou na planície. Só faltava um agora. Amina espernava, mas o homem apertava-a com força. Ela não desistiu: sacou o punhal trincado e tentou acertá-lo, mas seus ataques eram imprecisos, fracos. Só por mera sorte conseguiu arranhá-lo num braço.

– Agora você vai ver, sua pestinha maldita! – grunhiu o homem.

Estava fora de si, descontrolado de raiva, e já ia golpeá-la quando uma mão despontou detrás das suas costas e o brilho de uma lâmina desenhou um fino risco vermelho em sua garganta. O homem tombou no chão, de olhos vidrados para o céu.

O silêncio envolveu as duas jovens. Amina ainda tinha a respiração ofegante, com os olhos cheios de medo, mas também de uma grande determinação.

— Precisa ensinar-me a arte da espada — disse. — Se eu soubesse usá-la, poderia ter dado um jeito sozinha.

Desta vez, Adhara sentiu o irrefreável desejo de dar um tapa nela, de gritar na sua cara que nada sabia da morte ou da escravidão de quem nasceu para tirar vidas. Apertou os punhos, e seu dedo formigou. Aquela sensação acalmou-a.

— O que aconteceu? — perguntou.

O relato de Amina foi fragmentário e confuso.

Haviam surgido de repente, do matagal, logo que Adhara se afastara. Ela tinha reagido na mesma hora, mas eram três, e não demoraram a imobilizá-la. Revistaram seu corpo inteiro, intimando-a a entregar tudo aquilo que tinha.

— Precisamos sair daqui — concluiu a amiga. — Este lugar está cheio de desesperados, e nós precisamos de um abrigo. — Então olhou para a companheira. — Tudo bem? — perguntou com um sorriso.

Amina, no entanto, manteve o mesmo olhar desdenhoso de pouco antes e limitou-se a anuir secamente.

Foi ao entardecer que apareceu de novo. Acabavam de acampar no limiar dos primeiros matagais que anunciavam as florestas da Terra da Água. Tinham andado muito, conseguindo superar o curto trecho da Terra do Vento que ainda as separava da fronteira.

Começou com ânsias de vômito, e Adhara achou que fosse consequência da cena que vira naquela manhã. Mas logo a seguir ficou sem fôlego, o coração pareceu abandoná-la e seu corpo ficou mole.

Basta; em nome do céu, já chega!

— Você está bem, Adhara? Adhara!

Uma voz distante, o toque fresco de mãos na pele.

— Estou muito mal... — murmurou, encolhendo-se sobre si mesma. Então, pouco a pouco, o surto passou.

* * *

Apoiada numa árvore, desta vez Adhara achou melhor contar. Falou dos dois ataques anteriores e relacionou-os com o dedo vermelho.

Havia recomeçado a chover.

– O que tenciona fazer? Pode ser que esteja doente, quem sabe a peste...

– Não, é impossível. Nas minhas veias corre sangue de ninfa. Sou imune.

– Acho que deveria deixar alguém examiná-la, de qualquer maneira. Não pode acreditar que vai se curar sozinha!

– Talvez encontre alguém que possa ajudar no próximo vilarejo. Admitindo que ainda haja alguém. – E, ao dizer isso, Adhara assumiu uma expressão séria e preocupada. Precisavam com a maior urgência de mantimentos.

No dia seguinte, finalmente, atravessaram a fronteira, e não demoraram a encontrar um posto militar.

No passado devia ter sido uma hospedaria, mas agora, com a guerra, fora requisitada pelo exército. Mantivera, contudo, a estrutura original: no térreo havia um amplo salão com um balcão, que no entanto tinha sido esvaziado das mesas e era atualmente usado como depósito; no andar de cima, os quartos haviam se tornado alojamentos dos soldados a caminho do *front*. Em torno do prédio perambulava uma pequena multidão heterogênea – desesperados, sobreviventes, reforços recém-chegados das terras vizinhas –, na qual seria fácil passarem despercebidas. Decidiram, mesmo assim, tomar a poção. Cada uma tomou um gole e, quando passaram a mão no rosto, não reconheceram a si mesmas. Amina transformara-se numa menina com os traços marcados de camponesa, e o mesmo acontecera com Adhara.

– Procure não falar, está bem? De qualquer maneira, se perguntarem alguma coisa, somos irmãs – sugeriu.

Entrar não foi difícil. Só tiveram de passar pelo controle de uma sacerdotisa desdentada e de poucas palavras, que tinha a tarefa de certificar-se de que não estavam doentes. Demorou-se um bom tempo nos dedos de Adhara. Dois estavam vermelhos, e a primeira falange de um deles começava a ficar preta.

– O que é isto? – perguntou, desconfiada.

– Esmaguei-o enquanto levantava pedras – respondeu Adhara.

A sacerdotisa voltou a examinar as mãos e o rosto, e finalmente deixou-a passar.

Acabaram almoçando numa barraca montada ao lado da hospedaria: sopa de nabo e pão dormido, temperados com contos de guerra.

Quase todos, naquele humilde refeitório, eram retirantes e tinham o terror estampado nos olhos. Alguém começou a contar as primeiras histórias acerca dos elfos sobre a sua crueldade e a sua força:

– Massacraram toda uma aldeia às margens do Saar. Mandaram os habitantes formar uma longa fila, principalmente mulheres e crianças, e trespassaram todos com suas espadas. Depois atearam fogo nos destroços.

– Há mulheres também em suas tropas. São impiedosas e lutam com força sobre-humana.

– Montam animais horrendos, que soltam gritos horrorosos. Pretos, sem as patas da frente, com corpos que parecem serpentes.

Adhara tomava a sua sopa, cabisbaixa, perdida em seus pensamentos, enquanto Amina parecia interessada e acompanhava a conversa.

– Certa vez vi um daqueles bichos – disse de repente. Adhara ficou com a colher suspensa no ar e fez sinal para ela se calar. – Mas foi longe daqui, mais para o lado da Grande Terra – continuou a garota, destemida.

– Um deles passou por aqui certa noite – continuou outro. O coração de Adhara quase parou. – Deve ter sido... uns dez dias atrás. Parecia estar indo para a frente de batalha.

Quer dizer que estavam no caminho certo.

– De qualquer maneira, não se trata apenas dos elfos. Às vezes até os nossos parecem perder a cabeça – acrescentou uma mulher.

Amina e Adhara entreolharam-se.

– Como assim? – perguntou Adhara, desistindo do seu reticente silêncio.

– Há um sujeito que veste a farda do Exército Unitário, mas faz coisas terríveis. Não é verdade, Jiro?

Um repentino gelo tomou conta da barraca, e todos se viraram para um jovem de ar amedrontado. Tinha uma larga tira de pano cobrindo o olho esquerdo e uma vistosa atadura no ombro. Mas o que mais impressionava era o seu olhar: assustado, apavorado. Pareceu apequenar-se, como se quisesse desaparecer.

Um amigo, ao seu lado, deu-lhe uma cotovelada.

– Vamos lá, Jiro, não se faça de rogado. As jovens são novas aqui, não conhecem a história.

Jirou olhou em volta, confuso. Então começou a falar, baixinho:

– Eu estava... com alguns amigos. – Engoliu. – Andando à toa, por aí – acrescentou.

Um ladrão, pensou Adhara. Como aqueles que ela mesma e Amina tinham encontrado.

– E topamos com eles. – Interrompia-se continuamente, quase buscando forças para prosseguir. O jovem ao lado mantinha o braço em volta dos seus ombros. – Eram dois, um jovem e outro do qual não saberia dizer a idade. Estavam encapuzados. – Mais uma vez teve de retomar o fôlego. – Mas, por baixo, um vestia a casaca do Exército Unitário. Sei que não deveríamos ter chegado perto, mas estávamos desesperados, com fome...

– Tudo bem, Jiro, ninguém o está acusando.

– Nem mesmo tivemos tempo de assaltá-los. Juro, as nossas espadas ainda estavam na bainha! O mais velho sacou a arma: terrível, toda preta, e brilhava da luz do luar.

Adhara fechou os olhos por um momento. San. Então olhou para Amina: atenta, apertando o queixo, rangendo os dentes. Tocou no seu joelho com a mão, por baixo da mesa.

– Não foi um combate. Foi um verdadeiro massacre. Matavam pelo prazer de matar, tanto o velho quanto o jovem. O de uniforme tinha um enorme espadão de dois gumes, terrível...

O rapaz botou a mão no olho são. Chorava, os ombros sacudidos por convulsos tremores.

– Vocês não podem imaginar o furor que havia nos olhos deles. Nunca vi nada parecido, nem mesmo entre os elfos! Tive de fingir que estava morto, e fiquei sob os cadáveres dos meus companheiros por uma noite e um dia inteiros.

A voz de Adhara tremia, mas perguntou assim mesmo:

– Onde foi que aconteceu?

Jiro recompôs-se e fitou-a, transtornado. Levou algum tempo para responder:

— A oeste daqui, a uns quatro dias de caminho do *front*. Ouvi-os claramente mencionar Kalima, um vilarejo no sul da Terra da Água, não muito longe do Saar.

Um silêncio pesado tomou conta do aposento. O jovem já devia ter contado muitas vezes a sua história, mas os presentes pareciam tão atônitos como se a estivessem ouvindo pela primeira vez. Afinal, se nem podiam contar com o Exército Unitário, a quem mais poderiam recorrer?

Adhara não conseguiu engolir nem mais uma colherada de sopa.

Naquela noite descansaram no posto militar, numa espécie de galpão no qual encontravam abrigo noturno todos os que fugiam à guerra.

— Amanhã vamos comprar mantimentos e saímos daqui – disse, seca. Amina trouxera consigo algumas carolas, o bastante para adquirir as poucas coisas necessárias para uma viagem de uma semana.

Mas Adhara não conseguiu pegar no sono. A lembrança da clareira, os olhos apavorados de Jiro e finalmente a cena da morte de Neor encheram a sua mente tirando-lhe o sossego. O que sobrara do Amhal que amava? Onde estava o rapaz que tentava desesperadamente lutar contra a pior parte do seu ser? Já não podia reconhecê-lo naquele rastro de sangue que deixara atrás de si e que tinha de seguir para encontrá-lo.

Pela primeira vez desde que partira, a sua determinação vacilou. Talvez Amhal tivesse ido longe demais, talvez não houvesse mais possibilidade de redimi-lo. Mas, assim sendo, tudo ficava sem consistência, sem sentido: a fuga, a viagem, a sua existência que Amhal moldara.

Revirou-se longamente na cama, atormentada pelas dúvidas.

7
O REI

Chegaram de manhã. O ar cheirava a musgo e madeira molhada. Tinham usado novamente a viverna para o trecho final.

– Aqui, em território élfico, estamos seguros – sentenciara San. Haviam atravessado as linhas de combate assistindo aos males que a guerra traz consigo. Tinham lutado e matado, mas Amhal não se sentia nem um pouco melhor. Estocada após estocada, imaginara que poderia livrar-se do sentimento de pena que ainda sentia pelas vítimas. Mas, ao contrário, ainda estava no ponto de partida, como quando era aprendiz de Cavaleiro de Dragão e lutava contra a parte sombria do seu ser.

A viverna de San empinou-se no ar fresco da manhã.

– Chegamos – disse o semielfo, mas Amhal, atrás dele, não conseguiu ver nada diferente naquela zona da floresta que estavam sobrevoando. Só reparou numa paliçada que cercava uma área descampada no topo de uma colina. Havia duas vivernas no recinto. Não eram pretas como a de San: uma era marrom e a outra, de um roxo escuro e ameaçador.

Dirigiram-se para aquele cercado, e o animal desceu planando suavemente. Foram recebidos por uma criatura esbelta e pálida, de músculos insolitamente longos, cabelos de um verde vivo e olhos violeta. Um elfo. Era a primeira vez que Amhal via um sem disfarce. A figura fez um estranho efeito nele, pois todas as proporções do corpo magro e alongado eram bastante diferentes das de um ser humano, e normalmente poderiam ser definidas quase como monstruosas. Mas não dava para descrever aquele ser disforme, pois havia uma elegância hipnótica nos seus movimentos.

Deve ser um grande lutador, pensou Amhal.

O elfo segurou as rédeas da viverna, olhou para ambos com ar de contida superioridade, então baixou a cabeça.

– *Arva*, Marvash – disse.

— Fico contente em estar novamente aqui — respondeu San, falando na língua dos humanos. Então virou-se para o companheiro. — Élfico. Mas não se preocupe, o rei fala a nossa língua. Muitos deles a conhecem, embora não gostem de usá-la.

Aos ouvidos de Amhal, aquela linguagem não soava totalmente desconhecida. Era como se já a tivesse ouvido num passado muito distante.

Saíram do cercado e se viram num acampamento perfeitamente escondido pelo bosque. As moradas eram verdadeiras cabanas nas árvores, primorosas construções de madeira e sapé com ramificações que chegavam até o tronco. Algumas tinham vários andares e eram tão bem disfarçadas que era difícil percebê-las na folhagem. Estavam ligadas entre si por complexos sistemas de pontes, cordas e roldanas, e no topo de algumas vislumbravam-se postos de vigia com suas sentinelas.

Por baixo daquele insólito acampamento havia um contínuo vaivém de pessoas aos berros. Soldados, é claro, armados em sua maioria de lanças ou machados de dois gumes com longas empunhaduras, de peito protegido por leves armaduras metálicas. Mas mulheres também, lindíssimas, envolvidas em longos trajes impalpáveis, presos com elaborados broches. Os ombros eram cobertos por peles de animais tão macias quanto o mais fino tecido. Os cabelos eram longos, de um verde reluzente, os olhos grandes, líquidos, e se moviam como presenças oníricas entre um e outro galho. Amhal surpreendeu-se a acompanhá-las com os olhos, hipnotizado pela maneira como elas saracoteavam os quadris delgados. E então crianças, muitas, barulhentas, jocosas. Não parecia uma base militar. Havia vida ali e alegria, muito mais alegria do que Amhal já tinha visto nas cidades da sua gente. *Uma ilha de paz num oceano de guerra*, pensou. Não conseguia imaginar aquele povo em combate, pronto a infligir sofrimento. E, mesmo assim, haviam sido eles a começar aquela guerra e a espalhar a peste no Mundo Emerso.

Diante do seu olhar admirado, contudo, aquelas pessoas pareciam fugir. Qualquer um, podendo, o evitava, tanto assim que, quando passava pela multidão, abria-se o vazio.

San parecia não ligar para isso, e de fato não devia se importar.

— Não gostam muito da nossa presença — disse, virando-se para Amhal. — Consideram-nos uma espécie de invasores, os monstros que escorraçaram os antepassados deles desta terra. É por isso que nos olham com desconfiança.

Amhal conhecia, de forma geral, a história dos elfos, mas não entendia o motivo de tamanha hostilidade.

— E como foi que você ficou com eles? — perguntou.

— Tenho sangue élfico nas veias, por parte da minha avó, e de qualquer maneira são bastante espertos para saber que uma arma como eu, ou como você, pode ser-lhes muito útil — respondeu San, medindo as palavras. Aí, já não tão apressado, prosseguiu: — Lá está ele.

Amhal acompanhou a direção do seu olhar. Era um jovem de beleza incomum, alto, de uma elegância natural e divina. O rosto de efebo era iluminado por grandes olhos violeta nos quais brilhava o fogo da paixão. Os cabelos, longos e lisos, presos com uma fita macia, eram de um verde irisado, com tons que às vezes sugeriam o azul, e outras, a cor do cobre. Estava vestido como os seus guerreiros, com a mesma calça curta que deixava as pernas descobertas, calçados de couro presos com finas tiras à panturrilha e uma simples túnica por baixo da leve armadura. Era um guerreiro como muitos outros, mas da sua presença emanava uma aura de superioridade. Não era um ser comum, era uma criatura beijada pelo destino, alguém com uma missão muito clara e definida. Pegou no colo uma criança, que riu das suas ternas caretas, e avançou entre as pessoas que se curvavam à sua passagem. Tinha uma boa palavra para todos, e era como se o toque da sua mão pudesse confortar e livrar de todo mal. Uma mulher jogou-se em seus braços e ele apertou-a ao peito, consolando-a. Murmurou palavras gentis em seu ouvido, e ela enxugou as lágrimas.

— Uma viúva de guerra — ciciou San. — Disse para ela que o marido morreu como um bravo, que o seu sacrifício construirá um novo mundo onde os filhos poderão viver.

Amhal estava completamente fascinado por aquela figura da qual parecia emanar quietude e bem-estar. Um herói, um santo, é isso que ele era. O único que poderia dar-lhe paz. *Por este homem pode-se sacrificar a própria vida,* pensou.

— Quem é? — perguntou.

O elfo aproximou-se lentamente, sorrindo.

– Sua Majestade Kriss, rei dos elfos – anunciou San, ficando de joelhos, logo imitado por Amhal.

O soberano contemplou-os por alguns instantes.

– Podem se levantar – disse, afinal. Falava com uma curiosa cadência musical.

San e Amhal ficaram de pé.

– *Arva*, San – disse o rei com um sorriso, e em seguida deu uma olhada fugaz em Amhal. – Vejo que levou a cabo a sua missão. Eu não tinha dúvidas quanto a isto.

San colocou a mão no ombro do companheiro de viagem.

– Este é Amhal, meu senhor, o segundo Marvash, o jovem da profecia.

Kriss fitou-o intensamente. Amhal encarou o olhar, mas depois de uns momentos retraiu-se. Era como se o rei tivesse trespassado a sua alma.

– Está conosco? – perguntou o soberano.

– Completamente, embora ainda não esteja consciente disto – disse San.

Kriss pareceu entender.

– Até que ponto você é um dos nossos, terá a oportunidade de provar muito em breve – disse, fitando de novo Amhal. – Venham.

Encaminharam-se para outra ala do acampamento. Ouvia-se um rebuliço confuso, gritos. Mas bastou a mera presença do rei para dispersar rapidamente a multidão e calá-la. No meio, havia alguma coisa que se mexia na poeira. Amhal viu um homem acorrentado que jazia no chão, coberto de sangue. Em volta, olhares carregados de ódio. Quem gritava era ele, e o pessoal estava ali para linchá-lo. Um menino segurava uma pedra, os olhos furibundos. Amhal reconheceu a farda do infeliz: era um dos homens de Dubhe, um espião. O soldado que o mantinha acorrentado começou a falar, mas Kriss o deteve:

– Fale na língua dos usurpadores, para que o nosso novo aliado também possa entender.

O guarda fez um sinal de assentimento com a cabeça e então prosseguiu com um sotaque bastante marcado:

— Foi capturado ao alvorecer, enquanto nos espionava. Estava no limiar do acampamento, disfarçado. É um deles.

A expressão do soberano estava gélida, enquanto mirava o homem prostrado no chão.

— Claro que é um deles. Como muitos que o antecederam, como todos os que a ele se seguirão.

Curvou-se e tocou suas roupas com um só dedo, como se fossem algo infecto.

— Reconheço as asquerosas insígnias.

— Meu senhor, estávamos vos esperando para decidir o que fazer com ele. Mas a multidão estava furiosa.

Kriss levantou-se de chofre.

— Os usurpadores roubaram a nossa terra, forçaram-nos a lamber o sal nos extremos limites do mundo enquanto seus filhos ficavam aqui bebendo leite e mel. Conspurcaram com seu sangue o Erak Maar, profanando-o com suas inúteis guerras. A ira do meu povo é legítima!

Um urro de aprovação elevou-se da multidão.

O rei aproximou-se de Amhal.

— Era um deles? San explicou-me quem você é e de onde vem — sibilou.

Amhal engoliu em seco. De repente percebeu sobre si os olhares hostis de toda aquela gente e se sentiu um estranho numa terra estranha.

— Nunca fui como eles.

— Traidor! Cobra nojenta, como pôde?! — gritou o homem no chão, com o pouco fôlego que lhe sobrava na garganta. O seu berro perdeu-se num ganido de dor quando uma pedra acertou-o no rosto.

Kriss sorriu.

— Muito bem, não é um deles. — E fechou por um momento os olhos. — Levem-no à arena.

A multidão explodiu num grito de exultação.

Amhal acompanhou a maré como que aturdido por aquele furor que talvez estivesse começando a entender.

A arena ficava no descampado onde haviam pousado; era uma espécie de poço cavado na terra, com pelo menos quatro braças de profundidade e protegido por uma balaustrada de madeira. Amhal logo percebeu o que era. Lá dentro havia as duas vivernas que tinha vislumbrado lá de cima. O pessoal amontoou-se em volta, com as crianças na frente de todos. O prisioneiro, esgotado, foi levado até ali por um corredor subterrâneo. E então Amhal entendeu. Viu o homem que tentava fugir, ouviu seus gritos quando o primeiro animal afundou suas garras nele. Sentiu o cheiro de sangue, escutou o barulho dos ossos que se partiam, da carne dilacerada. Percebeu os berros que se tornavam desumanos, viu os animais que se jogavam em cima dele, esfomeados, e o despedaçavam entre as exclamações de júbilo daquela gente. Demorou-se a avaliar a expressão dos elfos, um por um, e não encontrou naqueles rostos nem mesmo um resquício de piedade. Só ódio e uma louca exultação, que também reparou no semblante muito digno do soberano. O mesmo sujeito que pouco antes tinha brincado com uma menina, o nobre monarca que lhe parecera um messias, agora participava com prazer daquela chacina. Amhal sentiu o coração tremer. Aquele povo falava a língua do Destruidor, a mesma língua que animava a ele e a San.

Se existia alguém que pudesse livrá-lo da aflição da sua consciência, que pudesse transformá-lo na criatura impiedosa e desalmada que ansiava ser, só podia ser mesmo aquele jovem rei, lindo e magnânimo, com uma pedra de gelo no lugar do coração.

O espetáculo acabou quando o corpo dilacerado do homem parou de contrair-se nos espasmos da agonia. A multidão dispersou-se, deixando as vivernas entregues ao seu repasto.

Kriss virou-se para Amhal.

– Venha comigo. – San ensaiou um movimento para ir junto, mas o rei o deteve levantando um dedo. – Sozinho.

A sua cabana não era muito diferente das demais. No piso inferior havia uma espécie de sala do trono, com um assento de madeira primorosamente entalhado e tapetes espalhados no chão; no de cima ficavam os aposentos, e foi para lá que Kriss levou Amhal. Entraram em algum tipo de escritório, com uma pesada mesa e um bom número de estantes cheias de pergaminhos. Do outro lado de uma cortina vislumbrava-se um aposento menor, mobiliado apenas com um mero catre. Tudo era até austero demais para o pavilhão de um rei, ainda mais de um soberano que aspirava a reinar sobre todo o Mundo Emerso.

Kriss sentou-se e apontou uma cadeira para Amhal. Ficaram por uns momentos em silêncio. Então o rei levantou a cabeça de chofre.

– Tenho uma missão a cumprir – disse, os olhos acesos daquela mesma luz que Amhal vislumbrara na arena. – Eu a tenho desde que tenho memória de mim mesmo. E para realizar esta missão não importa quanto sangue terá de ser derramado, nem de quais crimes terei de manchar-me. A história sempre tem o seu preço, e eu estou preparado para pagá-lo, pois sou o escolhido. No fim desta guerra, serei amaldiçoado, mas o meu povo terá de volta a sua terra.

Calou-se, apoiando-se no espaldar da cadeira.

– Sei como vocês contam a história. Dizem que fomos embora como se o tivéssemos feito de livre e espontânea vontade. Havia milhares de vocês, se reproduziam como gafanhotos, devoravam as nossas colheitas, invadiam as nossas terras e estupravam as nossas mulheres. Escorraçaram-nos com a força da sua voracidade animal, transformaram o nosso paraíso num inferno adequado às suas necessidades bestiais. O Erak Maar tornou-se o Mundo Emerso, e nós partimos para o desterro.

Amhal ouvia, fascinado. Aquele homem sabia encantar e inflamar os corações, e a história parecia tão plausível só por estar sendo contada por ele.

– Ficamos entocados nas costas das Terras Desconhecidas, onde durante séculos vivemos como miseráveis, sem jamais nem mesmo pensar em tomar de volta o que era nosso. Uma existência de covardes, que levamos até eu nascer.

Kriss fixou o olhar penetrante no jovem.

– Achavam que eu era louco. O meu pai me escarnecia, os seus cortesãos molengas e depravados faziam troça de mim. Levei apenas dez anos para acabar com ele e a sua corte de ineptos. Reuni num só reino as quatro Cidades-Estados dos elfos, e depois os trouxe para cá. Foi ideia minha: a doença, o ataque. Fiz tudo sozinho, apenas com a força da minha vontade e com a grandeza do meu sonho. Abati os inimigos do meu povo, chamei ao meu lado homens, mulheres e crianças para que pudessem assistir ao meu triunfo. E não pararei até conseguir. Nada, e ninguém, poderá deter-me.

No arrebatamento do discurso debruçara-se para a frente. Agora fitava Amhal com olhar de louco, e o jovem acreditou em cada palavra. Na mesma hora soube que o Mundo Emerso estava perdido.

– Você pode ser útil – prosseguiu o soberano depois de uma curta pausa. – Assim como San. Vocês são armas, armas que os deuses entregaram às mãos dos elfos. Conheço os antigos escritos, e posso afirmar que foram mal interpretados. Os Marvash não destroem o mundo. Preparam-no para um novo início. Acabam com aquilo que já foi; graças a eles os que estavam submissos, os que estavam sujeitos à vontade dos tiranos, podem levantar a cabeça e recuperar o que lhes pertence. É por isso que vocês me são úteis: para exterminar os usurpadores e devolver o Erak Maar aos elfos.

Calou-se, concedendo a Amhal o tempo necessário para saborear aquelas palavras. O papel do jovem, agora, era para ele bastante claro: matar e exterminar. Durante os últimos tempos havia se acostumado com este destino. Agora só desejava a paz, queria que alguém o livrasse do peso insuportável da vida que até então levara.

– Mas a você isto não interessa – disse Kriss, como se tivesse lido os seus pensamentos. – Você é como San e como todos os demais da mesma espécie. Procura a sua vantagem, já deve estar perguntando a si mesmo: "E quanto a mim?" San tem um preço, um preço que achei conveniente para pagar os seus serviços. Qual é o seu?

Amhal procurou fugir ao olhar inquisitivo do rei.

– Sei que nasci deste jeito – começou a dizer, criando coragem. – Conheço esta vontade de matar desde que era criança. Passei a vida inteira lutando contra ela, castigando-me toda vez que a ela me entregava, porque me sentia um monstro. San me explicou que devo deixá-la fluir livremente, mas, por mais que eu tente, sempre fica dentro de mim uma parte que a ela se opõe violentamente. Não consigo livrar-me da minha consciência, que me dilacera e sufoca, matando-me pouco a pouco todos os dias. Já não sei quem sou e, apesar dos meus esforços para escolher, fico balançando entre o horror e a salvação. E já não aguento mais.

Kriss escutava, atento, vagamente satisfeito.

– Continue – pediu. – Diga o que quer, pois eu posso lhe dar.

O sorriso iluminou seu rosto e, para Amhal, foi como um raio de luz nas trevas.

– Se tiver de ser um Marvash, se este for o meu destino, então quero que todo sentimento em mim morra. Quero aniquilar-me na minha missão e não sentir mais coisa alguma. Nem alegria nem dor. Quero ser o que sou, mas sem sentir a culpa que até agora me oprime. E depois de tudo, quero morrer. Quero que de mim não reste nada, nem mesmo a lembrança. Quero que me cancelem do mundo, como se nunca tivesse existido.

Kriss ficou por alguns segundos em silêncio, com a mesma expressão benévola estampada no rosto. Então as palavras foram surgindo devagar, como carícias:

– Satisfarei o seu pedido.

Amhal prostrou-se aos seus pés, comovido. Estava acabado, finalmente tudo terminado.

8
ΕLYΠΑ

— Você não pode continuar desse jeito. – Amina estava diante de Adhara e olhava para ela, preocupada. – Precisa ser examinada por um sacerdote.

Adhara estava examinando sua mão esquerda como se fosse um corpo estranho. Os dedos manchados, agora, eram três, todos pretos. Depois do último ataque, o mal comera mais um pedaço da sua pele, avançando inexorável. Amina estava certa, tinham de procurar ajuda em algum vilarejo, embora a coisa não fosse tão simples.

Uma vez deixado para trás o posto militar, andaram durante dias sem encontrar coisa alguma. Tinham ficado sem mantimentos e foram forçadas a se alimentarem de raízes e bagas silvestres para sobreviver. Depararam, finalmente, com um modesto aglomerado de cabanas e tentaram entrar. A sentinela foi irredutível. Nem deixou que começassem a falar e as repeliu logo sem meias palavras. Só um mendigo que sobrevivera à doença teve a coragem de parar e compartilhar com elas um pedaço de pão ressequido. O homem confirmou que estavam indo na direção certa.

– Vão levar mais quatro dias de marcha para chegar a Kalima, mas terão de ficar alerta. A linha de frente não está longe, o inimigo continua ganhando terreno. O último posto avançado antes do território controlado pelos elfos é um pequeno acampamento de fugitivos e, se quiserem aceitar o meu conselho, não é um lugar para duas mocinhas como vocês – disse.

– Estou procurando uma pessoa – murmurou Adhara.

O mendigo entortou um canto da boca num sorriso tristonho, como se já conhecesse a decepção que esperava por ela.

– Duvido que conseguirá encontrá-la. Quase todos morreram em Kalima.

Mas elas não se renderam. Continuaram andando, movidas pelo desesperado desejo de alcançar quanto antes aquela meta. O horror que foram forçadas a ver ao longo do caminho tornava-se cada vez mais insuportável. Os corpos dos mortos deixados a céu aberto, à espera de os sobreviventes os levarem às valas comuns, pontilhavam os campos, enquanto os cadáveres chacinados das ninfas deixavam claro que muitos ainda as consideravam a causa da doença.

Adhara ia em frente por inércia, como se, parando, pudesse acabar sumindo no nada. De vez em quando olhava para Amina, que, por sua vez, continuava marchando como nos primeiros dias, com a mesma determinação, cercada por uma aura de silêncio e hostilidade. Provavelmente não estava interessada na miséria à sua volta. O desejo de pôr as mãos no homem responsável pela morte do pai devia superar qualquer outra coisa. Às vezes chegava a invejá-la, pois o bem e o mal pareciam-lhe agora disfarçados, difíceis de serem reconhecidos.

A respiração tornou-se mais regular, os batimentos do coração, mais calmos. Adhara retomou a posse de si mesma. Aqueles dedos pretos marcavam o tempo que lhe sobrava. O que aconteceria depois, não saberia dizer, e aquilo era o que mais a assustava.

— Vamos parar no acampamento que o mendigo mencionou — disse Amina.

— Isso mesmo, não temos outra escolha.

O céu ficara cinzento, o ar, mais fresco. Adhara olhou em volta, lembrando a maravilha que experimentara ao descobrir a Terra da Água ao lado de Amhal. Nada parecia ter mudado, mas, na verdade, a sua vida passada nada tinha a ver com aquele presente que a oprimia.

Lá pelo meio-dia, depois de algumas horas de marcha ao longo de uma trilha no bosque, viram aparecer uma paliçada de madeira.

Adhara e Amina ficaram olhando de longe. Só havia uma entrada, vigiada por dois guardas.

— Acha que é o lugar que procuramos? — perguntou Amina, e a sua voz deixou transparecer um frêmito.

Combinava com o que o mendigo tinha dito. Ele falara numa viagem de quatro dias, e este era justamente o tempo que se passara desde que o haviam encontrado. Sim, o lugar devia ser aquele.

Só para se certificarem, deram uma volta em torno da pequena base e reconheceram as insígnias do Exército Unitário. Um sorriso brilhou em seus rostos. Tinham conseguido. Tomaram uma dose da poção e trocaram de roupa. Estavam prontas.

Avançaram lentamente, bem à vista. Logo que um dos dois guardas as viu, apontou a lança.

– Deitadas!

– Viemos em paz, em busca de ajuda...

– No chão, já avisei!

Adhara ajoelhou-se e forçou Amina a fazer o mesmo.

A sentinela aproximou-se e examinou-as de perto.

– Quem são?

Adhara levantou a cabeça para responder, mas o guarda deu um passo para trás.

– No chão, eu disse, de quatro! – berrou, apontando a lança em posição de ataque.

Adhara teve de falar com o rosto espremido contra as folhas secas da vegetação rasteira e contou que eram irmãs, fugitivas de seu vilarejo para escapar da doença.

– Não acolhemos desconhecidos – disse o homem, seco, recuando alguns passos.

– Por favor, precisamos de ajuda. Estamos com fome, e fomos assaltadas por bandidos...

Amina assumira um tom queixoso que apertava o coração, mas o soldado ignorou-a. Então ela tentou levantar-se para fitá-lo nos olhos e tentar comovê-lo.

– Deitada, se não quiser morrer!

– Eu lhe peço, não temos para onde ir.

A sentinela atacou e Adhara pulou adiante para segurar Amina e protegê-la.

– Pare!

O golpe não chegou, e o soldado ficou imóvel, com a lança quase encostada no ventre dela.

– Não acha que está exagerando?

Quem falara era um homem um tanto idoso, de barba e cabelos grisalhos. Vestia uma túnica esfarrapada, mas tinha uma aparência digna e severa. Devia ser o chefe, pensou Adhara.

O guarda baixou a cabeça, mas ficou atento, pronto a intervir.

– São estrangeiras, não sabemos de onde vêm, só estou cumprindo ordens.

O homem se aproximou, levantou o rosto de Adhara com uma mão calejada e analisou-o lentamente. Amina ficou trêmula, só esperando que o disfarce não falhasse.

– É sua irmã?

Adhara anuiu.

– Safamo-nos da peste que exterminou as pessoas do nosso vilarejo, só pedimos um pouco de comida e uma acomodação para a noite.

O velho sorriu.

– Nunca recusamos abrigo aos necessitados. – Convidou ambas a se levantarem, aí afastou com o braço a lança da sentinela. – Concordo com a prudência – disse –, mas a piedade vem antes de qualquer outra coisa.

Uma tigela de sopa de lentilhas, pão preto e um pedaço de queijo velho e ressecado. Não se podia chamar de banquete luxuoso, mas pelo menos as pessoas daquele acampamento tinham um comportamento afável. Comeram numa ampla barraca, sentadas a mesas apoiadas nos troncos. Diante do enorme panelão formara-se a longa fila dos que esperavam a sua vez. Havia muitos soldados, mas a maioria era retirante. Adhara não conseguia acreditar. Nos dias passados com Amhal em Damilar, na Floresta do Norte, tinha descoberto até que ponto a doença fosse capaz de acirrar os ânimos dos homens, e aquela última viagem só confirmara isso. Mesmo assim, naquela barraca havia um ambiente diferente. Logo depois do almoço uma jovem ofereceu-se para tomar conta de Amina, levando-a ao riacho para se limpar e refrescar. Parecia uma boa pessoa e, após de longos dias de tensão, Adhara concordou e a deixou ir. Deu uma olhada em volta, observando os feridos, os fugitivos e os que se atarefavam pelo acampamento. As mulheres lavavam as roupas no regato, as crianças riam e corriam brincando.

– Podemos hospedá-las na comunidade sem maiores problemas, mas os nossos chefes gostariam de conhecê-las melhor.

Uma voz insegura surpreendeu-a por trás. Era uma velha de sorriso desdentado, que segurou sua mão e a levou a uma tenda mais bem cuidada do que as demais.

– Não há nada a temer, só querem fazer algumas perguntas.

Adhara procurou criar ânimo. Agora tinha realmente de ser convincente. Entrou e viu-se diante do idoso que as acolhera, acompanhado por um jovem pouco mais velho que ela. Tinha cabelo encaracolado, olhos negros como poços, e era tão parecido com o velho que Adhara logo pensou que fossem pai e filho.

– Está melhor? – perguntou o homem, com um sorriso.

Ela anuiu timidamente.

– Gostaria de tê-la deixado descansar mais um pouco, mas, apesar de termos quase completa jurisdição sobre este acampamento, precisamos mesmo assim prestar contas aos militares, e os chefes deles querem conhecer melhor a sua história – continuou.

Adhara levou alguns segundos para ordenar as ideias.

Descobriu que mentir não lhe criava problemas. Falou de um vilarejo que jamais existira, onde ela e a irmã tinham levado uma vida simples de camponesas. Mencionou a peste, a morte de todos os seus entes queridos, a fuga. Afinal de contas, passara pessoalmente por todos aqueles horrores, eram as vidas estraçalhadas com as quais cruzara e que agora tomavam forma na realidade das suas palavras. Acabou chorando e não precisou fingir. A inesperada acolhida tinha de algum modo derretido a couraça que construíra para proteger-se daquele horror.

– Estou sabendo – disse o velho. – Posso entender muito bem.

Levantou-se do assento e abraçou-a de jeito paternal.

– Nós éramos uma aldeia de pescadores – começou a contar. – Eu era o Ancião e administrava o comando junto com meu filho. A doença só levou três dias para arrasar a nossa comunidade; a desconfiança e a suspeita fizeram o resto. Mas então o pior passou, conseguimos juntar os sobreviventes e reestabelecer a ordem. Somos pessoas simples, pessoas de bem. Mas aí eles chegaram.

Calou-se e coube ao filho ficar com a palavra.

– Podíamos vê-los avançar na planície. Estávamos cansados, prostrados de dor e desarmados. Não somos combatentes e não tínhamos outra saída a não ser fugir. Incendiamos a aldeia e nos escondemos na floresta. Melhor vivos e sem pátria do que mortos entre os escombros das nossas casas.

Adhara sentiu um aperto no coração.

– Viemos nos abrigar aqui. Dia após dia, juntaram-se a nós outros fugitivos. Sobreviventes da peste, mas também muitas pessoas que simplesmente fugiam à guerra. Desde então vivemos escondidos, e até agora isso nos tem salvado. Mas sabemos que não vai durar para sempre. Somos o derradeiro posto avançado antes da frente de batalha, a seis milhas daqui.

Depois de uma pausa, o pai retomou a palavra.

– Pode ficar conosco o tempo que quiser – afirmou o velho. – Juntar-se a nós, se não tiver para onde ir. A nossa é uma vida simples, não precisamos de muita coisa. Karin irá mostrar-lhe onde poderão se acomodar.

Adhara exultou. Tinha dado certo. Conseguira convencê-los. Podiam ficar ali até se recobrarem, para então seguir em frente. Agora precisavam entender exatamente o que estava acontecendo. Ainda não tinha certeza de poder confiar naquelas pessoas. E se achassem que ela fora afetada pela peste, como reagiriam? Mas tampouco podia deixar de pedir ajuda. Criou ânimo e, ao sair da tenda com Karin, perguntou:

– Há algum sacerdote aqui no acampamento?

– Claro. Às vezes recebemos a visita de doentes. Tentamos ajudá-los, na medida do possível. – Então olhou para ela. – Por quê? Está se sentindo mal?

Adhara ponderou com cuidado a resposta. Aí mostrou a mão.

– Não sei o que é, apareceu muito tempo depois da peste – mentiu.

Karin examinou-a por um bom tempo, revirando-a entre os dedos finos. Tinha um toque delicado, e sua pele transmitia um agradável calor. Deteve-se numa pequena pinta, perto do pulso. Acariciou-a. Adhara sentiu um arrepio correr pela espinha e retraiuse, sem jeito.

Karin baixou os olhos na mesma hora.

– Desculpe, não era minha intenção – disse com expressão séria. – Acontece que conhecia uma pessoa que tinha um sinal exatamente igual.

Adhara ficou sem saber o que dizer, como que oprimida por um vago sentimento de culpa.

– De qualquer maneira, procure descansar agora, e depois vá ver o nosso sacerdote. Mora na barraca no limiar da base, perto do riacho. Não pode errar: é de cor vermelha-escura, não há outras por aqui.

Quando chegaram ao dormitório, mostrou-lhe o catre para ela e Amina. Havia muitos, mas era óbvio que não bastavam a todos os hóspedes do acampamento.

– Pode ficar aqui, mas terá de partilhar com sua irmã.

– Já estamos acostumadas – respondeu Adhara. – Passamos toda a viagem dormindo juntas, tentando consolar uma à outra.

Karin sorriu, então ficou parado, como se não soubesse o que fazer.

– Obrigada por tudo – disse ela, para tirá-lo daquele estranho embaraço.

O jovem olhou para ela com tristeza.

– Desculpe-me se, agora há pouco, a deixei constrangida. Acontece que não consigo esquecê-la, penso nela o tempo todo. Não importa quanto tempo já passou, continua comigo desde o momento em que acordo até o de fechar os olhos – explicou com voz alquebrada. – É o meu tormento, sinto imensamente a sua falta.

Adhara tentou consolá-lo com um leve toque no ombro.

– Elyna... – murmurou ele.

Contou a história. Dava para ver que tinha urgência de fazê-lo, e ela ouviu segurando-lhe a mão. Talvez fosse somente a comunhão da dor, mas sentia-se perto daquele rapaz.

– Elyna era a minha noiva. Éramos muito jovens, mas já tínhamos marcado o casamento. Estávamos muito apaixonados. Mas o mundo é um lugar terrível, e o destino sempre dá um jeito de nos apunhalar pelas costas.

Fungou, e Adhara achou que parecia uma criança.

– Morreu menos de um mês antes do casamento. Tinha ido apanhar frutas silvestres num pequeno bosque perto da aldeia. Ainda me pergunto como foi que pôde confundi-las: já tínhamos colhido tantas vezes, juntos! Quando, à noitinha, ela não voltou, fomos procurá-la. Encontramos ela embaixo de uma árvore: parecia estar dormindo. Mas, ao contrário, não havia mais nada que pudéssemos fazer por ela.

Não conseguiu segurar as lágrimas e começou a chorar baixinho, como se não quisesse incomodar, como quem acha que a dor é só dele.

– Sinto muito – disse Adhara.

O rapaz enxugou o pranto com o dorso da mão.

– Nunca consegui conformar-me. Tudo que aconteceu depois, para mim, só foi consequência daquela primeira tragédia. Movimento-me pelo mundo como se não lhe pertencesse, deixo-me viver à espera de encontrar uma razão para não morrer.

Era estranho: ela experimentava exatamente a mesma emoção em relação a Amhal.

Karin levantou a cabeça e acrescentou:

– Gostaria de vê-la, a minha Elyna?

Adhara ficou atônita, e ele se permitiu uma meia risadinha.

– Sempre gostei muito de desenhar. Tinha muitos retratos dela. Guardara todos, mas acabaram queimados quando abandonamos a aldeia. Só consegui salvar um.

Sacou-o do bolso da calça, um pedaço de papel amarelado e manchado. Manuseava-o como se fosse uma relíquia preciosa. Abriu-o lentamente, com o papel que estalava sob seus dedos. Adhara ficou sem fôlego.

– A minha Elyna... era ainda mais bonita, pessoalmente... O que eu não daria para tê-la novamente ao meu lado.

O retrato representava uma jovem de cabelos escuros, longos e lisos, que emolduravam um rosto de ampla testa, magro, mas com faces arredondadas. Sob o nariz reto e alongado aparecia uma boca graciosa, com lábios pequenos e bem desenhados. Elyna sorria tímida naquele velho papel. Adhara sentiu um gelo profundo invadir seu peito, porque o rosto sorridente e tímido era o dela.

9
NO CORPO DE OUTRA

Quando voltou do banho no riacho, Amina parecia calma e satisfeita. Estava limpa e descansada, e a expressão do seu rosto era quase serena. Deixou-se cair no catre ainda desocupado e respirou fundo.

– Foi bom a gente parar aqui. Parecem realmente boas pessoas. Já lhes contou da sua mão?

Adhara não respondeu. Imóvel na beira do catre, continuava a procurar na memória, em busca das lembranças de Karin e daquela outra vida passada. Mas, por mais que se esforçasse, nada surgia da escuridão que trazia dentro de si.

– Adhara? – A voz estrídula de Amina trouxe-a de volta ao presente. – Está me ouvindo? Já falou com o sacerdote sobre a sua mão?

Ela meneou a cabeça. A sua doença tinha de repente ficado num plano secundário. Descobrira alguma coisa imensa, naquela tarde, algo que a levava a mundos desconhecidos. Ela também tivera um passado. Uma mãe, um pai, até mesmo um amor. E também uma casa, uma terra onde viver. Que tipo de pessoa havia sido esta Elyna? Era parecida com a Adhara de agora?

– Quando vai falar com ele? Imagino que não tencione ficar muito tempo por aqui, a frente de batalha está bem perto, e San deve certamente estar lá...

San. Amhal. O seu presente contra Karin e uma vida inteira da qual nada conhecia. E, de qualquer maneira, não era seu rosto que ela estava agora mostrando pelo acampamento. Ninguém ali podia saber quem era, ninguém podia reconhecê-la.

Mas, mesmo que mostrasse a minha face, será que me reconheceriam? Será que ainda sou a jovem que Karin ama?

– Já sei qual é a tenda do sacerdote – disse Adhara, distraída.

Amina ficou sentada no catre.

– Tudo bem? Você está parecendo estranha...
Ela sacudiu a cabeça e ensaiou um sorriso.
– Só estou cansada.
– Aconselho tomar um bom banho no rio. A água está fria, mas ajuda a relaxar os músculos.

Adhara anuiu, e então levantou-se alisando a roupa com as mãos. Já fazia muito tempo que não vestia trajes de mulher, e não se sentia lá muito à vontade. Experimentou uma incômoda sensação de alheamento.

Preciso aclarar as ideias.

– Já volto – disse, e encaminhou-se para o riacho.

Só depois de tomar banho dirigiu-se à tenda vermelha.

O sacerdote tinha o rosto cheio de rugas e ralos cabelos de uma cor indefinida, entre o branco e o amarelo mortiço. Movia-se pelo aposento coxeando. Havia duas cadeiras diante de uma mesa repleta de pergaminhos e vidros com ervas. No chão, volumes abertos estavam empilhados uns em cima dos outros perto de uma arca carcomida pelos cupins. Faltava espaço, e o cheiro das plantas irritava a garganta. Adhara chegou a duvidar que fosse de fato um sacerdote. Não vestia a túnica, não usava nenhum dos sinais distintivos de Thenaar e tinha uma cara que de forma alguma inspirava confiança. Mesmo assim, Karin assegurara que era muito bom, que curara alguns doentes graves da melhor forma possível.

Começou examinando a mão: separou os dedos e os estudou por cima e por baixo, com aqueles seus olhos pequenos e porcinos. A tentação de sair de lá correndo era grande, mas Adhara não podia dar-se a este luxo, não agora que tinha conhecido Karin.

– *Parece* gangrena – sentenciou, afinal, o sacerdote. Adhara contara-lhe como se sentira durante os ataques, procurara ser extremamente precisa.

– O que significa?

– Que a sua mão está morrendo.

Adhara ficou branca.

– Acontece quando um membro é esmagado ou, então, quando uma ferida infecciona. Mas o seu não dói, estou certo?

Adhara sacudiu a cabeça.
– Só sinto um leve formigamento, e sei que não recebi pancadas...
O sacerdote interrompeu-a:
– Parece gangrena, mas na verdade não sei o que é. Nunca vi algo parecido. Não pode ser a peste, porque você já teve, e, assim sendo, ou é uma doença nova ou então algum tipo de maldição.

Era só o que faltava. Adhara pensou naquilo que os Vigias podiam ter feito com ela. Talvez a marcaram com algum diabólico selo que a vinculasse a eles, que a tornasse escrava. Ou teria sido obra de Theana? Não ficaria surpresa. Naquela altura, esperava qualquer coisa daquela mulher.

– Quanto tempo tenciona ficar conosco?
O coração de Adhara pareceu dar uma cambalhota.
– Alguns dias – respondeu, vaga.
– Preciso pensar no assunto e estudar o caso. Não tenho muitos livros aqui, mas pode ser que nos poucos que trouxe comigo encontre uma resposta. Seja como for, é um problema que não podemos subestimar.

Levantou-se da cadeira e foi até a arca, de onde tirou uma ampola cheia de ervas secas.

– Raízes de plantas que, normalmente, fazem bem ao coração. Se voltar a passar mal, tome um pouco – disse, botando uma parte do conteúdo num pedaço de pano.

Adhara pegou o pequeno embrulho e agradeceu ao sacerdote com uma pequena mesura.

– Não é necessário. É o meu ofício. Desde que a minha família foi devorada pela peste, nada mais tenho além deste acampamento e as pessoas que estão nele. Salvar vidas é a única coisa que me mantém de pé.

Adhara apertou ao peito as raízes e saiu.

Jantaram na mesma barraca onde haviam almoçado. Mais uma vez, tratou-se de uma refeição frugal, mas o ambiente continuava jovial e cheio de solidariedade. Entre órfãos e feridos havia alguma coisa familiar, como se estivessem numa casa onde todos eram irmãos. A comida era repartida conforme a idade e as condições de cada um, mas houve quem desistiu de parte da sua porção só para dar um pedaço de pão a Adhara. Karin estava sentado ao lado dela.

Adhara ficou imaginando se de fato nada sobrava nela para lembrar ao jovem o amor do passado. Sentia uma simpatia espontânea por ele, e teria gostado muito de encontrar um sinal, um resquício daquilo que havia existido entre os dois.

Depois de tudo que acontecera, convencera a si mesma que já não precisava de um passado, que já podia viver só do presente. Mas pensar assim havia sido loucura. Eram as lembranças, os afetos, as ligações construídas ao longo dos anos que tornavam vivas as pessoas. Durante aqueles meses ela não fora outra coisa a não ser o reflexo de si mesma, e agora descobria que tudo aquilo que sempre desejara estava justamente ali.

Depois do jantar, um rapaz pegou um velho alaúde desafinado e Karin sentou-se ao seu lado; as crianças formaram um círculo em volta dos dois, junto com muitos moradores do acampamento.

Os dois jovens começaram a contar uma história, e Adhara compreendeu que era de Elyna que estavam falando. Podia ler nos olhos de Karin, podia ouvir no frêmito da sua voz. Escutou, perdida, imaginando ser aquela princesa que catava frutinhas do bosque para com elas fazer tortas, e que certo dia foi raptada e nunca mais voltou. De repente, o passado que a atormentava tornou-se a chave mestra para o seu presente. No fim da cantiga, tomou coragem e se aproximou de Karin.

– Ainda a ama? – perguntou, indo direto ao assunto. Ele a fitou, surpreso. – Ela, Elyna, você ainda a ama?

Uma ruga de dor franziu a testa do jovem.

– Claro – respondeu.

– E se ela pudesse voltar? – acrescentou Adhara, com voz entrecortada.

Desta vez, Karin olhou para ela com ar de reprimenda.

– Está morta – disse, baixinho.

– Eu sei. Mas, se, por hipótese absurda... Desculpe, às vezes gostaria que o irreparável fosse menos... definitivo.

– E quem não gostaria? – replicou Karin, enquanto os traços do seu rosto se suavizavam. – Vá descansar agora, foi um dia longo e cansativo.

Adhara limitou-se a anuir e desapareceu rápida na escuridão do acampamento.

Naquela noite sonhou. Estava livre e feliz numa floresta encantada. Tudo reluzia numa luz extremamente límpida e pura. E não se encontrava sozinha. Karin estava com ela. Brincavam de esconde-esconde, riam. Tudo era simples, perfeito. E quando se beijaram, pareceu-lhe tão natural que se abandonou sem reservas àquele abraço. As mãos dele não apertavam seu corpo até machucá-la, como acontecera com Amhal, e os beijos eram ternos, suaves. Tudo era tão maravilhosamente normal que, quando acordou, Adhara tinha os olhos úmidos.

Amina dormia tranquila, ao seu lado. A barraca estava mergulhada na semiescuridão, e os corpos que descansavam nos demais catres desenhavam um ambiente irreal que lembrava a poesia daquele que acabava de imaginar.

Foi então que tomou a decisão. De repente, de impulso. Como se reencontrar Amhal já não fosse a única finalidade daquela horrível viagem. Como se ir atrás dele não tivesse sido o único propósito daquela sequência de dias amargos e terríveis.

Pois, de súbito, nada do que acontecera antes parecia ter importância na luz daquele sonho.

Na manhã seguinte acordaram muito cedo. Foram conversar fora da tenda e Adhara pôs Amina a par da situação. Contou o que o sacerdote tinha dito e mostrou-lhe as ervas.

— Quanto tempo tenciona ficar? — disse ela, com uma expressão de desafio nos olhos.

— O tempo necessário para descobrir o que há de errado comigo.

O silêncio que se seguiu foi carregado de sentido.

— Algum problema?

Amina cruzou as pernas.

— Não. Mas a frente de batalha está me chamando, assim como chama você.

— Não esqueci a missão — replicou Adhara.

– Assim espero. E, neste caso, não seria bom definirmos um plano? Já descansamos até demais.
– Só mais dois dias – propôs Adhara. Não fazia sentido falar do resto agora. A menina não conhecia as suas origens, e de qualquer maneira não iria entender.
– Está bem – respondeu Amina, depois de um curto silêncio. – Mas agora precisamos da poção. – Ainda faltavam umas duas horas até ela perder o efeito, mas costumavam tomá-la antes para terem certeza da camuflagem.
Adhara tirou-a da mochila e a entregou à mocinha.
– E você? – perguntou Amina.
– Já tomei – mentiu. Então olhou para o céu. O sol acabava de começar a descrever o seu arco. Poucas horas. Só mais umas poucas horas e iria acontecer.

As mãos de Adhara estavam molhadas de suor. Dali a pouco o efeito da poção iria acabar. Plantara-se diante da tenda de Karin, mas ele tinha saído.
Quando o viu chegar, de machado na mão, suspirou aliviada.
– Gostaria de dar uma voltinha comigo? – perguntou, antes mesmo de cumprimentá-lo. O rapaz ficou surpreso, mas foi com ela.
Levou-o ao dormitório, esperando que não houvesse ninguém para incomodá-los. Afinal de contas, já estavam no meio da manhã, e a maioria das pessoas estava fora, atarefada nos vários afazeres do acampamento. Sentaram-se num catre, e uma cortina de constrangimento desceu entre os dois. Adhara não sabia ao certo o que dizer.
– Queria falar comigo? – começou Karin, depois de alguns momentos.
Mas de repente ficou branco, e Adhara soube que tinha acontecido. O efeito da poção acabara, e agora ele podia ver seu verdadeiro rosto. Voltara a ser Elyna, a jovem que ele amara.
– Os seus olhos... Só os dela eram de cores diferentes... – murmurou Karin, incrédulo. Então passou a mão no contorno da face, e Adhara saboreou aquele momento com todo o seu ser. Esperava que alguma coisa mudasse, dentro dela, mas nada aconteceu.
Leva tempo, pensou.

Mas, ao contrário, só levou um segundo. A faísca de ternura que vira nos olhos de Karin se apagou de repente. O seu olhar tornou-se gélido, apavorado. Recuou alguns passos, como se estivesse com medo dela.

– Quem é você?

Adhara tentou aproximar-se.

– Sou Elyna, não me reconhece?

Ele sacudiu a cabeça, furibundo.

– Elyna morreu.

– Eu sei... é uma longa história. Trouxeram-me de volta à vida, e...

Tentou esticar a mão para ele, mas Karin começou a gritar. Dois homens apareceram logo na entrada, de armas em punho. Do lado de fora, uma pequena multidão de curiosos.

– Sou eu mesma – repetiu Adhara. Logo divisou o Ancião da aldeia. Achou que ele também iria reconhecê-la e que, ao contrário do filho, entenderia.

Longe disso, o velho esbugalhou os olhos, fitando-a com horror.

– Por que reagem desse jeito? – insistiu Adhara. – Sou Elyna, sei que pode parecer absurdo, mas voltei. Uma seita de loucos fanáticos, os Vigias, trouxe-me de volta, e...

Coube a uma mulher começar. Uma pedra, que a acertou no braço. Em seguida foi a vez de um homem. Segurava um cajado e investiu contra ela para imobilizá-la. Adhara esperneou como uma doida, berrando ao céu a sua surpresa e a sua raiva. Não era o que Karin dissera? Que daria qualquer coisa para tê-la de volta? Não era o que todos almejavam, poder ver de novo seus entes queridos?

No fim, quem levou a melhor foi o homem. Um golpe na cabeça, e Adhara sentiu-se escorregar para baixo, para o nada. O sonho tinha acabado antes mesmo de começar.

10
FRAQUEZAS

Alguém atrás dela. Percebeu o assovio da espada roçar na sua cabeça. Só teve tempo de se curvar, mas a lâmina conseguiu mesmo assim cortar uma mecha dos cândidos cabelos. Rodopiou sobre si mesma, dando estocadas às cegas. Estava chovendo, e a água escorria farta sobre seus olhos, enquanto a lama se misturava com o sangue, as botas escorregavam, a mão perdia firmeza no cabo da arma. O golpe encontrou resistência, e um esguicho quente bateu no seu peito, descendo então ao longo da calça. Com um baque surdo, o corpo diante dela caiu ao chão.

Mas não teve tempo para regozijar-se, nem para descansar. Uma mulher já estava investindo contra ela. Havia muitas nas fileiras inimigas dos elfos. Eram lindas e letais. Rápidas e ágeis demais.

A guerreira adversária segurava duas espadas e manejava ambas com a mesma destreza. A rainha tentou defender-se, escorregando.

Por que tudo parece tão fácil para ela?, perguntou a si mesma, procurando manter o equilíbrio.

Uma cambalhota, e acabou com a lâmina quase encostada na garganta. Conseguiu defender-se desviando o golpe com a braçadeira de metal, mas a sua imediata tentativa de revide não deu em nada. Então, uma dor excruciante na perna fez estremecer todo o seu corpo. Havia sido atingida. O músculo cedeu e ela acabou de joelhos. Levantou a cabeça e pôde ver, entre as árvores, um gomo de céu cinzento e leitoso. As noites eram luminosas na Terra da Água. A guerreira dominava-a, de rosto impassível, com sua arma reluzente. Em volta, só o ruído comedido da chuva que lembrava a Dubhe a sua juventude, o tempo passado com o Mestre, numa vida passada, e com Learco.

Seria assim que tudo acabaria?

A adversária fitou-a com ódio e cruzou as duas lâminas em torno do seu pescoço. Talvez nem soubesse que estava a ponto de degolar a rainha, a comandante suprema das Tropas do Mundo Emerso, o novo e pomposo nome recentemente assumido pelo seu exército.

Dubhe desafiou aquele olhar.

Ouviu-se então um ganido reprimido, e uns bons três palmos de lâmina sobressaíram do peito da guerreira. O corpo caiu pesadamente ao chão, e Dubhe mal teve tempo de se esquivar. Por trás, reconheceu o rosto de um ordenança seu, um varapau magricela que a acompanhara na missão.

– Tudo bem com a senhora? – perguntou.

Dubhe limitou-se a anuir, tentando inutilmente se levantar.

– Só estou com problemas numa perna – disse.

– Já acabamos aqui, deixe-me ajudá-la – disse o rapaz, oferecendo a mão. Tinha uma pegada forte, bem diferente da dela. Dubhe observou a pele enrugada do próprio braço, sentindo-se mais velha do que nunca.

O que estou fazendo aqui?

Com a ajuda do ordenança conseguiu ficar de pé. Cambaleava, sua perna se recusava a firmar-se no chão.

– É um ferimento profundo? – perguntou o soldado.

Dubhe meneou a cabeça.

– Pouco mais que um arranhão, mas mesmo assim não consigo ficar de pé.

Em volta havia cadáveres de elfos e humanos. O cheiro de sangue impregnava o ar. A arrogância levava amiúde os elfos a superar a linha do *front*, para avaliarem a situação e, sobretudo, para cansar os inimigos com ataques de surpresa. Era por isso que Dubhe havia ordenado aquela ação contra uma pequena unidade de soldados que fora descoberta perto da base.

Enquanto cambaleava de volta ao acampamento, contou os corpos. Dez elfos. Sete humanos. Valera realmente a pena?

Raiva, frustração e uma sensação de derrota alternavam-se sem parar na alma de Dubhe. A rainha mal conseguia disfarçar seus sentimentos, enquanto o sacerdote se curvava em cima dela para curar a ferida.

Chegara à frente de batalha havia oito dias. Depois de muito pensar, tomara uma decisão. Fora falar com Kalth, anunciando simplesmente que no dia seguinte partiria. Ele limitara-se a sorrir.
– Não tem nada a dizer?
– Está fazendo a coisa certa – sentenciara o neto. – Vou dar conta da responsabilidade.
– Precisamos nos manter sempre em contato. Voltarei uma vez por mês para apresentar um relatório. E não tenha receio de me chamar em caso de necessidade. É para isso que serve a magia.

Despedira-se dele nos bastiões do Exército Unitário, enquanto se aprontava para partir na garupa do dragão que fora do marido. Kalth acompanhara-a por um bom tempo com os olhos, até que se tornasse um pequeno ponto no horizonte.

E então a guerra simplesmente recomeçara. Entregara-se a ela de corpo e alma, impusera sua vontade aos generais, encontrara em si uma força que já não tinha, liderara ao mesmo tempo os seus espiões e os soldados nas operações de guerra. Sem se poupar, pois sentia que aqueles soldados desanimados precisavam principalmente de um comandante pronto a morrer junto com eles, que com eles saboreasse a poeira e o sangue do campo de batalha, que não receasse a morte, nem a dor, nem a aflição das feridas.

Só então percebera os limites do próprio corpo.

Enquanto ficara no palácio, mantendo-se em forma com uma hora de treinamento por dia, ainda pudera acreditar que continuava sendo a mesma de antigamente. Sob o fino véu da pele enrugada, podia achar que seus músculos ainda pulariam com presteza na hora em que fossem chamados a agir. Mas não era bem assim. Estava com quase setenta anos, e o tempo deixara suas marcas. No campo de batalha não demorava a ficar cansada, e os seus sentidos estavam menos aguçados, já não conseguia prever os movimentos do inimigo com a mesma eficácia de antes.

– Minha rainha, a senhora é a comandante. O seu lugar é na retaguarda – dizia Baol, o ordenança. Mas ela queria marcar presença e que seus homens a vissem. Não podia deixá-los sozinhos, pois do contrário tudo aquilo que até então fizera seria inútil.

Naquela noite juntara-se à pequena unidade destinada a atacar de surpresa os elfos. Aquela represália, para ela, era uma espécie de vingança. Quatro dias antes, tinha enviado um dos seus para matar um general. De tão poucos e cansados que eram, sabia que o assassinato era a melhor arma, talvez a única, para tentar conter o avanço do inimigo. A tática era muito simples: dizimar os chefes para criar o caos entre as tropas e atacar antes que pudessem se reorganizar. Muitos anos antes, jurara ante o cadáver do seu Mestre que nunca mais voltaria a praticar a arte dos sicários. Mas agora era uma emergência, um caso de necessidade que ia muito além das promessas pessoais.

A pessoa que escolhera para a missão chamava-se Tara. Era uma jovem muito promissora, que antes de partir fitara-a nos olhos e garantira ser bem-sucedida. Dubhe contava com ela. Era a melhor. Ao alvorecer do dia seguinte, Tara não voltou. Encontraram o que sobrara dela pendurado numa árvore, em sinal de desprezo. Dubhe experimentara tamanha dor e raiva que apertara os punhos até machucar a carne com as unhas.

Decidira participar diretamente do combate por ela, pois ninguém podia dar-se ao luxo de fazer uma coisa daquelas com seus soldados sem sofrer as consequências. Ninguém.

– Pronto – disse o sacerdote, levantando-se. – Terá de ficar de resguardo por uns dois dias, mas não é grave. Passe isso em cima. – E entregou-lhe uma ampola cheia de um líquido viscoso e esverdeado.

Ela agradeceu com um sinal de cabeça, então pediu para ficar sozinha. O sacerdote foi embora sem fazer comentários.

Dubhe levou a mão aos olhos. Sentiu a fragilidade da pele sob a ponta dos dedos. Demorou-se com os dedos no rosto. Rugas. Um mapa de cavidades e sulcos. Nunca reparara realmente naquilo, pois jamais dera muita importância à beleza. Mas a guerra era um negócio para gente moça, e eram justamente os jovens que acabavam sendo devorados por ela. Como os corpos que tinha visto na clareira.

E ela nada podia fazer para ajudá-los. Se não tivesse sido pela presença do ordenança, agora não estaria ali. Uma sensação de impotência oprimiu seu peito.

Levantou-se da cadeira e a perna infligiu-lhe uma pontada de dor. Quase com raiva forçou o corpo a obedecer e se aproximou da mesa.

Pegou a caneta. Só tinha aprendido um encantamento, o que estava ao alcance de todos, o que lhe permitia enviar mensagens para longe. E usava-o todas as noites.

Começou a riscar as palavras com uma escrita que, com o passar do tempo, se tornara cada vez mais imprecisa e vagarosa.

— E esta é a situação atual na Terra da Água — disse Kalth depois de ler a carta da avó, indicando um ponto num grande mapa esticado na mesa. Assinalou com uma cruz um vilarejo perdido, na presença de um general e de dois conselheiros. Era uma reunião organizada às pressas, só para dar uma ideia geral da situação. Queria demonstrar que sabia exatamente o que fazer e que não passava uma única hora do seu tempo sem buscar uma solução. Porque o problema não era receber a herança do pai, mas sim resultar crível aos olhos de quem o cercava. Não era a primeira vez que a Terra do Sol tinha como rei um rapazinho. A sua bisavó ascendera ao trono quando só tinha quinze anos. Mesmo assim, Kalth impusera a si mesmo um rígido autocontrole, enquanto à noite gastava os olhos nos livros. Precisava saber tudo, estar sempre preparado, e não podia dar-se ao luxo de mostrar qualquer incerteza.

— A quando remontam estas informações? — perguntou um dos conselheiros.

Kalth apertou de leve a mensagem do pergaminho. De certa forma, sentir sob a ponta dos dedos as palavras da avó deixava-o mais seguro.

— São de dois dias atrás. A rainha envia relatórios quase diariamente.

Alguns segundos de silêncio, cético e absorto. Kalth decidiu preencher aquele vácuo:

— Acredito que a estratégia escolhida pela rainha seja a melhor. A guerrilha é a nossa única arma, e muito em breve os homicídios seletivos surtirão efeito. Uma unidade inimiga foi decapitada ontem mesmo: neste momento, um grupo de pelo menos cinquenta elfos está sem comandante. Só ficaram os soldados. O ataque deve acontecer antes do alvorecer de amanhã.

Mais silêncio.

– Perguntas?

Ninguém levantou a cabeça.

– Então estão dispensados. Quero todos aqui daqui a três dias, quando já tivermos a resposta do Mundo Submerso.

A ideia fora dele. Homens a serem usados na guerra e sacerdotes para curar a doença, em troca de uma abertura comercial depois de o estado de emergência passar. O Mundo Submerso, até então, havia sido amplamente autossuficiente, mas durante os últimos tempos tinha conhecido uma explosão demográfica que muito exigira da capacidade produtiva do reino. Abrir-se para o exterior era a única saída, uma vez que as tensões sociais começavam a reivindicar seu preço.

Os presentes saíram um depois do outro sem nada dizer, e Kalth ficou mais uma vez sozinho na fraca e sinistra luz dos archotes.

Permaneceu sentado por alguns instantes. Bem que teria gostado de relaxar, de não pensar em coisa alguma, mas a máscara que usava caía-lhe tão bem que já se tornara difícil despi-la. Somente os dedos, que apertavam com força o pergaminho, denunciavam a angústia que o perturbava.

Levantou-se e saiu.

– Meu senhor? – O ordenança, na entrada, esperava as suas ordens.

Ninguém o chamava daquele jeito antes. Todos o denominavam de pequeno príncipe ou, então, mais formalmente, de príncipe herdeiro. Ele mesmo exigira ser tratado como um rei, sabendo que o poder também passa por uma série de rituais indispensáveis a inspirar aquele temor, aquele reverente respeito imprescindíveis para reinar.

– Já vou me recolher – disse. – Mande aprontar o meu quarto.

Já passara o tempo em que quem cuidava de pô-lo na cama era a mãe. Pois é, sua mãe. Dirigiu-se aos seus aposentos, como toda noite. Bem que teria gostado de dar-lhe alguma boa notícia, alguma coisa que aliviasse a dor daquela espera pungente. Mas os espiões da avó tinham mandado seu relato umas poucas horas antes. Nada. Amina parecia ter sumido sem deixar rastros, desaparecido por completo da face do Mundo Emerso, e Kalth sabia que aquilo era pior do que uma sentença de morte. A incerteza podia povoar-se dos mais sinistros pesadelos, piorando ulteriormente as condições da mãe. O único consolo era o fato de Adhara estar com a irmã. Compreendera desde o começo que aquela jovem era especial, e isso bastava para alimentar a esperança.

O palácio estava terrivelmente vazio. Aquele silêncio zunia em seus ouvidos como um presságio de morte, e então achou melhor concentrar-se no barulho ritmado das suas passadas. Percorreu apressadamente os corredores, quase receando que alguma coisa, naquela escuridão espectral, pudesse surgir de repente para dilacerá-lo. Apesar do que a própria razão lhe dizia, estava com medo. Era apenas um jovenzinho, e o reconfortante abraço da mãe ainda tinha o poder de acalmá-lo.

Parou diante da porta do quarto dela, tentando assumir uma postura digna.

Bateu algumas vezes. Nenhuma voz respondeu, como de costume, razão pela qual acabou simplesmente entrando.

– Sou eu, mãe – disse.

Fea estava sentada perto da janela. Passava os seus dias daquele jeito, olhando para o céu cinzento e contando os raros e assustados transeuntes que circulavam pelas ruas de Nova Enawar. À noite, deitava-se e dormia sonos inquietos até de manhã. Cada dia igual ao outro, num ciclo obstinado e perene.

Kalth avançou devagar. Havia cheiro de mofo e fazia frio. Sentou-se diante dela, segurou suas mãos.

– Como é que a senhora está?

Fea não respondeu. Olhava para fora, na escuridão, com ar sofrido.

Seguindo o ritual de sempre, Kalth contou o seu dia. Sabia que, provavelmente, ela não estava nem um pouco interessada, mas era bom para ele, para aclarar as ideias, para fechar as contas e preparar-se para enfrentar novas batalhas.

– Notícias dela? – Aquela flébil voz o fez estremecer.

Kalth engoliu em seco.

– Amina está bem – disse, com um sorriso. – Outro dia mesmo ela escreveu. – Tirou do bolso a mensagem da avó, abriu-a, fingiu ler.

"Querido Kalth, querida mãe, espero que estejam bem. Encontrei hospitalidade junto de uma família que não me deixa faltar coisa alguma, e não tenho motivos de queixa."

Mentiras que inventava em cima da hora. Histórias de uma viagem pacífica num Mundo Emerso sereno e completamente fictício. Fea ouvia, perdida. Kalth não saberia dizer se acreditava ou não naqueles relatos, mas sem dúvida alguma fazia o possível para acreditar. E então procurava contentá-la, falando da Amina com que ela sempre sonhara: forte, doce, gentil.

– Mas por que não volta? – perguntou Fea, de repente.

Todas as noites a mesma pergunta.

– Ela explica logo a seguir. Ouça: *Gostaria de voltar quanto antes para junto de vocês, mas por enquanto disseram-me que a viagem para Nova Enawar não é segura. Pacientem mais um pouco, portanto, sabendo que estou bem e que sinto a sua falta. Fico triste imaginando que estão preocupados comigo. Não precisam, estou abrigada em segurança. Um beijo da sua Amina.* É isto. – Kalth dobrou lentamente a carta e apertou a mão da mãe. – Ouviu? Está bem e não vai demorar para voltar.

Ela anuiu com um sorriso extremamente doce.

– Vai protegê-la, quando voltar, não vai?

– Eu sempre a protegi, sabe disso – respondeu Kalth com voz trêmula. – Mesmo agora estou fazendo isso. – Olhou para o chão, então levantou-se tentando sorrir. – Quer que a ajude a deitar-se?

Fea anuiu e ele a colocou na cama, ajeitando os cobertores e lhe dando um beijo na testa.

– Amanhã peça à criada para arejar as roupas de Amina. Quero que estejam limpas e perfumadas quando ela voltar.

– Farei isso. Agora durma. – Fea nem ouviu, já tinha fechado os olhos e adormecera.

Kalth ficou um momento olhando para ela, então saiu fechando a porta atrás de si. Quando ficou sozinho, percebeu seus olhos umedecerem-se. Também sentia a necessidade de uma palavra de consolo, tinha vontade de jogar-se nos braços da mãe e chorar aquela dor que devia esconder do mundo inteiro. Mas não podia. Aquele tempo já não existia. Voltou a ler as últimas linhas do pergaminho, aquelas palavras que a avó escrevera só para ele.

Principalmente não se renda, e seja forte. Eu estou com você.

11
UM ENCONTRO ENTRE AS CHAMAS

— Espero que esteja satisfeita.
Adhara continuava de olhos fixos no chão.
– Disseram que me mandarão de volta quanto antes. Já enviaram uma mensagem ao palácio – continuou Amina, impiedosa.
Estavam presas havia um dia e meio, e naquela altura o efeito da poção desaparecera para ela também. No começo fora jogada na mesma cela de Adhara, mas quando mostrara seu verdadeiro rosto um guarda a reconhecera. Passaram a tratá-la com deferência, libertaram-na, mas ela havia tentado imediatamente fugir. De forma que a prenderam de novo, à espera de ser levada diante da rainha.
Estavam trancadas numa gaiola de madeira. Adhara deu uma olhada nos pulsos, atados com meras cordas de cânhamo. Talvez, com um pouco de paciência e dedicação, poderia libertar-se, mas naquele momento não tinha forças nem vontade de fugir.
Tivera mais um ataque e sentia-se esvaziada, prostrada; aquela mão toda roxa a deixava obcecada.
– Posso saber o que deu na sua cabeça? E se realmente queria morrer, por que me arrastou contigo? Devia permitir que eu escapasse, que eu fosse embora seguindo o meu próprio caminho!
Pois é, o que dera nela? Loucura. Era uma loucura estúpida que não conseguia explicar. Era óbvio que ficariam com medo dela, era óbvio que ninguém iria reconhecê-la. Pois ela já não era Elyna. A pessoa que ela fora, que aquela gente tinha amado, havia desaparecido no túmulo.
Amina segurou-a pela gola da blusa que vestia por baixo do corpete.
– Não se faça de desentendida! Responda!
Adhara dirigiu-lhe um olhar vazio. Devia-lhe, pelo menos, uma explicação, considerou.

— Quer saber a verdade? — Um sorriso torto iluminava seu rosto. Amina fitou-a sem entender. — Acho melhor você se sentar, então. É uma longa história e nem um pouco agradável.

Contou tudo, quase com raivosa crueldade. Sem nada esquecer. Começou pelas celas dos Vigias, onde o que ela era — qualquer coisa que ela fosse — viera à luz a partir de carne morta. Falou daquela seita, explicou os seus poderes. E então contou de Karin, e tentou dar um sentido, para si antes mesmo que para Amina, a tudo aquilo que acontecera.

— Só queria ter uma chance — concluiu afinal. — Só procurava ter uma vida normal. E quando vi estas pessoas falando de mim, pensei que talvez pudesse ser um ponto de partida, uma maneira de recomeçar tudo, ou quem sabe de continuar do momento em que a história havia sido interrompida.

Calou-se, e o silêncio envolveu a ambas. Só se ouvia o farfalhar das folhas acima delas.

Amina permanecia imóvel num canto da gaiola, sem tirar os olhos dela.

— E quando tencionava me contar? — sibilou.

— Nunca tive a oportunidade. Descobri no dia em que seu pai morreu. E depois não fizemos outra coisa a não ser fugir.

Desta vez quem sorriu com desdém foi Amina.

— A verdade é que você decidiu não contar desde o começo.

— Procure ficar no meu lugar; qual reação poderia esperar de você? Eu queria esquecer a maneira pela qual nasci, é por isso que não quis falar a respeito.

— Você nunca confiou em mim! Desde o momento em que partimos não faz outra coisa a não ser resmungar acerca de deixar-me pelo caminho — replicou a jovenzinha com um tom de desafio.

— Isso não tem nada a ver com...

— Mas do que tinha medo, afinal? Decidiu guardar seus segredos, enquanto eu a livrei das garras de Theana arriscando-me pessoalmente! E aí, quando achou por bem acabar com esta farsa, fez o que quis sem se importar minimamente com o que aconteceria comigo!

— Já chega! — Adhara não podia acreditar no que estava ouvindo. — Já pensou em como me sinto? — disse, incrédula.

— E você? Já passou pela sua cabeça, mesmo por um só momento, que aquilo que realmente é talvez também tinha a ver comigo e com a minha missão?

— Continua pensando somente na sua fuga — observou Adhara com amargura. — Não ouviu uma palavra sequer do que eu disse, e não tem o menor interesse por aquilo que sou e por quanto isto me faz sofrer.

O olhar de Amina teve um imperceptível tremor.

— Não é isso que estou dizendo...

— Não é verdade, é o que o seu comportamento deixa entender desde que partimos. Você já não é a mesma de antigamente.

— E como poderia ser de outra forma?! — gritou Amina. Foi um rompante repentino, como se já tivesse se controlado por tempo demais. — Acha mesmo que eu poderia não mudar, depois de tudo aquilo que aconteceu? Enquanto você corre atrás dos seus sonhos românticos e fica se perguntando quem a criou e por quê, eu sonho com meu pai todas as noites e não consigo ter um só momento de paz! Não me interessam os seus problemas idiotas e a sua história inútil!

Deu um pontapé na palha espalhada na gaiola, mas foi impetuosa demais e acabou caindo no chão.

— Maldição! — esbravejou, e encolheu-se sobre si mesma, escondendo o rosto entre os joelhos. Mas não chorava. Respirava ofegante, e Adhara entendeu que, naquela altura, já era uma obsessão incurável. Do seu horizonte desaparecera qualquer coisa que não fosse a vingança. Compreendeu, finalmente, as suas intenções e percebeu que nada poderia detê-la. Não hesitaria em matá-la também, se porventura se atrevesse a ser um obstáculo para os seus desígnios. Sentiu um aperto no coração. Atraiçoara-a, usando-a como um joguete e a abandonando ao seu destino.

A porta da gaiola abriu-se rangendo. Um soldado ficou por alguns momentos inseguro na entrada, em seguida aproximou-se e colocou delicadamente a mão no ombro de Amina.

— Vossa Alteza...

Ela virou-se de estalo.

— Vossa Alteza, já está na hora de irmos.

Amina sacudiu a cabeça, súplice.

– Por favor, deixe-me seguir viagem, eu lhe peço... – Tentou desvencilhar-se, esperneando como um animal enfurecido.

Adhara observou-a. Nada sobrara dos dias felizes que haviam passado juntas. Mas, pelo menos para ela, aquela garota ainda significava alguma coisa. Tinha de protegê-la dela mesma, pelo seu próprio bem. Por isso cooperou com o guarda. Conseguiu segurar um dos seus pés e, ajudando com o braço, também acabou imobilizando a outra perna.

– Agora – disse com frieza ao soldado, que olhou para ela meio perdido.

– Por que está me fazendo isto? Éramos amigas!

– Mexa-se! – disse Adhara, quase com raiva, e finalmente o homem cumpriu o seu dever.

Levou-a embora levantando-a do chão.

– Odeio, odeio você! – berrou Amina enquanto a arrastavam para fora.

Adhara deitou-se de bruços, a cara espremida contras as tábuas da jaula. Agora estava realmente sozinha, sem qualquer esperança.

Karin chegou quando já anoitecia. Adhara percebeu seus passos leves que se aproximavam da cela improvisada. Não devia ser nada fácil para ele: o corpo que tinha amado, que desejara encontrar de novo após longos dias de desespero, estava diante dele. Mas não era Elyna, e sim uma estranha, uma inimiga.

O pai estava com ele. Impassível, frio, severo. Adhara levantou-se um pouco e ficou sentada.

– Conhecemos a verdade – começou o velho. – E muito em breve você será levada a Nova Enawar, para o Ministro Oficiante.

Os ombros de Adhara ficaram ainda mais caídos. Estava acabado. Todo aquele caminho só para voltar ao ponto de partida. O que a deixava mais frustrada era que, afinal de contas, não conseguira fugir ao seu destino. Tinha andado por milhas e mais milhas, sem contudo ficar longe o bastante de Theana.

– Antes, contudo, há uma coisa que precisamos saber – prosseguiu o Ancião.

Adhara fitou-o sem entender.

– Qual era o nome dos seus pais? – perguntou Karin. O seu passado. A sua vida de *antes*. Mordeu o lábio.
– Não consigo lembrar...
– Onde nasceu?
– Não tenho recordações daquele tempo.

Karin parecia não ouvi-la.

– Como é que os seus a chamavam na infância? Qual era a sua brincadeira preferida? Como se chamava a sua irmã, e com que idade morreu? E os seus tios? Para que Terra se mudaram? Há quanto tempo?

– Não lembro nada disso! – gritou Adhara, já tomada de desespero.

O velho chegou perto até encostar nas barras de madeira.

– E por que tem o rosto dela, então? Como se atreveu a vir para cá mostrando-se a nós, *logo a nós*, com esse semblante?

Seus olhos faiscavam furiosos. Adhara se deu conta do horror daquilo que os Vigias tinham feito não só com ela, como também com toda aquela gente.

Olhou para Karin, esperando encontrar um sinal de compreensão.

– Eu *sou* Elyna – declarou, aproximando-se das barras. – Depois da sua morte, de alguma forma tremenda que desconheço, homens terríveis trouxeram de volta à vida o seu corpo. Eu lhes peço – suplicou com toda a sinceridade de que era capaz –, concedam-me a possibilidade de recomeçar! Se me ajudarem a lembrar, tenho certeza de que Elyna poderá voltar!

O velho fitou-a com nojo, enquanto o jovem baixava os olhos, como se não fosse capaz de suportar a visão dela.

– Como ousa... – disse, afinal, Karin com voz trêmula. – Como ousa falar assim, falar assim *comigo*, ainda mais você, que não passa de um monstro com o rosto dela!

Adhara baixou a cabeça, com os olhos úmidos de pranto.

– Fosse por mim e pelo meu pessoal, já estaria morta – acrescentou ele. – Elyna morreu, e não merecia um destino tão horrendo. Mas o Ministro Oficiante a quer, e nós obedecemos. Amanhã de manhã você irá embora, e estará tudo acabado. Espero de todo o coração que o fado lhe reserve o fim que merece. – Cuspiu no chão, então deu as costas e levou o pai consigo.

O sol, além da paliçada do acampamento, tingia o céu de um vermelho sangrento. Adhara mal conseguia respirar, e não devido à doença desconhecida que a estava consumindo, mas sim pelo horror que tinha de si mesma.

Quando acordou, um amontoado de pensamentos confusos avolumou-se na sua mente. Levara muito tempo para adormecer. Aquele encontro a tinha deixado na pior aflição e o seu único desejo era esquecer.

Levantou-se com dificuldade, acalmando a angústia que oprimia seu peito. Mas havia algo mais. Sentiu uma vaga sensação de perigo.

Naquela mesma hora, um grito estrídulo rasgou o ar. Adhara reconheceu-o imediatamente e a angústia deixou-a sem fôlego. Viu-o se aproximando em toda a sua potência. O imenso animal preto, com corpo parecido com o de uma serpente, abriu a bocarra preparando-se para atacar. Num piscar de olhos, tudo que estava em volta transformou-se numa nuvem ofuscante. Gritos insanos. Lâminas se chocando umas com as outras. Chamas.

Um ataque de surpresa.

No escuro da noite, Adhara reconheceu os corpos elegantes dos elfos. Alguma coisa se mexeu dentro dela. A batalha a chamava ou talvez o instinto de sobrevivência. Só sabia que não podia ficar ali, trancada.

Tentou forçar as grades alavancando-se nos braços e fincando os pés. Não cediam. Viu um homem que se arrastava na sua direção em busca de ajuda. Mas era tarde demais, e acabou morrendo a uns poucos passos de distância, segurando nas mãos uma lâmina enferrujada. Já seria suficiente para ela, se só pudesse sair daquela jaula!

Então o viu. O fogo ateado pela viverna estava queimando uma moita não muito longe da sua prisão. Era a sua única possibilidade. Desesperada, louca, mas não havia outra saída.

Com muito custo conseguiu estender ambos os braços fora das barras, quase até a altura do cotovelo. Esticou então a mão doente. Era melhor sacrificar aquela, em troca da liberdade. Sentiu o calor das chamas se tornando insuportável enquanto alcançava o arbusto, a pele que parecia frigir. Com um esforço sobre-humano agarrou-o e, depois de algumas tentativas, a madeira cedeu. Jogou-o contra a parede da jaula, com a mão a esta altura insensível. Aninhou-se num canto e deixou as chamas fazerem o seu trabalho.

Quando achou que já era hora, começou a dar pontapés.

Precisou dar uns cinco ou seis, mas então a armação de madeira explodiu numa nuvem de faíscas. Adhara não conseguiu conter um brado de triunfo. Pulou então em cima do cadáver e pegou a espada. Estava em condições ainda piores do que parecera à primeira vista, mas não importava. Antes de mais nada, cortou as cordas, depois segurou a arma com ambas as mãos.

Entrou na rinha. Estava cansada e mais lerda que de costume, mas conseguia mesmo assim defender-se. A raiva desesperada que até aquele momento tinha guardado dentro de si guiou seu corpo. À sua volta havia dúzias de cadáveres. Nem olhou para eles. Sabia que iria se ver diante de rostos conhecidos. Os rostos de quem a ajudara, de quem a acolhera. E também de quem a escorraçara, claro, de quem a recusara e condenara. Mas não era o bastante para merecerem aquele fim.

No combate, perdeu a consciência de qualquer coisa. Aniquilou-se para deixar desabafar livremente a sua aflição. A lembrança de Amina invadiu-a de repente, como uma ferida latejante. Devia estar certamente presa em algum lugar, naquele inferno. Precisava encontrá-la, salvá-la.

— Amina! — gritou.

Escuridão, chamas, cheiro de sangue e de morte. Aí estava a guerra no seu aspecto mais terrível e verdadeiro. Adhara sentia que a conhecia, mas ao mesmo tempo ficava horrorizada, enojada. Com uma ponta de orgulho deu-se conta de que aquela sensação era dela, somente dela, daquela Adhara que despertara na clareira e recusara o destino que os outros haviam escolhido para ela.

— Amina!

Uma fisgada no peito. Levou instintivamente a mão ao coração.

Não, agora não!, pensou desesperada. Continuou avançando, a mão convulsamente apertada no cabo da espada.

— Amina!

Viu alguma coisa despontar das chamas, enquanto a sua respiração se tornava mais ofegante.
– É você, Amina? – perguntou, esperançosa. Pouco a pouco o vulto foi se definindo, até revelar o corpo de um jovem magro, com os ombros largos de lutador, segurando com as duas mãos uma arma insolitamente comprida.
Não.
Avançou contra ela, a lâmina a traçar um sulco sangrento no chão.
O coração de Adhara começou a bater como louco. Porque aquela figura era inconfundível e evocava abismos de dor e ternura, esperança e desespero.
Reconheceu os olhos verdes, os cabelos levemente cacheados e presos com uma fita, aquela leve armadura de couro negro que cobria o corpo adolescente já à beira da maturidade. O mesmo Amhal daquele último dia. O mesmo olhar perdido de então.
As pernas de Adhara amoleceram, e só com um enorme esforço de vontade ela permaneceu de pé, apesar do corpo que já não lhe obedecia.
Passara a semana pensando no que iria dizer para convencê-lo a desistir e, agora que estava diante dele, já não encontrava as palavras. O coração, que quase parava pela segunda vez.
Não, agora não!
Ele não pareceu reconhecê-la, fitava-a como um estranho animal. Tinha no pescoço um medalhão de cristal negro, de elaborado feitio. No centro, uma pedra soltava reflexos purpúreos, talvez pela reverberação das chamas, talvez por alguma luz interna. Adhara não saberia dizer.
Tentou não se deixar vencer pela dor que lhe dilacerava o peito.
– Como pôde? Você é humano, e do lado dos humanos deveria estar lutando, como já fez no passado!
Amhal não respondeu. Levantou a espada e assumiu a posição de ataque. Adhara soube com absoluta certeza que, se fosse lutar, o embate não iria durar nem mesmo um só assalto. No instante fugaz que levou para dar-se conta disso; no entanto, aconteceu alguma coisa. Um grito estrídulo, e mais uma figura surgiu das chamas.

Adhara reconheceu-a imediatamente: Amina. Mais um ataque a fez cair no chão enquanto ouvia os berros da jovenzinha.

Amhal foi pego de surpresa. Escorregou, com a menina que o atacava de qualquer jeito com uma espada que arrumara em algum lugar.

– Traidor! Matou meu pai! – gritava.

Não havia qualquer técnica na sua maneira de combater, somente a força do desespero, a mesma que a sustentara durante aquela interminável viagem. Não demorou muito tempo para Amhal levar a melhor sobre ela. Uma defesa e um ataque, e a arma de Amina voou para longe, enquanto ela caía ao chão com um lamento. Devia estar ferida, provavelmente numa perna. O rosto de Amhal não demonstrou qualquer emoção. Levantou a espada, pronto a desferir o golpe de misericórdia.

Adhara juntou as poucas forças de que ainda dispunha e pulou adiante, detendo a lâmina. O contragolpe em seus pulsos foi pura dor, mas firmou-se nos joelhos conseguindo não recuar.

– Está louco?! – gritou. – É a princesa!

Um vago lampejo de lucidez pareceu tocar Amhal, uma consciência adormecida que mal conseguia abrir caminho nele. Então o verde dos seus olhos voltou a ser impiedoso.

– Levante-se – disse entre os dentes.

Adhara rechaçou a espada dele, voltou a ficar a uma distância segura, cambaleou.

Não consigo.

Mas não podia render-se. Ouvia a respiração ofegante de Amina atrás de si, precisava resistir. Tentou ficar em posição de combate, mas a arma tremia em suas mãos. A esquerda era um peso morto, seu peito doía. Gritou, jogou-se contra Amhal. Ele esquivou-se da desajeitada tentativa e respondeu acertando-a entre as escápulas com o cabo da espada. O golpe deixou-a sem fôlego, de cara no chão.

Levante-se e lute!

Virou-se, rodou a espada no ar num ataque que nem chegou perto de Amhal.

– Sou Adhara, será possível que não me reconheça? – gritou com desespero.

Mais um tremor que quase a fez soltar a arma.

– Será possível que tenha apagado da sua mente tudo aquilo que vivemos juntos?

Sentiu as forças que a abandonavam, a espada que escorregava das suas mãos. Não conseguia mais controlar os braços e desmoronou ao chão. Só podia esperar que ele lembrasse, que decidisse não esquecer aquilo que os unira. Mas o lampejo de consciência que vira em seus olhos desapareceu.

Acabou.

Esperou o golpe de misericórdia, que não chegou. Em vez dele, uma cortina prateada ofuscou-a brilhando na noite. E então tudo se perdeu na escuridão.

12
UMA INSÓLITA ALIANÇA

Adhara levantou-se com um pulo, protegendo o rosto com uma das mãos enquanto a outra corria para a empunhadura da espada. Ainda podia salvar-se e também a Amina.

Mas a mão apertou o vazio, e em volta dela já não era noite. Seu braço fino mal conseguia aparar a luz forte, penetrante, que feria seus olhos. Onde estava?

Os raios matinais forçaram-na a apertar os olhos. Tentou levantar-se, mas os músculos não reagiram. Acabou ficando com o cotovelo fincado num tapete de folhas secas e descobriu estar deitada sobre alguma coisa macia, com um cobertor que a cobria até a cintura.

Não conseguia entender. Recordava-se perfeitamente do ataque contra o acampamento, a maneira com que Amhal levantara a espada sobre Amina, como se não a reconhecesse. Lembrava ter passado mal e, de qualquer maneira, não ter chegado a lutar. E então aquele estranho despertar no meio do bosque. Sozinha.

Examinou o próprio corpo à procura de pistas. A mão esquerda, a enegrecida pela doença, só doía levemente e estava enfaixada.

– Vejo que acordou...

Aquela voz. Estremeceu, e o instinto levou-a a pensar que precisava ficar em posição de combate e atacar. Procurou mexer-se, mas uma violenta sensação de enjoo revirou seu estômago levando-a a cambalear. Não havia mudado muito desde a última vez que o vira: os mesmos olhos de um azul desbotado, a mesma barba fluente. Talvez estivesse mais cansado, mais definhado e imundo, como, aliás, qualquer um que tivesse circulado por um bom tempo no horror daquele mundo enlouquecido.

Adrass levou a mão a uma dobra da túnica rasgada que vestia.

– É isto que está procurando? – perguntou, sacando o punhal e o segurando pelo cabo com dois dedos.

Adhara rangeu os dentes.

— Já deveria saber que não sou eu o seu inimigo, Chandra.

Chandra. Pausa. Aquele nome bestial com que o seu criador a etiquetara.

— Não me chame assim. O meu nome é Adhara.

Adrass sorriu com pena, então entregou-lhe uma xícara cheia de um líquido transparente.

— Trouxe-lhe ambrosia. Já pensou? Encontrar um Pai da Floresta por estas bandas...

— Não quero nada de você. Pode ser que eu esteja desarmada, mas deveria saber melhor do que ninguém quão letais podem ser as minhas mãos.

E teria de fato recorrido à força, se porventura ele tivesse ousado chegar mais perto. Ela o teria matado, satisfazendo assim de uma vez por todas o seu desejo de liberdade.

Adrass colocou a xícara no chão, e em seguida sentou-se de pernas cruzadas. Usava, na cintura, uma velha espada. Adhara avaliou os caminhos de fuga, no caso de ele guardar na manga algum outro truque mágico para detê-la.

— Salvei a sua vida ontem à noite. Esperava, pelo menos, um pouco de gratidão.

De repente, Adhara deu-se conta de que estava sozinha.

— O que fez com a princesa? — berrou.

— Está em boas mãos — respondeu Adrass, com calma.

— Não acredito.

— É isso que você pensa de mim? Que viraria as costas para uma menina? Que a deixaria matar por alguém como o Marvash?

— Não foi do túmulo, afinal, que tirou o meu corpo? Não o transformou numa arma, brincando de deus junto com os seus amigos? — Adhara sentiu o ódio invadi-la como lava.

— Acalme-se — disse Adrass. — Posso explicar.

A impressão de estar num beco sem saída deixou-a louca. Olhou para a atadura. Não havia dúvida que o autor do curativo fora ele. Talvez aquele homem soubesse o que estava acontecendo com ela, e Adhara precisava urgentemente entender. Sentou-se de cócoras, mas sem baixar a guarda.

— Fale! — E na sua voz ficava clara uma implícita ameaça.

* * *

Adrass não se fez de rogado e foi pródigo de particulares. Falou em suas andanças, na guerra que enfrentara, nas inúmeras vezes em que arriscara a vida. Mas Adhara não se sentia de forma alguma envolvida naquela história. Teria sido melhor se ele tivesse morrido durante a viagem. Um perdigueiro a menos no seu encalço.

— Theana mostrou para você, não foi? — perguntou, afinal.

As imagens daquele dia, na frente da sacerdotisa, pegaram-na de surpresa. Mas nada no mundo a convenceria a dar ao sujeito a satisfação de saber o que realmente acontecera.

— Se acha que mudou alguma coisa, está completamente errado — rosnou. — Fui criada com uma finalidade bastante precisa, mas isto não quer dizer que não tenha a liberdade de escolher o meu próprio destino. Não sou um pedaço de carne. E tenho um nome.

— Não está entendendo. Eu odiava mexer nos túmulos e vê-las morrer. Mas em nome da Verdade, do Bem superior, precisamos estar preparados até para as coisas mais abomináveis. E você precisa aceitar a sua tarefa.

Adhara sacudiu a cabeça com um sorriso sarcástico.

— Loucos. Nada mais que loucos fanáticos. Nada tenho a ver com o deus de vocês, e nada poderá forçar-me a agir contra a minha vontade.

— Eu sou o último, Chandra, os Vigias morrerão comigo. Pode nos odiar, se quiser, mas saiba que se a reencontrei, se pude socorrê-la quando você precisava, foi pela vontade de Thenaar. Não deveria ter-se mostrado a eles. Você não é mais aquela jovem. Aquela jovem morreu.

— E como é que você sabe? — provocou-o Adhara.

— Porque criei você — disse Adrass, olhando para ela de soslaio. — E sei que nada mais existe daquela alma. Dentro do seu corpo só há o que eu transmiti: os conhecimentos sobre magia, sobre o Mundo Emerso, sobre a habilidade em combate.

— Esta é a mentira que você conta a si mesmo para justificar as coisas terríveis que fez. Sou uma pessoa como qualquer outra! — Mais que um grito, o dela pareceu um desesperado lamento.

— Ou talvez seja você a se iludir, acreditando que é algo mais do que uma arma.

Estas palavras jogaram sal na ferida. Adhara lembrou o rosto de Karin e o do pai, a expressão enojada dos dois. Mordeu o lábio, e só parou quando sentiu o sabor metálico do sangue na língua.

– Continue.

Ele se escondera, com a intenção de libertá-la protegido pelas trevas. Mas, quando os elfos atacaram de surpresa, tivera de mudar rapidamente os seus planos. Aproveitara a confusão para circular pelo acampamento, até que a vira diante do Marvash.

– Percebi logo que você estava em perigo. Cansada daquele jeito, não tinha a menor condição de se sair bem numa luta, e eu não podia certamente enfrentar o Marvash com a espada. Então usei um feitiço, um daqueles que você deveria conhecer muito bem.

Adhara lembrou confusamente o clarão prateado, o abismo negro que a engolia.

– Uma translação... – disse.

– Isso mesmo. Só precisava de uma milha, o bastante para tirá-la das garras daquele monstro. Mas tive de fazer um esforço imenso, foi uma mágica que consumiu quase toda a minha energia.

– E Amina?

– Estava conosco. Uma vez que você estava em segurança, deixei-a perto da base do exército, não muito longe daqui, sem sentidos, para que fosse encontrada.

O coração de Adhara quase parou. A princesa, a sua única amiga, tinha ficado só e indefesa em território inimigo, sem que ela pudesse protegê-la.

– Devia levá-la até eles, estava ferida. Como pôde fazer uma coisa dessas?

– Vi os soldados que a levavam embora – falou ele, apressado, para encerrar o assunto. – Sei quem ela é e, mesmo que você não acredite, não sou um monstro – acrescentou, irritado.

Adhara respirou fundo. Amina estava realmente num lugar seguro? Não sabia mais o que pensar.

– Prove que está dizendo a verdade.

– Não tenho provas. Só a minha palavra.

Justamente o que ela receava. Fechou os olhos.

Amina...

— Há quanto tempo está passando mal? — quis saber Adrass, indicando a mão.
— Como é que você sabe?
— Acha normal o que está lhe acontecendo?
— Vai ver que é uma das suas maldições para forçar-me a levar a cabo a minha missão — respondeu ela, com sarcasmo.
— Não diga bobagem.
— Então, comece a dizer a verdade.
— E você colabore. Como foi que isso começou? — A voz dele tornara-se dura.

Adhara engoliu em seco. O medo daquilo que estava acontecendo com ela foi mais forte que qualquer outra coisa. Contou tudo, e foi como livrar-se de um peso.

Adrass pareceu ponderar por alguns segundos as palavras da jovem. Quando voltou a olhar para ela, parecia meio sem jeito.

— Já lhe expliquei como foi trazida de volta à vida, e afinal já teve a oportunidade de comprovar a honestidade das minhas palavras ao viver com pessoas que conheceram o seu corpo quando ainda tinha uma alma. Para criar as Sheireen, recorremos a muitas fórmulas diferentes. Usamos a Magia Proibida, que viola os princípios naturais da criação. Acredite, não havia outro jeito de salvar o Mundo Emerso. O preço que tivemos de pagar foi a perdição das nossas almas.

Havia um sofrimento real na voz dele, e pela primeira vez Adhara pensou que não fora a única vítima daquele desígnio louco e obscuro.

— Trazer de volta à vida um corpo e modificá-lo a nosso belprazer significa subverter a ordem estabelecida das coisas. E quando isto acontece, de alguma forma o fruto desta operação tenta tomar seu próprio rumo.

— Não estou entendendo — disse ela, num sopro. Tinha medo da explicação que o homem poderia dar, e a sua respiração tornou-se ofegante, como se não houvesse bastante ar em seus pulmões.

— É como quando se desvia o curso de um rio. Constroem-se represas e diques, a água é forçada a correr por onde nunca deveria passar. E então o rio se rebela e, logo na primeira cheia, atropela a represa, leva embora os diques e destrói tudo que encontra pela frente.

O vislumbre de uma terrível e nova dimensão de conhecimento iluminou a consciência de Adhara. Sua boca secou na mesma hora, enquanto a mente começou a bater asas, como louca, juntando as peças que faltavam naquele mosaico que ela acreditava já conhecer.

– Fomos pretensiosos ao achar que podíamos passar por cima deste limite insuperável. Talvez tenhamos errado alguma coisa, pois tudo indica que o seu corpo se decompõe porque quer voltar ao estado original do qual o arrancamos.

Aquelas palavras bateram como pedregulhos, e Adhara sentiu-se tomar por uma desoladora sensação de impotência. Como sempre, havia alguém ou alguma coisa que tomava as decisões por ela. Vivia uma vida traçada por outros, criada do nada, e que para o nada voltaria. Olhou a atadura na mão e percebeu que mal conseguia mover os dedos.

– Como acha que será? – perguntou, atônita. Adrass fitou-a sem entender. – Como será morrer? – insistiu Adhara.

– Você *é* a Sheireen, eu *não posso* deixá-la morrer! – gritou ele, debruçando-se para a frente.

Havia tamanha determinação em seus olhos que Adhara quase foi tentada a ter alguma esperança.

– Percebi antes mesmo de encontrá-la, sabia? Intuí o terrível engano que tínhamos cometido, e durante estes meses todos da minha busca procurei uma solução. Podemos remediar. Eu *sei* que estou certo. Posso salvá-la – disse Adrass, com convicção. – Vai ser como refazer tudo do começo, mas em escala menor – continuou. – Sangue de ninfa, pedaços de carne humana e linfa de elfo. Todas as coisas que podemos encontrar facilmente numa guerra.

Continuarei vivendo à custa da morte, pensou Adhara. Ainda precisava da vida dos outros para não morrer. A coisa dava-lhe arrepios, e sentiu o próprio corpo como uma entidade terrível, que não lhe pertencia.

– E a minha mão? Vou perdê-la? – perguntou num sussurro.

– Não sei. O rito deve desacelerar o processo, mas infelizmente não pode detê-lo. Aliviará a dor e eliminará as crises de que está padecendo. Mas não poderá impedir que o seu corpo continue se rebelando.

— De que adiantará, então? De qualquer maneira, acabarei morrendo!

— É a única saída que conheço, pelo menos para tentar encontrar uma cura definitiva.

Adhara olhou para o homem, aturdida. Até pouco antes ela o teria matado sem pensar duas vezes. Agora sentia que dependia totalmente dele. Se Adrass não conseguisse salvá-la, ninguém mais poderia fazê-lo.

— Eu não conheço todas as fórmulas. Sou um mago medíocre que por vontade de Thenaar criou a Sheireen, mas sei onde podemos procurar as respostas de que precisamos. É um lugar lendário, que num longínquo passado pertencia aos elfos. Uma biblioteca perdida nas entranhas de Makrat.

Só de ouvir aquele nome ela ficou toda arrepiada. Desde que o rei havia morrido da doença, a cidade devia ter-se tornado um caos.

— Se é uma lenda, como pode saber que realmente existe? — perguntou, incrédula.

— Porque estive lá. Alguns de nós descobriram o local por mero acaso. Era um lugar misterioso, meio em ruínas, mas guardava uma coleção extraordinária de pergaminhos, livros e volumes incrivelmente antigos de magia. Uma boa parte dele continua até hoje inexplorada. É de lá que vêm os conhecimentos com que você foi criada. E ali, tenho certeza disso, deve existir a fórmula que salvará a sua vida.

Adhara lembrou a última imagem que tinha de Makrat: uma multidão de desesperados que se apinhavam embaixo das muralhas, um lugar moribundo, habitado por pessoas devoradas pelo medo e pela desconfiança. Já fazia quase dois meses que tinha saído de lá, e neste ínterim podia ter acontecido qualquer coisa.

— A doença dizimou os moradores do palácio — observou. — É um lugar perigoso demais, você não é imune à peste.

— O meu deus me protegerá.

Adhara olhou para ele. Era um louco. Mas o seu destino estava nas mãos daquele homem. Tudo começara com ele. Nunca poderia ter imaginado que a sua fuga acabaria daquele jeito, mas diante da eventualidade de uma morte terrível e inelutável compreendeu que não tinha escolha.

— O que vai querer em troca? — perguntou, conformada.
— Só quero que continue viva.
— Para que eu leve a cabo a minha missão, não é isso? Para que cumpra o meu dever e mate o Marvash, Amhal, a única pessoa que jamais amei — disse, com voz alquebrada de pranto.

Houve um momento de silêncio.

— Isso mesmo — disse ele, afinal.

Adhara olhou o sol que se filtrava pela ramagem e deixou o vento frio do inverno acariciar sua pele, enxugando a lágrima que lhe riscava o rosto. Por mais insensato que fosse, ainda não estava preparada para desistir de tudo.

— Só ficarei com você até sentir que estou salva. Aí seguirei pelo meu próprio caminho.

Qualquer um que ele seja.

Adrass anuiu.

O pacto estava selado. Adhara deixou-se cair no catre.

Mais uma vez, tudo recomeça, pensou. Mas a consciência disso só trazia consigo dúvidas e dor.

SEGUNDA PARTE

EM COMPANHIA DO INIMIGO

13
UM RAIO DE LUZ

— A princesa está ferida, mas suas condições gerais parecem boas. Foi encontrada perto do posto avançado atacado pelos elfos. De alguma forma, deve ter conseguido fugir aproveitando a confusão.

Enquanto ouvia o relato, Theana tamborilava com os dedos nos braços do assento.

– E quanto a *ela*? – perguntou, finalmente. – Nenhuma pista que nos permita achá-la?

O Irmão do Raio sacudiu a cabeça.

– Nada. Talvez seus caminhos tenham se separado, ou então...

Theana sabia como preencher aquele vazio. Provavelmente o destino de Adhara se cumprira naquela noite, no exato momento em que se vira diante de Amhal. A história ensinava que o bem e o mal se alternam num ciclo perpétuo, como os dois lados da mesma moeda.

Mas ela, numa vida inteira dedicada à fé, nunca levara em consideração que o seu deus pudesse abandoná-los, dando ao Marvash a oportunidade de vencer. Não combinava com a ideia do Salvador bom e justo que enviava os seus emissários para livrar as criaturas da destruição. Onde estava o erro, então? *Devia* haver um sentido por trás daquilo tudo, algum tipo de explicação escondida pela qual ainda valia a pena esperar. Quando o marido morrera, a crença absoluta neste desígnio dera-lhe a força de continuar em frente, mas agora as coisas já não eram as mesmas. A dúvida de ter tido a infelicidade de viver numa época sem retorno fazia-a vacilar.

– Não pode ser... – murmurou.

– Continuaremos a procurar – disse o jovem, interpretando mal seus pensamentos. – É a Consagrada, e Thenaar irá mostrar-lhe o caminho para chegar até nós.

– Está bem, mas, se a encontrarem, não façam nada. Limitem-se a segui-la e contem-me tudo a respeito dela. Então, se a Assembleia assim decidir, iremos capturá-la – disse a sacerdotisa.

O jovem ficou atônito por alguns instantes, como se estivesse esperando ordens diferentes. Theana até que podia entender: afinal de contas, nem ela conseguia aceitar o fato de ganhar tempo enquanto o destino do Mundo Emerso se cumpria diante dos olhos deles. *A inércia é a ausência da fé*, pensou com raiva, mas logo se arrependeu do alcance daquela blasfêmia. Não podia fazer outra coisa. Ao aprisionar Adhara, afastara-a da sua missão, e mais um erro, agora, seria fatal.

– Pode ir – disse, recompondo-se.

O rapaz obedeceu e sumiu no corredor fechando a porta atrás de si.

Theana respirou fundo. Tinha vontade de ficar sozinha, mas logo ali, no templo, os fiéis esperavam por ela. Desde que se haviam mudado para Nova Enawar, não se passava um só dia sem que as funções religiosas não fossem concorridas. Diante do horror daquela guerra que avançava cada vez mais rápida do oeste, as pessoas pareciam perder a cabeça e procuravam consolo na oração. Traziam ouro, prata, até mesmo os filhos a serem sacrificados no culto. Theana tentava explicar que não era bem aquilo que Thenaar pedia, mas o terror de não voltar a ver o sol raiar enchia os porões do templo de dádivas e presentes para um deus que, provavelmente, aquelas pessoas nem mesmo conheciam.

Parecia absurdo, mas o mal tinha ganhado onde ela mesma fracassara. Esforçara-se durante anos para difundir a sua religião, e bastara a epidemia se espalhar para que as pessoas reencontrassem a chama da fé, embora movidas pelo desespero.

Já fazia muitos meses que ela e os Irmãos do Raio procuravam uma cura para a peste. Muitos deles haviam morrido na tentativa de assistir e estudar os doentes. Então, quase por acaso, conseguiram dar um pequeno passo adiante: descobriram qual era a origem da doença. Fora graças à sua extraordinária capacidade de captar a presença da magia que o tinham conseguido. Theana sentira correr nas veias de um homem recém-contagiado uma aura fraca e latente que levava a uma única conclusão: aquela peste era um selo, quer dizer, um feitiço que só podia ser desatado pelo mago que o evocara. Aquela tênue pista, que a maioria não teria sabido reconhecer, não demorava a desaparecer, e era por isso que haviam levado tanto tempo para percebê-la. A partir daí, mandara os seus seguidores procurarem por toda parte, nos livros de magia, a solução daquela catástrofe. Porque *devia* estar em algum lugar: não havia outro jeito, era o único caminho a seguir para alcançar a salvação.

Theana avançou lentamente para o altar e se deu conta do silêncio da multidão. Olhou os rostos esperançosos dos fiéis, e uma fisgada dolorosa apertou a boca do seu estômago. Precisavam encontrar uma cura. E deviam agir sem demora.

Então abriu os braços e deu início à celebração.

Bateram à porta enquanto Dália a estava ajudando a despir os trajes de Ministro Oficiante.

A jovem virou-se de chofre, irritada.

— Recebera ordens expressas para esperar! — berrou.

No umbral aparecera um gnomo de aparência descuidada e doentia, e atitude servil.

— Mas já estou esperando há horas.

— Tudo bem, Dália — interrompeu-a Theana, com um sorriso. — Não faz mal. Mande-o entrar e deixe-nos a sós, por favor.

Acenou para o gnomo, convidando-o a sentar-se, e ele avançou tímido, assentando-se na ponta da cadeira. Parecia querer incomodar o mínimo indispensável, mas havia alguma coisa estranha e sebosa naquele seu jeito de esfregar as mãos. Theana observou-o fixamente por alguns instantes, então se aproximou.

— Fique à vontade, pode falar.

O gnomo começou com uma série de ganidos confusos, como se não lhe fosse fácil encontrar a maneira de achar as palavras.

— O meu nome é Uro. Não vim aqui à procura de favores — disse, afinal, olhando para ela com deferência. — Estou, antes, disposto a oferecer a minha preciosa ajuda.

— Explique-se melhor.

Ele procurou nos bolsos com as mãos sujas e calejadas e sacou um vidrinho cheio de um líquido escuro.

– Este remédio cura a doença.

Theana enrijeceu. Não era o primeiro a firmar que tinha encontrado a cura. As ruas estavam cheias de charlatães que apregoavam remédios milagrosos, oferecendo-os a preços mirabolantes. As pessoas acreditam nisso, era um mercado em plena expansão. Ninguém, no entanto, se atrevera até então a chegar até ela.

– Os Irmãos do Raio também estão trabalhando nisso, e até agora não conseguiram coisa alguma. O que o leva a crer que teve sucesso onde eles falharam?

– Não estou aqui para vender o meu achado e especular sobre a morte dos inocentes.

A sua atitude deixava transparecer outras intenções, mas aquela premissa, pelo menos, convenceu Theana a fazer mais umas perguntas:

– Você é um sacerdote?

– Sou um herborista – respondeu o gnomo. – Tinha uma loja antes de isso tudo começar. E gostava de fazer experiências. Eu curava com as ervas e com uma pitada de magia, obviamente.

– E essa sua cura, de onde surgiu? – perguntou ela, cética.

– A minha família morreu. Tentei de tudo para salvá-la, mas nenhuma das minhas misturas revelou-se eficaz. Aí eu também adoeci.

Abriu a camisa e mostrou uma ampla mancha negra que cobria uma boa parte do seu peito.

– Então experimentei a última das minhas poções. Dentro de poucas horas a febre desapareceu, assim como a hemorragia.

Um louco, só podia ser. Um doido que se gabava de ter encontrado a cura para cobrir-se de glória.

– O que há nela?

O gnomo pareceu ficar mais desconfiado.

– Uma infusão de várias plantas, junto com uma pitada de folha roxa.

– É um veneno poderoso.

– Não, se só for destilada a sua linfa.

Pelo menos conhecia as plantas.

– E depois?

– Sangue infectado e um pingo de ambrosia. Aqui dentro há o que sobrou dos meus entes queridos – murmurou o gnomo.

Theana ficou com pena, mas mesmo assim não conseguia acreditar nele. Talvez acreditasse realmente ter encontrado a cura, quando na verdade a doença podia simplesmente ter regredido sozinha.

– Posso entender as suas dúvidas, mas dê-me pelo menos uma chance! O sacrifício das pessoas que eu amava não será em vão, se esta poção puder chegar às quarentenas.

Seu corpo miúdo tremia, os olhos aguados olhavam para ela, remissivos.

– Deixe o vidro comigo – respondeu Theana, indulgente.

Ele se ajoelhou e agradeceu chorando:

– A senhora está me devolvendo a vida.

– Por favor... – replicou Theana, constrangida, tentando fazer com que se levantasse.

Ele não parou de baixar a cabeça e gaguejar agradecendo, e no fim recuou de costas, em sinal de respeito.

Depois de ficar sozinha, Theana observou a ampola na mesa. Nenhum deles tinha conseguido encontrar a cura, apesar de estarem dissecando cadáveres havia muito tempo, e ela mesma se esgotava naquele trabalho terrível que quase lhe parecia imoral.

Seja como for, não poderá certamente ser pior que a doença.

Destampou o vidro e cheirou o conteúdo. Tinha um aroma fresco, limpo, silvestre. A cor era de um reconfortante verde-escuro, com leves reflexos azulados. Custava a acreditar que pudesse funcionar, mas, se aquele fosse realmente um antídoto, quem era ela para recusar-se a usá-lo? Não podia continuar tendo o peso de todas aquelas mortes na consciência. Talvez os pesquisadores da Irmandade, no delirante afã de encontrar um remédio, tivessem esquecido as bases fundamentais dos seus conhecimentos. Talvez ela, Ministro Oficiante do culto, não fora boa o bastante para infundir em seus adeptos a confiança necessária para continuar. Transferiu uma parte do conteúdo para um vidrinho menor e avaliou a quantidade. Com aquilo poderia curar uns dez doentes, nada mais do que isso.

Tocou uma campainha e Dália apareceu quase de imediato.

– Minha senhora – disse, com uma mesura.

– Leve a ampola a Milo e peça que a examine. Quanto ao conteúdo deste outro vidrinho, quero que seja ministrado aos doentes. Mantenha-me informada a respeito das condições deles.

Dália desapareceu atrás da porta com uma expressão cética, e Theana não a censurou. Sentia-se responsável por aquilo que estava acontecendo.

De qualquer maneira, vale a pena tentar, pensou, sorrindo amargamente, e nunca se sentiu tão distante de Thenaar como naquele momento.

14
O RITO

Adrass estava curvado diante dela, concentrado. Tinha tirado da mochila uma série de frascos e um pedaço de pergaminho amarrotado que consultava sem parar.

— Como conseguiu juntar essas coisas? — perguntou Adhara, com a garganta seca.

De repente, ele se recompôs, olhando para a jovem.

— Como já disse, estamos em guerra, não é difícil encontrar material orgânico.

— Tirou de cadáveres?

— E se assim fosse? Você mesma é um cadáver, não vejo qual poderia ser o problema.

Adhara olhou instintivamente para a mão enfaixada.

— Não quero me alimentar da vida dos outros para sobreviver — disse.

Adrass parou por um momento, depois fitou-a diretamente.

— Sei que quer viver. É uma exigência do seu próprio destino, do motivo pelo qual foi criada. Posso garantir que não terá paz até realizar a cabo o que tem de fazer, porque é assim que funciona, porque sempre foi assim, pelos milênios afora. Morremos para que outros vivam e se alimentem de nós.

Adhara nada disse. Viu-o preparar o ritual e ficou imaginando se tinha sido assim na hora de criá-la também.

— Vamos começar — anunciou Adrass.

Adhara sentiu um nó que lhe fechava o estômago.

— O que preciso fazer?

— Depois de eu terminar o encantamento, não vai passar muito bem, irá dormir por um bom tempo. Portanto, acho melhor deitar-se logo.

Ela obedeceu, com o corpo que parecia de chumbo. Adrass tinha escolhido um lugar protegido. Era uma espécie de gruta, com a entrada bastante estreita, mas cujo interior era suficientemente espaçoso para permitir que ambos se movimentassem ficando agachados. Os olhos de Adhara focalizaram a pedra em volta, manchada de musgo. Pareceu-lhe uma ameaça oprimindo sua cabeça, como se a qualquer momento pudesse contrair-se e fechar-se sobre ela até esmagá-la. Então alguma coisa apertou seus pulsos. Baixou os olhos e viu Adrass mexendo com umas tiras de couro. Virou-se com um pulo e o agarrou pelo pescoço, jogando-o contra a parede.

— O que está fazendo? — rosnou.

Os olhos do homem estavam esbugalhados de medo.

— É para o seu bem. Precisa ficar imóvel durante o rito — explicou, tentando recuperar o controle. — Se não nos apressarmos, o seu corpo acabará caindo aos pedaços. Pense bem; depois de tudo aquilo que tive de enfrentar, acha que poderia arruinar a minha criação?

Encararam-se por alguns instantes. Então Adhara soltou a presa. Achou que fazia sentido: ela era o resultado de anos de pesquisa; Adrass nunca permitiria que lhe acontecesse alguma coisa.

— Sabe, pelo menos, o que está fazendo?

— Perfeitamente — respondeu ele, anuindo com firmeza.

Adhara voltou a se deitar, e desta vez não tentou resistir. Deixou que o homem lhe atasse as mãos e os pés e, naquele toque, percebeu que todo o seu pulso formigava. As manchas ainda não tinham chegado até ali. *Mas vão chegar logo*, pensou horrorizada.

Quando acabou, Adrass enxugou o suor da testa. Tinha acendido um fogo mágico, e a temperatura subira rapidamente. Precisava concentrar-se, manter a calma. Não podia errar. Fechou os olhos e relembrou as palavras do seu mestre:

Não há alma nem espírito nestes corpos. Manipulem os seus traços e tenham em mente a sua missão. As criaturas são armas para a salvação, entreguem suas mãos a um fim superior.

Era uma ladainha que todo Vigia conhecia. Adrass reconheceu nos músculos de Adhara o semblante de Chandra, a carne com que dar forma à Sheireen, e finalmente achou que estava pronto.

Jogou umas essências no fogo, e uma fumaça densa e aromática encheu o ar. Em seguida recolheu as cinzas com uma colher e as guardou num saquinho. Mantendo-o bem longe do rosto, derramou nele umas poucas gotas de um líquido escuro e olhou para a sua criatura.

Adhara sentia cada fibra do seu corpo estremecer. Estava apavorada. Começava a lembrar. Agulhas enfiadas em todo o seu corpo, a magia das mãos de Adrass a fluir dolorosa em suas veias. Esticou involuntariamente os músculos dos braços. A vontade de libertar-se e fugir a fazia estremecer, incontrolável.

– Fique calma, agora você vai dormir, não sentirá mais coisa alguma – disse ele, e a sua voz era incolor, desprovida de qualquer compaixão.

Colocou o saquinho sobre a boca da jovem e o espremeu com força. Uma lágrima correu pela face de Adhara, então tudo ficou negro e o ritual começou.

Adrass olhou para aquele corpo adormecido. Sentia uma fisgada de saudade. Era como voltar ao tempo em que a criara, um período glorioso de uma existência por outro lado anônima e banal. Naquela época não estava sozinho, havia uma seita inteira a infundir-lhe força, a dar-lhe uma finalidade e algo em que acreditar.

Procurou relaxar, enfileirando os instrumentos diante de si. Não conseguira juntar todos, quando fora forçado a fugir da Sala dos Vigias, mas os que levara consigo já bastavam. Ainda estavam enegrecidos pelo incêndio provocado por San, mas na luz do fogo mágico soltavam reflexos rubros de sangue.

Começou com um canudinho fino, de ponta metálica e haste de vidro. Aspirou o conteúdo transparente de uma ampola e o injetou diretamente no pescoço de Adhara. A linfa de elfo penetrou devagar, só provocando alguns leves estremecimentos nos membros. Então foi a vez do sangue de ninfa no braço, justamente na veia que pulsava de vida. Arrumara aquele sangue ao longo do caminho, depois de assistir ao massacre de uma vítima inocente por parte de dois andarilhos. Tivera de agir depressa, pois as ninfas não demoravam a se decompor, derretendo-se numa poça de água pura que o terreno logo absorvia. Mas ele não cometera enganos, e agora dispunha de uma boa reserva.

Desta vez o corpo reagiu com violentos espasmos. Adrass teve de segurá-lo com ambos os braços, enquanto o sangue aspergia a rede de capilares iluminando-os de luz azulada. Quando as convulsões se acalmaram, pegou o recipiente ao seu lado e tirou dele um pedaço de carne humana.

Tinha ficado de estômago revirado, quando fora forçado a despedaçar o cadáver. Não fora como na seita. Os Vigias dissecavam os corpos com precisão cirúrgica e frieza, sem qualquer envolvimento, enquanto na guerra era um contínuo horror de feridas abertas e membros arrancados.

Puxou para cima o corpo de Chandra, para que apoiasse as costas na parede de pedra. Pegou mais ervas, fez com que ela as cheirasse. Os olhos da jovem ficaram arregalados. Olhos sem vida, que por muitos meses haviam acompanhado as suas experiências.

– Boa menina – murmurou num reflexo condicionado. Ela não estava consciente, bem o sabia. Tinha de ser assim, para que obedecesse às suas ordens sem opor resistência.

Deu-lhe de comer pacientemente, um pedacinho de cada vez, massageando-lhe a garganta para forçá-la a engolir. Quando a tigela ficou vazia, afastou-a e a deitou novamente no chão. Só faltavam os encantamentos agora. Artes sacerdotais, as mesmas da traidora Theana, mas reinterpretadas nos moldes das fórmulas proibidas.

Preparou-se. Pegou um canudo de ponta fina e cortante, molhou-o num líquido preto e incidiu na pele, descrevendo complexos símbolos que logo se fechavam, fumegantes, ao som das fórmulas mágicas que ele pronunciava. O corpo de Chandra voltou a se agitar, e um indistinto ganido saiu de seus lábios. Estava sofrendo, mas o pior ainda estava por vir.

O nada povoou-se de imagens. Aquelas presenças que Adhara só tinha percebido vagamente quando Adrass a fizera adormecer tomaram forma. Monstros indefinidos feitos de escuridão insidiavam-na de todos os lados, roçando em sua carne fraca e dolorida. A luz se acendeu de repente e ela reconheceu o teto de pedra. Seus olhos estavam esbugalhados, mas não havia jeito de mexer as pupilas, nem de fechar as pálpebras. Sentia o corpo em chamas, tinha vontade de chorar, mas os músculos não respondiam à sua vontade. Era prisioneira de si mesma, e só podia assistir impotente à sua transformação.

O toque obsceno de dúzias de mãos que apertavam seus membros tornou-se dor absoluta. E lembrou. Foi como voltar no tempo, para aquela cela malcheirosa em que Adrass a criara. A primeira respiração, que parecia provocar a falência dos pulmões, aquele fogo que lambia sua carne sem nunca chegar a consumi-la por completo, o sangue que pulsava nas veias como lava abrasadora, escorrendo pegajoso no corpo sem que ela pudesse se opor. E então aquela presença, aquele ofegar ansioso que conhecia tão bem. Adrass estava ali e tinha poder de vida e morte sobre aquilo que ela representava. Chandra formava-se diante dos seus olhos, e ela percebia claramente que estava se apagando para deixar-lhe o lugar.

Durou uma eternidade, então finalmente a luz se apagou e tudo virou treva. As presenças recuaram para a sombra e a queimação se suavizou, enquanto um silêncio denso e pastoso a envolvia. Já não era Adhara, mas tampouco a Sexta Criatura. Nada, não era coisa alguma, e aquele era o maior sofrimento que pudesse experimentar.

A luz morna do dia despertou-a. Cada fibra do seu corpo estava dolorida e mal respondia aos seus comandos. Adhara conseguiu virar-se de lado. Podia perceber a consistência do próprio corpo. Percorreu o seu contorno com a mão. Era como descobri-lo de novo. Estava ali todo ele. E nada lembrava aquela noite de fogo e loucura.

Um cheiro fresco, bom, penetrou em suas narinas. Devagar, abriu os olhos.

– Como está se sentindo? – Adrass estava diante dela, segurando uma tigela fumegante.

A presença do homem trouxe-a de volta à realidade, embrulhando as suas entranhas. Nada havia mudado.

– Precisa comer. Dormiu duas noites e dois dias direto, e teve febre alta. É por isso que está fraca – acrescentou, ajudando-a a se levantar.

– Solte-me – protestou ela.

Queria fazer tudo sozinha. Engoliu avidamente o conteúdo da tigela e constatou que o seu algoz tinha razão. Estava faminta, e aquele homem sempre conseguia antever cada movimento seu.

Quando acabou, Adrass acenou para ela.

– Olhe para a sua mão.

Pois é. A mão. A razão pela qual se submetera àquele suplício. Deu uma olhada e logo soltou a tigela. O dedo mindinho havia reassumido uma cor pálida, não propriamente saudável, mas quase normal. Apertou-o e percebeu que voltara a ser sensível.

O resto continuava preto e dolorido, mas pelo menos houvera algum progresso.

– Quanto mais cedo encontrarmos um jeito de interromper este processo, maiores serão as possibilidades de a sua mão voltar a ser o que era.

Adhara não conseguia acreditar. Continuava a mexer o mindinho, a olhar para ele como se nunca o tivesse visto antes. Voltara a ser dela.

– Precisamos regressar a Makrat, não temos muito tempo.

Adhara não pôde deixar de olhar para ele, comovida. Mas todo sinal de gratidão se esvaiu quando a imagem daquele homem que agora falava mansinho foi substituída pela do Vigia que por tanto tempo manipulara a sua existência.

Adhara encolheu-se, os joelhos apertados no queixo e o olhar fixo no seu criador e carcereiro.

15
DUBHE E AMINA

A dor apareceu primeiro que qualquer outra coisa. Antes mesmo que a luz. Nunca tinha sentido uma dor como aquela, tão aguda e excruciante, e ao mesmo tempo surda, insistente, pulsante. Soltou um gemido.

– Sei que está doendo, mas se parar de se agitar vai melhorar – disse uma voz.

Amina abriu os olhos. Estava deitada, com o pano de uma tenda diante dos olhos. As percepções voltaram devagar, uma depois da outra. Compreendeu que estava num catre de campanha, com o corpo que parecia aderir completamente ao colchão de folhas secas, totalmente exausto. Quase não tinha controle sobre ele, tanto que só a duras penas conseguiu virar a cabeça.

Os olhos focalizaram o rosto da avó. A voz que ouvira pertencia a ela.

O que...

Deixou escapar mais um lamento.

– Tudo bem, vou chamar um sacerdote – disse Dubhe, levantando-se. Amina teve vontade de segurá-la, de perguntar o que havia acontecido. Ergueu uma das mãos, mas nem mesmo conseguiu roçar no braço dela.

Quanto a isso não havia dúvidas: nunca se sentira tão mal em toda a sua vida. Claro, certa vez teve uma febre muito alta e achou até que ia morrer, mas mesmo assim não dava para comparar. A perna latejava com fisgadas cada vez mais fortes que a faziam estremecer.

Aconteceu alguma coisa antes disso tudo, pensou. Mas não conseguia lembrar o quê.

O sacerdote chegou, acompanhado pela rainha. Era um velho de cabelos longos e desgrenhados. Ela nunca simpatizara com os sacerdotes. Cheiravam a doença, a pomadas e poções amargas, mas desta vez o recebeu como um salvador.

Fitou-a por alguns instantes, depois virou-se para Dubhe como se não entendesse o motivo daquele chamado.

— Fiz o possível. O ferimento não é grave, não vai demorar para ela se recobrar — explicou.

— Mas é uma menina. Não pode deixá-la aguentar tudo isso. Dê-lhe alguma coisa que a acalme.

O velho hesitou por uns momentos, então anuiu conformado. Tirou da mochila que usava a tiracolo um vidro cheio de um líquido transparente e encostou-o nos lábios de Amina. Tinha um cheiro azedo, que sabia a álcool.

— Dê um só gole, seja boazinha — disse, segurando-a pela nuca e levantando sua cabeça. Ela não se fez de rogada. Aquela mistura queimava na garganta, e alguma coisa riscou suas faces. Devia ter começado a chorar sem nem mesmo dar-se conta. Ficou envergonhada. Logo ela, que queria ser uma guerreira para vingar a morte dos seus entes queridos, deixava-se vencer por um ferimento bobo.

Foi então que lembrou: a viagem com Adhara, o gesto insano de ela revelar o que realmente era ao pessoal do acampamento e, principalmente, a imagem de Amhal diante dela, de espada na mão, tendo nos olhos a mesma expressão indiferente daquele dia em que matara o seu pai.

Tentou levantar-se, mas a poção já embotara seus movimentos. Em mais uns poucos segundos um sono pesado e sem sonhos tomou conta dela.

Continuou daquele jeito por mais uns dois dias. Nos raros momentos de lucidez, sentia crescer no peito uma raiva louca. Fracassara. Tivera o inimigo bem na sua frente e não fora capaz de matá-lo. Amhal só precisara de uns poucos ataques para humilhá-la. Lembrava muito bem o movimento circular da sua espada, o calor do sangue que jorrava da ferida. Na hora não sentira quase nada, a não ser a pungente sensação da derrota.

Então caíra ao chão, desmaiada. Alguém devia ter aparecido para salvá-la. Provavelmente Adhara, mas, se ela também se encontrava no acampamento, como se explicava que ainda não viera vê-la? Talvez tivesse sido encaminhada ao seu destino, enquanto ela continuava ali, aos cuidados da sua avó.

Queria voltar a agir. Se não pudesse vingar-se, tanto valia ser morta pela espada de Amhal.

Alguns dias depois, quando a dor se tornou suportável e o sacerdote parou de sedá-la, a avó sentou-se ao seu lado e a fitou diretamente nos olhos.

– Acha que já pode contar-me o que aconteceu?

Amina tivera tempo para pensar numa resposta. Não podia contar a verdade, da mesma forma que não pudera fazê-lo com Adhara. Ninguém podia saber, pois se soubessem iriam certamente detê-la. Explicar a fuga, no entanto, não era simples, e de qualquer maneira dera-se conta de que precisava de mais treinamento.

– Sentia-me sufocar no palácio – explicou, e no fundo era verdade.

A avó continuou a observá-la longamente, com um olhar impiedoso que parecia cavar fundo dentro dela.

– Fale a verdade.

Amina tentou fechar-se num silêncio obstinado, mas Dubhe não soltou a presa.

Apoiou-se no encosto da cadeira e continuou:

– Que tal eu lhe dar uma ajuda?

Amina engoliu em seco.

– Fugiu de casa porque queria vingar-se. Libertou Adhara porque sabia que ela poderia ajudar, que a levaria aonde você queria.

– Não é nada disso...

A avó calou-a com um simples gesto da mão.

– Há mais ou menos uma semana houve um combate não muito longe daqui, em Kalima. De alguma forma, você e Adhara chegaram lá, e foi durante o ataque dos elfos que você ficou ferida.

– Eu só queria estar com Adhara... Vocês mesmos quiseram que ficássemos juntas, não foi? É a minha única amiga.

Dubhe sorriu, quase com pena.

– Aonde acha que vai chegar, contando essa história? Acha realmente que vou acreditar?

Amina corou.
— Ele estava lá?
A jovenzinha sentiu o coração dar um pulo. De relance, como num clarão, voltou a ver a figura de Amhal envolvida pelas chamas. Apertou as pálpebras.
— Sim, estava.
— Ele machucou você?
O cheiro de sangue, a confusão, seus olhos frios. A simplicidade com a qual a tinha posto fora de combate.
— Sim.
A avó deu-lhe um tempo, para reprimir os soluços e voltar a ser dona de si.
— Por enquanto não pode se mexer. O sacerdote diz que o ferimento poderia voltar a se abrir. Logo que estiver melhor, no entanto, voltará para casa, ao lado da sua mãe.
— Não quero voltar! Se você me forçar, fugirei de novo!
Dubhe não se deixou levar pela raiva. O ódio e o desespero da neta pareciam esbarrar nela sem afetá-la.
— A primeira vez você pôde escapulir sem maiores problemas porque eu nunca podia esperar que tentasse uma coisa dessas. Confiava que, no fim das contas, você encontraria a sua própria dimensão, mas agora sei muito bem o que passa pela sua cabeça e, acredite, não conseguirá enganar-me de novo. Se for necessário, mandarei um dos meus homens ficar constantemente de olho em você, até no palácio.
Amina mordeu o lábio.
— Ninguém me entende... — sussurrou.
— Mas eu sim, eu entendo — replicou Dubhe. — O que está pensando, que eu mesma não senti o que você está sentindo agora? Acha mesmo que não continuo sentindo até agora?
— E como pode ir em frente, então? Ele está lá fora, continua matando os seus homens, regozija-se com a sua vitória depois que se meteu na nossa casa como um ladrão. O vovô o recebeu como um herói, enquanto Amhal fingia ser meu amigo até ajudando-me a combater. Foram uns mentirosos, uns traidores!
Caiu no choro, mas, apesar de todas as lágrimas, aquela sensação de absoluta impotência continuava a dominá-la. Apertou as mãos

em cima dos lençóis, esfregou os olhos até deixá-los vermelhos, mas a fúria não queria ir embora, continuava ali, no seu peito, entrecortando a sua respiração.

— Você está certa — disse Dubhe, com voz cansada. — Lembro amiúde o dia em que San apareceu na corte, penso no que o seu avô contava dele, em quão grande era a sua felicidade. E também me lembro de Amhal, desde que era um jovenzinho recém-chegado à Academia. A raiva também me cega. Às vezes gostaria de pegar a espada e ir sozinha além das linhas inimigas.

Por um momento olhou para fora da tenda, quase em busca da calma que, Amina o sabia, pouco a pouco a abandonava.

— E por que não vai? — perguntou. — É o nosso dever, precisamos fazer justiça, se os deuses, ou alguém por eles, não decidirem intervir.

Dubhe olhou para ela com um sorriso cheio de amargura.

— Esperava que, pelo menos, você não tivesse de se ver com este tipo de problemas. Cheguei a pensar que os meus filhos, e os meus netos, pudessem ter uma vida diferente da minha e que, aos treze anos, ainda aproveitassem a alegria da adolescência. — Suspirou. — Mas infelizmente você terá de crescer depressa, minha criança, assim como o seu irmão.

Amina assumiu uma expressão interrogativa.

— Enquanto você estava zanzando pelo Mundo Emerso, deixando morrer de apreensão a mim e a sua mãe, Kalth tornou-se rei. Está agora em Nova Enawar, sentado no trono do seu pai, e administra o reino.

Amina tentou imaginar a cena. Rei. Forte e equânime, do mesmo jeito que o pai. Sentiu uma fisgada de dor no fundo do estômago.

— E está na hora de você também crescer. Nem sempre existe aquele tipo de justiça, Amina. Nem sempre quem é culpado de coisas terríveis fica sujeito à justa punição. Precisa convencer-se disso.

Ficou um bom tempo calada, perdida atrás de sabe lá quais pensamentos. Amina não conseguia intuí-los; não sabia muita coisa de Dubhe. O pai nunca lhe falara do seu passado, e, no palácio, a juventude da avó sempre ficara envolvida numa espessa nuvem de mistério.

— Não quero render-me, não é o que meu pai me ensinou. Ele dizia que temos de mudar o mundo. Foi o que você e o vovô também fizeram, não é verdade?

— Pois é, mudá-lo. Mas não sair por aí procurando a morte inutilmente.

Amina ficou sem saber o que dizer, não entendia aonde a avó queria chegar com aquela alusão.

— O que pensa ganhar, se vingando? Acha que seu pai e seu avô voltarão à vida? Acha que se sentirá melhor depois?

— Quero lhes dar a paz.

Era uma frase que tinha lido em algum lugar, num dos livros de aventuras que devorava quando ainda vivia na corte. Sempre havia um herói, naqueles contos, que acertava as coisas e punia os maus de forma exemplar. Depois disso, o mundo se tornava um lugar melhor. Sempre havia alguém que merecia morrer, nas histórias que amava, e que encontrava fatalmente o castigo pelos próprios crimes.

Dubhe deu-se ao luxo de um sorriso.

— A única paz que os mortos podem ter é deixar este mundo sabendo que seus seres amados estão bem. Pense no seu pai. — Demorou-se num longo suspiro. — Pense no que ele dizia e no bem que lhe queria. Acha que estaria feliz ao vê-la nestas condições? Acha que ficaria contente ao vê-la chorar de dor e delirar de febre, ainda mais sabendo ser ele próprio a causa disso tudo?

— Não é verdade, não é ele...

— Foi para vingá-lo que você partiu, foi para vingá-lo que acabou sendo ferida.

Amina foi forçada a baixar a cabeça. Nunca tinha considerado os fatos daquela perspectiva.

— Ele queria que você crescesse saudável e feliz. E mesmo agora que não está mais aqui, aquela sua vontade permanece intacta, e cabe a você mantê-la viva.

Era a pura verdade, a terrível verdade. Não se tratava de justiça, havia muito mais por trás do gesto insano que queria realizar.

— Sei muito bem quão mal a falta de ação pode fazer a pessoas como você e como eu. Não fomos feitas para ficar paradas enquanto as coisas acontecem. Só conseguimos acalmar os nossos pensamentos quando o corpo se move.

Amina não conseguia acreditar em seus ouvidos, era como se a avó pudesse ler no seu coração. Ela tinha realmente ido até lá também por si mesma, para de algum modo desabafar a fúria que guardava em si desde que nascera.

– Eu não estou aqui, afinal? Foi justamente para livrar-me do sofrimento que me oprimia que vim à frente de batalha.

– E funciona? – perguntou Amina, baixinho.

Dubhe pareceu não estar preparada para aquela pergunta.

– Nem sempre – confessou. – Mas o ponto não é este. Se quiser realmente honrar seu pai, precisa esforçar-se para retomar o controle da sua vida, justamente onde Amhal e San a interromperam. Será um caminho mais duro e difícil, mas lembre que a vingança leva à morte. E você merece algo muito melhor.

Dubhe recostou-se no espaldar da cadeira, em silêncio, como que avaliando o que acabava de dizer. Mesmo que de forma ainda nebulosa, Amina percebia que a avó estava certa. A vingança tinha sido uma maneira como qualquer outra para abafar a dor que guardava em si, para matar a fome do ódio que a devorava. Mas a inquietação continuava lá, podia senti-la bem dentro do peito.

Dubhe levantou-se e colocou a mão no seu ombro.

– Pense nisto, está bem? Ainda pode escolher outro caminho, se quiser. Neste caso, saiba que não estará sozinha, porque eu farei tudo que estiver ao meu alcance para ajudá-la a reencontrar a si mesma. Se, no entanto, continuar agindo como fez até agora, fique sabendo que me esforçarei ao máximo para detê-la.

Amina viu-a sair devagar da barraca. Aquelas palavras haviam plantado nela uma semente, que descortinava novas possibilidades no seu horizonte.

É como eu, posso confiar, ela me entende.

Se conseguisse transformar o ódio e aquela aflita necessidade de luta, como a jovem Dubhe fora capaz de fazer, poderia então achar a sua dimensão, encontrando finalmente a serenidade. Combater, mas não por vingança. Por algo maior. Pelo reino, pelo irmão, pelo pai.

16
A CIDADE MORTA

Amhal acabava de voltar da batalha, a espada de dois gumes rubra de sangue, a armadura suja de lama e fuligem. Nos seus olhos, nem sombra de qualquer sentimento. Gélidos e impiedosos, olhavam fixos diante de si enquanto o ordenança que Kriss lhe destinara o despia. San estava sentado na barraca do jovem, com uma taça de vinho entre as mãos; os elfos gostavam muito de vinho. Em Orva, na zona montanhosa logo atrás dos penhascos, cultivavam uma qualidade de videira particularmente apreciada, que dava um vinho encorpado e intenso. Costumavam diluí-lo com mel, especiarias e um pouco de água. San o adorava, principalmente depois do combate, quando era útil para tirar da boca o sabor acre da terra.

— Então? — perguntou, quando Amhal já despira todas as peças da armadura. Estava agora usando o costumeiro corpete de couro, no qual sobressaía o presente de Kriss, o medalhão de turvos reflexos sangrentos. — Como foi?

Amhal foi lacônico, mas preciso como de costume. Desde que o rei dos elfos tinha satisfeito o seu desejo, mudara por completo. Às vezes, San tentava imaginar o que se passava na sua cabeça, se de fato conseguira purificar-se de toda emoção. Para ele era algo inconcebível, pois a fúria da batalha, a ânsia de matar e mutilar com a espada eram a linfa vital de que se alimentava.

Ouviu distraído. Amhal era simplesmente invencível; seus poderes pareciam até ter ficado maiores, desde que se livrara de qualquer freio.

— Apareceu uma garotinha — disse, a certa altura.

San ficou atento.

— Que garotinha?

Amhal falou da patética tentativa de vingança de Amina. San concedeu-se uma risadinha abafada. Gostava de espíritos indomá-

veis, e foi forçado a admitir que a coragem da jovem princesa era digna de admiração.
— Matou-a?
— Teria feito isso, se não fosse por ela.
Um desagradável arrepio correu pelas costas de San.
— Ela quem?
Os olhos de Amhal tiveram um imperceptível frêmito.
— Adhara.
San levantou-se e esqueceu a taça de vinho, que apoiou no chão, ao seu lado.
— Conte-me tudo.

Os primeiros dias de convalescência foram intoleráveis. A cada sinal de cansaço, Adrass controlava as condições de saúde de Chandra, perguntando o tempo todo como ela estava. Adhara já não aguentava mais aquele nome. E além do mais sentia-se estranha, diferente. Era como se fosse um mero hóspede do próprio corpo, como se os seus membros se tivessem tornado de repente uma roupa disforme à qual ela não se adaptava. Havia algo errado na reação dos seus músculos, uma espécie de separação entre mente e corpo que entorpecia os movimentos. Sabia que deveria contar a Adrass, mas não tinha a menor vontade. Queria reduzir ao mínimo os contatos com aquele homem, deixando bem claro que a única coisa que os unia, naquele momento particular, era o interesse comum.
— Estou bem — disse a certa altura, enfastiada, afastando as mãos dele da testa.
— Parece que você não está entendendo, preciso saber quanto tempo ainda nos resta antes que seja tarde demais.
— E então vamos logo embora. Não estou tão fraca, afinal — respondeu ela, com toda a convicção de que era capaz. Mentia, mas não havia outro jeito, precisavam sair dali.
Adrass fitou-a por alguns instantes, em seguida pegou suas coisas e saiu da pequena caverna. Assobiou, um som longo e modulado. Um chamado. No começo, Adhara não entendeu, então um ponto preto apareceu no horizonte. Parecia um pássaro, mas quando re-

conheceu as asas pretas e o corpo sinuoso que planava no vale seu coração pareceu parar. Jamila.

Abandonou-a, pensou com um aperto no coração. Para um Cavaleiro de Dragão não havia nada mais sagrado do que o próprio dragão: o destino dos dois estava indissoluvelmente ligado. Só a morte, e às vezes nem ela, era capaz de separá-los.

– Encontrei enquanto procurava por você. O Marvash deve ter deixado o animal para trás quando decidiu juntar-se ao seu similar – explicou Adrass.

– Que eu saiba, os dragões ficam ligados para sempre ao seu dono. Como conseguiu fazer com que lhe obedecesse?

Adrass sorriu.

– Não sou lá um grande mágico, mas o pouco de magia que corre em minhas veias basta para entrar em contato com o espírito de um dragão.

Aproximou-se e afagou o focinho de Jamila. O animal deu a impressão de aceitar com enfado aquela manifestação de carinho. Continuava, no entanto, a olhar para ela, e seus olhos pareciam expressar uma pergunta: "Por quê?"

Nem queira saber, Jamila...

– Vamos usar o bicho para irmos a Makrat – disse Adrass.

– Não acha que é um meio de transporte um tanto vistoso demais?

– Devem estar ocupados demais salvando a si mesmos ou lutando, para repararem em nós. O mundo está desmoronando, Chandra, pouco a pouco a guerra e a doença estão acabando com ele. E, também, por sua culpa – concluiu, olhando significativamente para ela.

Adhara apertou os punhos. Odiava aquele tipo de verdade.

O homem fez um sinal e Jamila baixou o pescoço para deixá-lo montar. Levou algum tempo para encontrar a posição certa. Então esticou o braço para Adhara, que subiu na garupa com um pulo.

– Vamos logo – disse, apertando as coxas nos flancos do dragão.

– É pra já – respondeu Adrass. Puxou as rédeas, Jamila soltou uma baforada sulfúrea pelas narinas e escancarou as asas imensas. Um vazio no estômago, e estavam voando.

* * *

Fizeram poucas paradas, só as indispensáveis para que Jamila não ficasse cansada demais e eles pudessem arrumar alguns mantimentos.

– Vamos precisar quando estivermos na biblioteca – explicou Adrass.

Adhara não fez perguntas. Tinha de confiar, por enquanto. Aquele homem era a sua única esperança de salvação.

O avanço em ritmo acelerado trouxe-os diante de Makrat em apenas dez dias. Lá de cima, o Mundo Emerso parecia o de sempre. Os bosques continuavam inviolados, os rios seguiam riscando o terreno e as abóbadas douradas da cidade brilhavam na luz ofuscante do pôr do sol. Talvez, chegou a pensar Adhara, a doença só tivesse conseguido arranhar a paz daquela terra, talvez tudo tivesse ficado intacto e precioso. Mas chega de bobagens! Ela mesma já não era a de antigamente, e Amhal... não, não podia dar-se ao luxo de ter esperança.

Pararam para comer num local não muito longe do rio, à sombra da mata silenciosa.

– Daqui em diante iremos a pé – disse Adrass. – Jamila só poderia nos atrapalhar.

Adhara anuiu e acariciou o focinho do dragão. Sentiria a sua falta, mas tinham de seguir em frente. Sabia que seu corpo, embora mais devagar que antes, continuaria a decompor-se.

Avançaram em silêncio, ao longo daquele que já fora o principal caminho para chegar a Makrat. Uma estrada larga, pavimentada no último trecho, já perto das muralhas, com grandes blocos de mármore branco. Estava completamente deserta. Nem sombra dos acampamentos de aflitos retirantes que Adhara lembrava e que tivera de atravessar para fugir da cidade. Nem mesmo as barracas haviam sobrado, como se alguém as tivesse varrido para longe. Em compensação, o vento fazia balançar pequenas manchas escuras, penduradas a intervalos regulares umas das outras logo abaixo das ameias dos bastiões. Quando se aproximaram, viram que se tratava de lanças fincadas na pedra, com alguma coisa espetada na ponta.

Adhara experimentou uma sensação desagradável eriçando seus cabelos e apertou mais ainda a capa em volta do corpo.

– Acha que pode haver algum problema para entrarmos? – perguntou.

– Não faço ideia – respondeu Adrass. – Mas é melhor ter cuidado.

Uma vez aos pés das muralhas, compreenderam o alcance daquela cena horrível. Um cheiro adocicado e asqueroso apertou suas gargantas, enquanto dúzias e mais dúzias de corpos mutilados e cabeças decepadas olhavam para eles lá de cima.

Adhara ficou de pernas bambas e foi forçada a procurar um apoio. Até Adrass parou por um instante. A cidade estava mergulhada num silêncio espectral. Ouviam-se somente o piar dos pássaros e o barulho das cordas dos enforcados que gemiam sob o peso daqueles corpos.

Adhara deu um passo para trás e olhou para Adrass, meio perdida.

– Não há outra solução. Este é o único lugar onde posso encontrar uma cura para o mal que a está matando. *Precisamos* entrar.

– Vamos esperar que escureça – disse Adhara.

Cada corpo tinha um papel preso nele. Estava riscado com uma escrita torta e confusa, quase ilegível, que muito certamente descrevia o motivo da condenação. Adhara só conseguiu ler um: Ultraje ao Conselho dos Sábios.

Nunca tinha ouvido falar. Devia ter sido constituído depois que ela partira. Em cima da porta principal, desde sempre sobressaía o nome da cidade, gravado numa ampla laje de mármore rosa. Agora jazia no chão, despedaçada, e havia sido substituída por uma tábua de madeira em que se lia: Cidade Nova.

Adhara e Adrass consumiram uma refeição frugal e, logo que a lua se pôs, seguiram caminho. Antes de mais nada, deram a volta nas muralhas: pelo que puderam ver, não havia sentinelas à vista. A porta estava fechada, mas em muitos lugares os bastiões haviam desmoronado, e alguns dos buracos pareciam ter sido cavados de propósito, talvez por algum infeliz que tentara fugir.

Pararam diante de uma abertura mais larga que as demais.

– Vou na frente.

Adhara curvou-se, sem esperar pela resposta de Adrass. Teve de avançar agachada, quase se arrastando e com as mãos que escorregavam na lama. Sabia que as muralhas tinham umas três ou quatro braças de largura, e teve de afugentar a sensação de sufocação que tomou conta dela. De repente, viu-se diante de um obstáculo. A passagem estava bloqueada. Voltou atrás.

– Então?

– Não dá para passar.

– Deixe comigo – disse Adrass, sem hesitar.

Enfiou-se no cubículo, avançando a duras penas. Era bem mais robusto que ela, e parecia entalar-se a cada instante. Adhara acompanhava, aflita, os seus movimentos. Então viu uma luz filtrando no escuro e ouviu a voz de Adrass, abafada, que a solicitava a entrar. Começou a rastejar e, quando chegou do outro lado, sentiu uma aura fresca acariciar seu rosto.

– Só foi preciso usar um pouco de magia – falou ele, baixinho, de costas contra o lado interno das muralhas. Tinham entrado.

Adrass levou a mão à empunhadura da espada e devolveu o punhal a Adhara. Havia um silêncio perturbador, só quebrado pelo sibilar do vento. Tudo parecia estar certo, mas nenhuma luz filtrava das casas. Parecia uma cidade abandonada.

– Talvez tenham fugido. Ou estejam todos mortos – observou Adhara.

– Alguém deve ter fechado a porta da cidade por dentro. E, de qualquer maneira, você viu os corpos nas muralhas; alguns não estavam mortos havia mais de dois dias.

Começaram a avançar devagar, com cuidado. Encontraram os primeiros cadáveres logo que viraram uma esquina. Estavam abandonados bem no meio da ruela, e era evidente que foram contagiados pela doença. Havia sangue ressecado no chão e os corpos estavam cheios de manchas negras.

Adhara segurou o braço de Adrass.

– Fique longe, você não é imune – disse. – Sabe para onde temos de ir?

Ele limitou-se a concordar, dando alguns passos para trás. Estava abalado. E com toda a razão, pois afinal ela também precisou recorrer a todos os seus recursos para não dar meia-volta e fugir.

– Então vamos – concluiu.
Movimentaram-se no labirinto de vielas da cidade. Nos muros estavam colados papéis riscados de tinta preta: evidentemente, páginas rasgadas de antigos volumes.

PROIBIDO SAIR DE CASA APÓS O PÔR DO SOL.
QUANDO UM GUARDIÃO DA SABEDORIA BATE À PORTA, VOCÊS TÊM A OBRIGAÇÃO DE ABRIR.
PENA DE MORTE PARA QUEM NÃO PAGAR OS IMPOSTOS DIÁRIOS.

Adrass passou a mão em alguns daqueles avisos.
– Vamos, não temos tempo a perder – repreendeu-o Adhara.
Ele a fitou com olhar distante.
– Você não entende... Este aqui é um tratado de magia extremamente antigo. Veja, é um dos textos fundamentais. Deve ter pelo menos quinhentos anos! Ainda dá para ler: *Shevrar seja louvado...*
E continuava a acariciar o pergaminho com a ponta dos dedos, um toque leve, carinhoso, de quem passou a vida inteira entre os livros.

Um ruído atrás deles. Adhara agarrou o Vigia e o empurrou contra o muro. Em seguida, ela também se encolheu. O ruído tornou-se mais forte, induzindo-a a apertar os dedos no cabo do punhal, pronta a atacar. Um movimento rápido e chispante fez bater mais depressa seu coração. Uma ratazana. Só isso.

Relaxou.
– Vamos em frente, e evite parar em cada esquina. Este lugar é perigoso – disse com raiva.
Mas, a não ser pelos ratos e os cadáveres, parecia não haver outra coisa. Adrass estava confuso, avançava indeciso e olhava em volta procurando o caminho.
– Tem certeza de que sabe o endereço? – perguntou Adhara.
– Claro! Mas...
– Mas o quê?
– Só estive nesta cidade duas vezes. E somente uma na biblioteca.

Adhara segurou-o pela lapela.
– Quer dizer que me trouxe aqui sem nem mesmo saber para onde estamos indo?

– Quando entramos nas fileiras dos Vigias, cada um de nós aprendeu de cor os percursos para chegar aos nossos pontos de reunião, tais como as várias sedes, antes de sermos forçados a nos esconder no refúgio onde você nasceu, e o caminho para a biblioteca perdida. Faz parte do meu treinamento, é como um ato de fé para mim. Eu *sei* para onde estou indo.

Nos seus olhos brilhava agora uma luz febril.

Ela o amaldiçoou mais uma vez, mas soltou-o.

– Mexa-se – acrescentou, mas um gemido os fez estremecer.

Adhara vislumbrou um vulto escuro se arrastando para eles. Avançava devagar, e a sua voz baixa e rouca era entrecortada por violentos acessos de tosse.

– Salvem-me... levem-me a um sacerdote... – suplicava.

Um lampejo iluminou de repente seu rosto. Era um homem, com um casaco esfarrapado e manchado do sangue que lhe escorria da boca e do nariz. Tinha desespero no olhar, do qual Adhara não conseguia desgrudar os próprios olhos. Então, a chama trêmula de outro archote, uma voz no fundo da viela:

– Seu calhorda, violou o toque de recolher!

Um assovio e o homem foi abatido por uma flecha bem no meio do peito. Cambaleou, caiu para a frente. Retrair-se, para Adhara, foi um reflexo natural, mas Adrass não foi igualmente rápido. O homem tombou em cima dele, as mãos sangrentas procurando seu rosto. Escorregou ao chão e morreu sem emitir qualquer som. Adrass ficou petrificado. Mais uma seta assoviou atrás deles e desenhou um corte vermelho no ombro de Adhara. Ela mal chegou a gemer, curvou-se e logo entendeu que não havia tempo a perder.

– Rápido, rápido! – gritou, arrastando Adrass consigo. Começaram a correr, com os passos dos homens que os perseguiam logo atrás. Saíam de todos os cantos, ligeiros e furtivos como animais noturnos.

Adhara desviou-se para a direita, seu ombro ardendo cada vez mais. Encontrou o caminho impedido por três homens, seus cenhos iluminados pelas tochas. Vestiam velhas armaduras, de tamanho claramente impróprio para eles, e brandiam espadas de todo tipo, algumas em excelentes condições, outras amassadas e enferrujadas. No peito, pintado com tinta preta, levavam o desenho de um olho.

Adhara virou-se para um lado, depois para o outro, mas percebia que os estavam cercando, que não havia como fugir. Muito em breve iriam capturá-los, e sabe-se lá o que fariam com eles.

Sentia-se tomar por uma fúria desesperada. Acompanhara aquele louco até lá porque não tivera outra escolha, e aí estava o resultado. Teve vontade de soltar a presa para deixá-lo morrer ali mesmo, ele e o seu culto idiota. Mas não podia. Só Adrass podia salvá-la.

Aconteceu quando ela já pensava que não havia mais saída. Virou-se e viu um rosto manchado despontando de uma pequena abertura na parede. O vulto nada disse, só fez um sinal: venha. Ela não se fez de rogada. A brecha era bastante estreita, e Adrass ficou preso. Adhara teve de puxá-lo com todas as suas forças, até fazê-lo berrar, mas finalmente ambos se precipitaram numa escuridão densa e malcheirosa. Viram as botas dos perseguidores que se detinham na rua.

– Onde se meteram?

– Tem certeza de que vieram por aqui?

– Era bem rápida a sem-vergonha, mas eu jurava que tinha entrado neste beco.

– Acertei-a com uma seta, está ferida. É só esperar até amanhã, vamos encontrá-la desmaiada em algum canto, ela e o outro sujeito. Esquadrinharemos a cidade e, vocês vão ver, vamos encontrá-los. Nem uma palavra, no entanto, se não quisermos que os Sábios nos pendurem nas muralhas.

– Nem uma palavra – concordaram os outros três.

Afastaram-se lentamente, o ruído dos seus passos sumindo a distância. Só então Adhara conseguiu respirar de novo.

17
O QUE HOUVE COM MAKRAT

— Sigam-me.
O rosto manchado pertencia a um rapazinho sujo e esfarrapado. Guiou-os pelo porão no qual haviam escorregado e depois pelos estreitos túneis cavados na terra, sob as casas, que amiúde furavam muralhas e fundações. Eram passagens precárias, instáveis, arranjadas de qualquer maneira. Adhara e Adrass tiveram de curvar-se para seguir adiante com alguma rapidez. Ela prosseguia com dificuldade, sem conseguir evitar gemidos sufocados, pois o ferimento doía.

Depois de um percurso tortuoso, desembocaram numa espécie de amplo aposento onde um grupo de pessoas esperava por eles. Homens, em sua maioria, mas crianças também e uma mulher de olhar decidido. Era evidente que moravam lá embaixo. Num canto havia leitos improvisados, cobertos de panos e roupas jogados ali de qualquer maneira. Sobre umas arcas de madeira, armas enferrujadas. O ambiente era abafado, fracamente iluminado por archotes que enchiam o ar com sua acre fumaça que irritava a garganta.

Finalmente o rapazinho parou e observou Adrass. Adhara fez o mesmo, e só então reparou que o homem estava literalmente coberto de sangue. O moribundo da ruela desmoronara em cima dele encharcando-o da cabeça aos pés.

— Onde está ferido? — perguntou o garoto, apalpando suas roupas.

— Tudo bem, este sangue não é meu — respondeu Adrass, com voz trêmula. Estava visivelmente abalado, mas se esforçava para manter a calma. — Vocês têm... têm algum lugar onde eu possa limpar-me?

A pergunta provocou a hilaridade geral.

— Onde acha que está, amigo? Aqui embaixo somos todos fora da lei. Só estamos interessados em nos esconder dos Sábios, não dispomos dos confortos dos ricos!

Adrass olhou à sua volta, perdido. Alguém jogou para ele uma túnica de cor indefinida.
– Se quiser, pode usar esta e despir a sua.
Ele continuou a olhar, mas evidentemente aquele em que se encontravam era o único aposento disponível. Ficou num canto, tentando trocar de roupa o mais rápido possível.
Enquanto isso, o rapazinho examinou a ferida de Adhara.
– Nada de grave – sentenciou.
– Eu sei – disse ela. – Mas é melhor limpá-la para evitar que infeccione.
– Sem problema, temos um sacerdote entre nós.
– Não toquem nela!
Todos se viraram para Adrass.
– Eu cuido dela – declarou, avançando quase ameaçador.
O garoto levantou as mãos.
– Como quiser.
Ele segurou Adhara pelo braço e se afastou, quase como a proteger a sua posse.

Enquanto Adrass cuidava do ferimento, Adhara teve tempo de passar em revista os vultos que a cercavam. Estavam todos manchados, sinal de que haviam sobrevivido à doença. O garoto definira-os fora da lei e não era preciso ter muita imaginação para entender que se tratava de pessoas decididas a não se dobrar às novas leis impostas pelos Guardiões da Sabedoria. Afinal de contas, naquela nova Makrat, não devia ser muito difícil ser acusado de algum crime; em seu caminho pelas ruas da cidade tinham visto dúzias e mais dúzias de cartazes prescrevendo ou proibindo alguma coisa.
Quando o curativo terminou, o grupo repartiu com eles toucinho bolorento e pão dormido.
– As coisas boas eles guardam para si, obviamente. Roubamos esta refeição já faz algum tempo, de um dos carros que levavam mantimentos ao Conselho dos Sábios – explicou a única mulher do grupo. Usava roupa de homem, com um punhal preso à cintura. Não havia dúvidas que ela também estava ali para lutar.

– Muito bem, qual é então a sua história? – perguntou, finalmente, um deles, e todos os olhos ficaram fixos em Adhara e Adrass.
Os dois entreolharam-se desconcertados. Nunca tinham combinado uma versão para um caso como aquele. Mas aquelas pessoas mereciam uma explicação: afinal de contas haviam salvado a vida deles.
– Viemos de longe – começou dizendo Adhara – e estamos procurando uma coisa.
Misturou verdades e mentiras, inventando que estavam numa missão por conta dos Irmãos do Raio e que tinham vindo a Makrat em busca de livros que poderiam ajudar na cura da doença.
– Não há cura para a doença – replicou um sujeito de porte robusto e imponente, aproximando-se. Parecia ser o chefe: os demais falavam com ele com alguma deferência, e o menino, logo que teve a chance, deixara-o a par de cada detalhe do que havia acontecido.
– Mas não viram em que condições está reduzida a cidade? A doença acabou com tudo. É um verdadeiro desastre, está assim há semanas, e a coisa só tende a piorar.
Adrass não pôde evitar um leve estremecimento. Adhara podia imaginar o motivo, mas mesmo assim não conseguiu ter pena dele. Durante os dias de viagem que haviam partilhado, não se criara qualquer tipo de ligação entre os dois: ele continuava a tratá-la como o fruto de uma experiência, e ela só via nele o seu algoz.
– O que aconteceu? Já faz dois meses que saí da cidade – disse.
Um silêncio tumular tomou conta do ambiente. Uma pesada hostilidade ficou pairando no ar.
O mesmo homem de antes retomou a palavra:
– Maldito Neor e a sua raça. Deixou-nos aqui a apodrecer. Logo que se deu conta do que estava acontecendo, fugiu para Nova Enawar. Sim, claro, no começo tentou manter alguma ordem na cidade, mas depois lavou as mãos e nos abandonou à nossa própria sorte.
– Neor morreu – anunciou Adhara, com um fio de voz.
– Louvores ao herói que o matou, então – respondeu o sujeito, cuspindo no chão em sinal de desprezo. – Learco... este sim que era um rei. Depois do seu funeral, as coisas só foram piorando. Logo que a rainha também se foi, o exército se dividiu. Uma parte da milícia

urbana foi para o *front*, e aqui ficamos muito poucos para cuidar de uma cidade cada vez mais assustada.

O rapazinho indicou o homem com um sorriso de admiração:
– Dowan era um deles, sabiam? Desertou quando pediram que partisse.
– O meu lugar era aqui. Eu me alistara no exército para defender Makrat, e era isto mesmo que eu tencionava fazer. Vocês nem podem imaginar o que estava acontecendo. Bastava um espirro para uma pessoa ser morta na rua, sem mais nem menos. Qualquer um podia ser acusado de difundir o contágio.

Fez uma pausa, de olhos perdidos no vazio.
– Então, certa noite, a porta da cidade foi derrubada com estrondo. Os desesperados que haviam sido mantidos lá fora por todo aquele tempo enxamearam-se pelas ruas espalhando o terror. Não tínhamos homens bastantes para detê-los, e não demoraram a invadir Makrat.

O olhar dos presentes tornou-se sombrio, no silêncio que voltou a tomar conta do aposento.

– Foi um pesadelo – continuou Dowan. – Saquearam as hospedarias, assolaram as casas, depredaram tudo. Nem mesmo tiveram dó de mulheres e crianças, pareciam animais enlouquecidos. A peste alastrou-se descontrolada e nós começamos a adoecer. Até pouco antes tinha ficado limitada aos cortesãos do palácio, mas a partir daí espalhou-se por toda parte.

– Ele é o último que sobrou da sua unidade – intrometeu-se o garoto. Parecia ansioso para desempenhar o seu papel e olhava com clara admiração para o seu chefe, à espera de reconhecimento.

Dowan passou carinhosamente a mão na cabeça do garoto.
– Eu e os meus companheiros podíamos nos opor àquela loucura, mas quando eles chegaram já era tarde demais.
– Eles quem? – perguntou Adhara.
– O Conselho dos Sábios. Nunca entendi direito quem eles eram. Talvez soldados de volta da frente de batalha, talvez bandidos. Proclamaram a si mesmos governantes de Makrat. Juntaram uma tropa de criminosos como eles, que chamaram pomposamente de Guardiões da Sabedoria, e decidiram botar em ordem a cidade.

— Finalidade bastante louvável – observou Adrass, com uma ponta de sarcasmo. Dowan olhou para ele enviesado. Aquelas lembranças eram vivas demais para que ele pudesse aguentar comentários como aquele.

Coube a Adhara intervir para relaxar a tensão:
— O que aconteceu com o senhor e o seu grupo?
— Dizimaram-nos. Depois de assumirem o poder, os Sábios decretaram a lei marcial e toda uma incrível série de normas coercitivas no intuito de manterem todos os privilégios. O medo se encarregou do resto, e os poucos que tentaram rebelar-se foram enforcados. Quem conseguiu fugir, como nós, foi declarado fora da lei. Agora, no entanto, estamos fartos – continuou Dowan, empertigando-se. – Somos mais ou menos uma centena, espalhados pela cidade. Decidimos nos abrigar nos subterrâneos abandonados para organizar a resistência. Formamos pequenos grupos, como o que você está vendo. Roubamos a comida e a repartimos com quem não tem como consegui-la, procuramos nos opor às execuções em massa e nos dedicamos a operações de guerrilha. Queremos tomar Makrat de volta e restabelecer a ordem de antes. Uma vez que o rei se esqueceu de nós, daremos um jeito sozinhos – concluiu com voz grave.

Adhara teria gostado de explicar que não foram absolutamente esquecidos, que tudo se devia à falta de soldados: vários haviam morrido, e muitos mais estavam na linha de frente. Os que sobravam não tinham a menor condição de retomar uma cidade entregue ao caos. Mas, afinal, não podia certamente lastimar aquele pessoal devido à desconfiança que tinha no governo.

Um silêncio cheio de rancor gelou a sala, e Adhara compreendeu que estava na hora de intervir.

— Falarei com a corte, quando voltar a Nova Enawar – disse, com firmeza. – Insistirei no envio de reforços para que vocês possam retomar a cidade.

Dowar deu uma risada debochada.
— É mesmo? Não esperamos coisa alguma deles. Foram embora porque são uns covardes. Nas altas esferas do poder são todos iguais, só há fracos que só pensam em si mesmos.

— Não é bem assim.

— É sim, menina. Nós temos de pensar no que está havendo agora e não naquilo que talvez irá acontecer. Juntem-se a nós, se realmente acreditam na nossa causa. Precisamos de novas forças.

Dowan fixou os olhos no punhal de Adhara, e ela sentiu-se desconfortável. Estava claro que precisavam sair quanto antes. O desespero transformava os homens em lobos.

— Não precisam responder agora. Descansem, poderão dizer a sua decisão amanhã.

Aprontaram-se para a noite. Não havia colchões para todos, razão pela qual tiraram um pouco de palha de cada um até arrumarem o bastante para eles se deitarem. Adhara e Adrass tentaram dormir, mas o sono demorava a chegar. Logo que os archotes foram apagados, o aposento mergulhou na mais absoluta escuridão. Um dos homens ficou de plantão na única entrada da sala, e se fez o silêncio.

Adhara ficou à espera, atenta, a mão no cabo do punhal. As respirações tornaram-se cada vez mais lentas e pesadas, até ela ficar certa de que todos estavam dormindo. Aquela treva a oprimia, o ar parado e bolorento parecia tornar o ambiente ainda mais apertado. Então ouviu um som fraco e ritmado. Não eram ratos nem outros animais. Era uma voz, que murmurava palavras incompreensíveis. Adrass estava rezando perto dela. A respiração, ofegante, consumia-se numa ladainha; Adhara podia perceber claramente o seu terror. Estava gostando. O destino invertera os papéis, restabelecendo o equilíbrio entre injustiças praticadas e ofensas sofridas. Arrependeu-se quase imediatamente daquele pensamento mesquinho, no entanto. Claro, tratava-se do seu inimigo, de um homem que desprezava, mas era mesmo assim um seu similar, devorado por um pavor que ela mesma conhecia muito bem.

Esticou uma perna e deu um coice no corpo de Adrass, que interrompeu a reza na mesma hora.

— Amanhã vamos sair daqui o mais cedo possível — sussurrou.

— Está machucada. Não a trouxe até aqui para que morra de uma infecção.

— O ferimento é uma coisinha à toa — rebateu Adhara, irritada.
— E este pessoal é perigoso. O chefe ficou olhando de forma estranha para o meu punhal.

— Tenho de concordar.
— Então estamos combinados. Ao alvorecer comemos alguma coisa e então saímos. Lembra o caminho?
— Lembro.
— Ótimo — concluiu Adhara, e fechou-se novamente no seu silêncio. Só se passaram alguns minutos e a ladainha recomeçou. Adrass rezava com devoção, entregando-se a uma esperança desesperada. Aquela voz a aborrecia, mas também havia algo profundamente humano, terrivelmente partilhável naquela súplica que subia do abismo. Alguma coisa que a unia ao seu carcereiro.

— Não saímos de dia, só mesmo quando temos alguma coisa importante para fazer. Poderiam nos reconhecer, e nossas cabeças estão a prêmio. Acompanhá-los lá fora seria um risco inútil.
— Não será preciso, sabemos para onde ir — replicou Adrass.
Dowan ficou um bom tempo olhando para os dois.
— O que estão fazendo chega às raias da traição — sentenciou afinal. — Esta cidade está morrendo, e precisa de todas as forças disponíveis para tentar sobreviver. E vocês, numa hora dessas, saem por aí à toa, em busca de uns livros idiotas para uma cura que não existe.
— Sem cura, muito em breve todo o Mundo Emerso será exatamente como Makrat — objetou Adhara.
Dowan deu de ombros.
— A peste vai passar, como muitas outras doenças passaram no decorrer dos séculos. Mas os Sábios não irão embora, a não ser que os expulsemos. — Calou-se por um instante, então prosseguiu: — Salvamos vocês porque achamos certo fazê-lo, mas confesso que estava esperando alguma gratidão de sua parte.
Adhara procurou mostrar-se determinada.
— Cada um tem a sua própria missão. A nossa é diferente da sua — disse num tom de desafio.
Por algum tempo ninguém falou, e Adhara realmente receou que Dowan fosse detê-los. Mas, ao contrário, abriu caminho indicando a saída com a mão.
— Sumam, e nunca mais apareçam por aqui.

Esgueiraram-se em silêncio, percorrendo de novo os túneis tortuosos. Adhara constatou com satisfação que o ferimento estava sarando.

Finalmente chegaram do lado de fora. Uma alvorada lívida iluminava uma cidade deserta. De dia, Makrat era ainda mais espectral que de noite. Cartazes por toda parte e vivalma na rua: muitas portas e janelas estavam barradas; outras, abandonadas, olhavam para os becos com suas órbitas vazias.

Adrass estava pálido; uma suspeita passou pela mente de Adhara.

– Tudo bem com você?

– Não me sinto à vontade andando por um lugar como este – respondeu ele, acelerando o passo.

Ao virarem uma esquina, chegaram diante de um poço, numa pequena praça circular que no passado devia ter sido esplêndida. Os prédios, agora, estavam todos fechados, e hera soltara-se dos muros, ressecada, e num canto havia um monte informe de matéria em decomposição. O fedor era insuportável.

Adrass subiu na borda do poço, depois segurou a corda presa à roldana e desceu no seu interior.

– Um nosso confrade descobriu a entrada por acaso, caindo aqui dentro – disse, bufando. O espaço era apertado, mal dava para passar. – Quando eu chegar lá embaixo, desça também.

Adhara deu uma olhada: as paredes de tijolos acabavam sendo engolidas por uma escuridão impenetrável.

O rangido pareceu durar uma eternidade. Se alguém chegasse naquele momento, estariam perdidos. O que poderia inventar para esconder a sua missão? Então um baque surdo deixou entender que Adrass tinha chegado ao fundo. Era a vez dela.

Deixou-se escorregar ao longo da corda, com as mãos que ardiam devido ao atrito. Chegou a uma espécie de pequeno nicho, estreito demais até mesmo para só duas pessoas. Adrass estava dobrado em cima da pedra, um fogo mágico na mão a iluminar o chão com seu brilho fúnebre. Adhara não conseguia imaginar a razão daquilo; era apenas pedra, rocha comum, sem qualquer aspereza especial. Adrass, no entanto, devia pensar diferente, pois de repente parou.

– Abra espaço – disse, e então remexeu na mochila e sacou uma minúscula chave torta e enferrujada.

Havia um furo irregular no chão, tão pequeno que mal dava para ver. Adrass enfiou a chave nele.

– Cada confrade tinha uma cópia – explicou com uma nota de dolorida amargura na voz.

Houve um estalo, e toda uma seção circular do piso baixou e rodou sobre si mesma. Além dela, trevas.

Adrass ficou de pé e contemplou a abertura.

– A entrada da biblioteca perdida – anunciou. Então olhou para Adhara. – Vou na frente, siga-me.

18
DILEMA

A luz trêmula da vela marcava com uma penumbra perturbadora os rostos cansados dos membros do Conselho. Havia generais recém-chegados da linha de frente, Irmãos do Raio, Theana e, finalmente, Kalth, com sua costumeira expressão séria e tensa.

Desde que Dubhe assumira o comando do exército, as coisas melhoraram: tinham deixado de perder terreno, mas tampouco foram capazes de avançar um só passo. Continuavam defendendo os poucos postos avançados que ainda sobravam, sem contudo conseguir de forma alguma tirar o fôlego do inimigo.

Acabavam de examinar estratégias militares, quando Kalth dirigiu-se a Theana.

– Alguma novidade quanto à cura? – perguntou, ríspido.

A maga moveu-se irrequieta no assento. Já sabia que a pergunta iria chegar, mas não esperava por ela tão cedo. Os olhos de todos fixaram-se nela, e a sala mergulhou num pesado silêncio.

– Estamos trabalhando nisso – respondeu. Explicou o que tinham descoberto, isto é, que a peste era um selo muito poderoso, que se difundia graças a algum tipo de esporas infectas criadas com a magia.

– Os selos só podem ser quebrados pelo mago que os evocou. Se o mago do caso morreu, significa que não existe uma cura?

Theana vacilou. Quem perguntava era Kalth. Nunca teria imaginado que o rapaz estivesse a par de tantas coisas.

– Teoricamente é assim mesmo, mas a história nos conta de selos que foram quebrados. Aster, por exemplo, era capaz de conseguir isso. De qualquer maneira, mesmo que um selo seja a causa da doença, isso não quer dizer que não exista uma cura para detê-lo ou aliviar seus sintomas.

Uma onda de alívio passou pelo rosto dos presentes.

– Suponho, então, que estão trabalhando nessa direção, ou estou errado?

Theana teve mais um momento de hesitação. Kalth acabava de encostá-la na parede. Ainda não recebera qualquer resposta de Milo a respeito da mistura trazida pelo gnomo. Não podia arriscar-se daquele jeito, precisava ser prudente.

– Estamos avaliando várias hipóteses. Alguns dos meus trabalham noite e dia para deter a difusão da doença; outros destilam filtros que agora mesmo estamos experimentando nos centros de quarentena.

– Algum sucesso?

A maga engoliu em seco.

– Nenhum realmente significativo. Alguns pequenos progressos, mas nada de definitivo.

– De forma que não pode dizer-me se e, principalmente, quando poderemos contar com a cura.

Kalth olhava para ela, severo. Theana podia jurar que os outros faziam o mesmo, duvidando das suas capacidades de sacerdotisa.

– Não, não posso fazer previsões – concluiu, desanimada.

Um cochicho de desaprovação correu pela sala. Theana quase podia apalpar a decepção que serpenteava entre os conselheiros.

Kalth impôs silêncio com um gesto da mão e, então, dissolveu a reunião. Os presentes levantaram-se com uma evidente expressão de irritação, e Theana baixou a cabeça.

Kalth continuava a encará-la, e ela compreendeu que estava na hora de umas explicações.

– Há umas coisas que gostaria de mencionar – disse, após todos deixarem a sala.

O jovem soberano não pareceu surpreso.

– Pode falar.

Theana respirou fundo e contou de Uro, o gnomo.

Os doentes aos quais fora ministrada a poção estavam melhores, alguns haviam até sarado. Constatara-se que o filtro precisava ser tomado logo no começo, para se obterem os melhores resultados, mas ela ainda não estava completamente convencida da natureza benéfica daquela cura. Tinha obrigado Uro a não espalhar a notícia e a não distribuir a poção sem a sua autorização. Em troca, iria satisfazer o desejo de glória do gnomo. Era justamente isso que a deixava mais cética: havia alguma coisa nele – aquela sua ambição de ser lembrado pelas gerações futuras como o salvador – que não a convencia. Enquanto não recebesse os resultados da pesquisa de Milo, queria manter em segredo aquela descoberta. Não podia declarar, diante do Conselho, que tinha encontrado a cura definitiva. Além do mais, também precisava tornar inofensivo aquele gnomo bajulador.

– Agiu certo – comentou Kalth, com um sorriso.

Theana sentiu-se aliviada.

– Daqui a alguns dias, terei a fórmula, e então saberemos.

– Qual é o seu receio, na verdade?

A maga meneou a cabeça.

– É apenas uma sensação, mas temo que por trás desta história da poção haja alguma coisa errada. Uro foi vago demais quando pedi que revelasse a composição do seu filtro. Preciso saber mais, antes de sair alardeando o sucesso.

Kalth anuiu convencido.

– Parece-me razoável, mas não esqueça que deter o contágio continua sendo a nossa prioridade. Se aquela poção for útil ao reino, iremos usá-la. Com a senhora posso ser sincero, pois é uma das poucas pessoas que realmente confiam em mim. Nestas condições, não temos esperança. A peste está nos esgotando, há falta de homens, não poderemos impedir o avanço dos elfos. É *taxativo* restabelecer a superioridade numérica.

Theana só podia admirá-lo. Apesar da lucidez e da firmeza da sua lógica, Kalth não podia deixar de sentir a pressão das tremendas responsabilidades que pesavam nos seus ombros. E mesmo assim continuava a tomar decisões e a lutar pela sua terra, como um verdadeiro soberano. Deveria caber a ela apoiá-lo, e não o contrário.

Este pensamento encheu-a de comoção e, de impulso, abraçou-o. Kalth, no começo, não reagiu, mas não demorou a relaxar e a apertar os braços em volta da cintura dela, como um filho poderia fazer com a mãe. Ficaram assim por alguns momentos, consolando-se reciprocamente naquela tempestade que ameaçava atropelá-los. Então separaram-se, e Kalth mostrou sua gratidão com um simples sorriso, antes de deixar a sala.

* * *

A resposta demorou mais dois dias para chegar.
Quando bateram à porta, Theana estremeceu.
– Pode entrar – disse, de garganta seca.
A figura de Milo apareceu no limiar, um jovem magricelo de aparência modesta. Theana tentou ler a sua expressão, mas não conseguiu entender se as notícias que trazia eram boas ou más.
– Então?
Milo limitou-se a anuir, e ela compreendeu que não iria gostar nem um pouco da resposta.
– Analisei o remédio que a senhora me deu; há muitas coisas nele que considero totalmente inúteis: extratos de plantas oficinais de limitado efeito curativo, água e álcool.
– Uro mencionou folha roxa...
– É verdade, mas muito pouca, em doses mínimas.
A maga agitou-se na cadeira.
– Mas, se não há nada de comprovado poder curativo, como é que funciona?
Milo pigarreou. De repente a expressão do rapaz ficou séria. *É agora*, ela pensou, e o coração começou a bater acelerado em seu peito.
– Porque contém sangue de ninfa.
Theana ficou petrificada. Conhecia muito bem aquele ingrediente. Foi como se de repente todas as peças do mosaico se encaixassem. As ninfas eram imunes à peste, tanto assim que muitas haviam sido mortas porque se espalhara o boato de que foram elas a difundir a doença. Uro, portanto, tinha mentido. Não se tratava de ambrosia, nem de alguma rara planta desconhecida. O poder curativo vinha do sangue. Como podia não ter pensado nisso antes? Era óbvio, quase banal. Um gélido arrepio correu pela sua espinha. Da última vez que se haviam encontrado, o gnomo dissera que não tinha parado de preparar a poção, e a imagem de dúzias e mais dúzias de ampolas apinhadas na sua casa deixou-a horrorizada. Aquele louco sacrificara vítimas inocentes em nome da própria glória. E, pior ainda, ela o ajudara. Sentiu uma tontura e teve de fechar os olhos, segurando-se nos braços da cadeira.
– Não pode ser – murmurou.
– Mas funciona – disse Milo, com um tom estranho na voz.

Theana arregalou os olhos.
— Não faz diferença nenhuma que funcione! Não podemos sacrificar vidas para salvar outras! — gritou.
— O sangue de uma única ninfa pode curar até dez pessoas. Trata-se de sacrificar umas poucas vidas para salvar todo o Mundo Emerso!
— Milo encarou-a com olhos febris. — E nós, o que conseguimos com os nossos estudos? Nada. Os companheiros com que comecei as pesquisas estão todos mortos, e eu mesmo levarei para sempre no corpo as marcas da doença. As pessoas continuam morrendo, cidades inteiras foram arrasadas pelo caos e, como se não bastasse, os elfos estão nos tirando a nossa terra. Esta não é a hora certa para nos deixarmos deter por escrúpulos morais.

Num passado não muito distante, nenhum dos seus teria ousado dizer uma coisa daquelas. A palavra dela teria sido lei para aquele pessoal que via nela quase uma santa.

— Se a senhora disser que não, se decidir punir Uro e banir o remédio, quantas pessoas irão morrer? E se não houver outra cura? E se este for o único caminho para evitarmos a aniquilação das raças que povoam o Mundo Emerso?

Aquelas palavras caíram no aposento como pedregulhos, e ela sentiu-se esmagada.

— Está pedindo que eu mate deliberadamente não se sabe quantas criaturas inocentes... — sibilou.

— Será que esta epidemia também não é um massacre? A senhora não tem problemas em condenar à morte milhares de pessoas, mas de repente fica com remorsos na hora de usar as ninfas para um bem superior.

Theana achou que um abismo estava se abrindo embaixo dos seus pés. As palavras de Milo eram tentadoras. Havia uma lógica perversa naquilo, que se sobrepunha ao que lhe dissera Kalth. Tinham de encontrar uma cura a qualquer custo. Mas o pensamento de lavar o sangue com mais sangue atordoou-a. Não podia ceder. Simplesmente não podia.

— Cale-se! — berrou, ficando de pé. — O que está dizendo não faz sentido. Mandaremos alguém confiscar o material que Uro guarda em casa e depois o prenderemos. Enquanto isso, cuidarei de encontrar outra cura!

Milo olhou para ela enviesado. Havia uma luz sinistra naquele olhar.

— Não perca esta oportunidade, minha senhora.

— Já tomei a minha decisão. Agora vá e faça o que mandei — declarou com autoridade.

Milo calou-se. Fez uma mesura e foi se aproximando da saída. Mas Theana o deteve.

— De qualquer maneira, já estou pensando numa solução — disse entre os dentes.

Milo nem se virou. Só parou um instante e então saiu.

Theana só conseguiu acalmar-se depois de alguns minutos. Estava trêmula de indignação; o que acabara de acontecer era da mais absoluta gravidade. Precisava parar de fugir. Chegara a hora de reassumir o comando.

TERCEIRA PARTE

A BIBLIOTECA PERDIDA

19
A BIBLIOTECA PERDIDA

Adrass foi tragado por uma escuridão que cheirava a mofo e coisa antiga. Soprava uma aragem fria lá embaixo. Acendeu um fogo mágico e os olhos de Adhara puderam ver os primeiros três degraus do que devia ser uma escada de caracol. Adrass começou a descer e a luz não demorou a mostrar-se insuficiente. Então ela também usou a magia: só precisou de umas poucas palavras para que um pequeno globo luminoso surgisse entre os seus dedos. Observou-o perturbada, surpreendendo-se com a naturalidade com que os encantamentos gravados na sua memória começavam a brotar das suas mãos. Examinou a escada que se torcia, apertada, sobre si mesma. Era profunda, não dava para saber até onde chegava. Levou mais alguns minutos antes de poder enxergar o fim. Adrass esperava por ela nos últimos degraus, mais pálido do que nunca, com a testa molhada por um véu de suor.

– Tudo bem com você?

– Pare de perguntar! Quem está morrendo é você – replicou ele, seco.

Adhara podia cheirar o medo do homem.

Tinham chegado a um amplo aposento, completamente em ruínas, a não ser por uma armação que sustentava o abaulado teto de madeira. Do chão, formado por multicoloridas lajotas de mármore estragadas pelo tempo, erguiam-se finas colunas reunidas em feixes. Algumas se encontravam quebradas, outras pareciam continuar além do revestimento da abóbada. Estavam enegrecidas, como se um cataclismo tivesse passado por ali acabando com a elegante beleza do lugar. Espalhados em volta, os restos de cadeiras e de imponentes mesas apareciam entre os escombros.

– Esta era a sala de consulta – explicou Adrass, iluminando-a um pouco mais. Diante deles abriu-se um espaço desmedido. As colunas pareciam os troncos de um bosque encantado fora do tempo.

— Até onde ela chega? — perguntou Adhara, pasma.

Adrass deu de ombros.

— Não faço ideia. Nunca conseguimos explorá-la até o fim.

Seguiu em frente. No chão viam-se adornos de mármore e cristal negro primorosamente trabalhados. Representavam dragões, talvez deuses. Adhara curvou-se. Tentou varrer para longe as cinzas e a poeira acumuladas ao longo dos anos, e, por baixo, apareceu o rosto de uma velha que a fitava, enigmática. Entre os olhos algum tipo de pedra de reflexos cinzentos.

— Vamos andando — apressou-a Adrass.

Avançar naquele lugar não era nada fácil. O chão estava cheio de detritos e pedaços de pergaminhos chamuscados, que tornavam os passos inseguros.

— Encontramos milhares de fragmentos como estes — disse ele, intuindo o que ela devia estar pensando. — No começo os Vigias desceram aqui em busca de um refúgio seguro. Usar um poço como entrada para a nossa Sala pareceu-nos uma ótima ideia, e começamos a cavar. Depois de alguns metros, no entanto, encontramos o vazio e o ambiente que você está vendo.

Indicou com o braço o imenso salão.

— Continuamos cavando enquanto nos foi possível, e aí, pouco a pouco, descobrimos que se tratava de uma biblioteca, a maior que jamais existiu no Mundo Emerso. Só paramos quando chegamos aos andares inferiores. Então, para tornarmos a estrutura mais sólida, construímos as armações de madeira que você já viu.

Adhara olhou mais uma vez cheia de admiração à sua volta.

— E o fogo? — perguntou. — Como foi que a biblioteca acabou enterrada?

— Não sabemos ao certo, não há documentos referentes àquela época, mas provavelmente, quando os elfos começaram a abandonar o Mundo Emerso devido à chegada das outras raças, decidiram destruir este lugar e os extraordinários conhecimentos nele guardados. Afinal, antes de desaparecer, aquele povo procurou apagar qualquer resquício da sua passagem por aqui.

Adhara foi sacudida por um estremecimento. Quanto ódio devia haver neles para fazerem uma coisa dessas?

Continuaram andando sob aquele teto baixo e opressor, perdendo-se entre inúmeros nichos escuros, todos parecidos uns com os outros. Nem mesmo Adrass parecia saber ao certo qual fosse o caminho a seguir.

– Mas, neste caso, o que espera encontrar aqui embaixo? – perguntou Adhara.

– Nem tudo foi queimado – respondeu ele, com enfado.

Podia ouvir a sua respiração pesada e começou realmente a duvidar do seu estado de saúde. Não era normal que ficasse tão ofegante.

Só depois de uma hora de andanças, Adrass parou, confuso.

– Tinha certeza de que era aqui... – murmurou, olhando à sua volta, perdido. Estava mais pálido e febril do que nunca.

– O quê? – perguntou ela, olhando para ele preocupada.

– A entrada para os andares inferiores...

– Como ela é?

– Tem um adorno de latão burilado ou de algum outro metal parecido. Quando ainda existiam os Vigias, costumávamos mantê-lo bem limpo, mas talvez agora esteja coberto de poeira, como tudo o mais.

Adrass começou a procurar na mochila e pegou um pergaminho dobrado em dois, que esticou no chão. Era um mapa um tanto aproximativo, desenhado com sanguínea. Num canto aparecia uma espécie de grande sol.

– Este aqui, está vendo? – disse com voz trêmula, indicando-o.

Adhara não reconhecia qualquer estrutura naquele mapa. O teto só tinha duas braças de altura, podia tocar nele com a palma da mão, e isso reduzia a perspectiva. Além do mais estava tudo muito escuro, só se podia divisar uma pequena parte do ambiente. Impossível compreender a disposição das colunas, com toda aquela fartura de estacas de madeira que ocupavam a imensa sala.

– Não consigo entender onde estamos – respondeu, desanimada.

Mas ele não deu o braço a torcer.

– Fique aqui – intimou, e começou a se afastar.

Mas Adhara segurou-o pelo braço.

– Se sair daqui, nunca mais irá me encontrar.

Era um receio real e concreto: embora não houvesse qualquer tipo de parede, a confusão que reinava lá dentro tornava o lugar mais insidioso que um labirinto.

– Vamos, em vez disso, tentar nos orientar. Sem nos separar – sugeriu.

Estudaram longamente o mapa, sem no entanto encontrar uma solução. Não conseguiam identificar os pontos de referência, e aquele desenho parecia representar um lugar completamente diferente daquele em que se encontravam.

– Você tem certeza de que o mapa dá as indicações certas? – perguntou ela, com ar de desafio.

Adrass limpou o suor da fronte com a mão.

– Não sei... Eu, eu o rabisquei a primeira vez que vim aqui, e nunca mais tive a oportunidade de voltar – gaguejou.

Ótimo. Simplesmente não fazia ideia de onde estavam. Ele nunca estivera ali, ou quase isso. Adhara fitou-o, aflita, e sentou-se no chão para dar uma olhada na mochila. Tinha tido a chance de juntar uns mantimentos, antes de sair do esconderijo de Dowan. Enquanto todos dormiam, remexera nas suas arcas e roubara suficiente comida para alguns dias de viagem. Junto com a de Adrass, devia haver bastante para durar uma semana. Jogou ao companheiro um pedaço de toucinho.

– Precisamos economizar – disse.

– Não, precisamos encontrar a entrada, pois do contrário estaremos perdidos – replicou ele, enquanto ela dava uma mordida.

– Coma logo. De estômago vazio não se pode fazer nada.

Comeram em silêncio, numa atmosfera de hostilidade. Aquela viagem estava se tornando cada vez mais insuportável. Se, pelo menos, pudesse encontrar a cura, um jeito de safar-se sozinha, pensou Adhara.

Ficou de pé e começou a andar nervosamente pela sala, prestando atenção para não se afastar. Foi assim que descobriu. Limpou descuidadamente uma pequena parte do piso, curvou-se para ver melhor, e o que apareceu de repente pareceu-lhe familiar.

Era um rosto carrancudo, severo. Endireitou-se com um pulo.

– Adrass, venha ver.

O homem levantou-se, cansado, e se aproximou lentamente dela. Continuava ofegante, embora já estivessem sentados havia algum tempo.

– O que foi?

Adhara limitou-se a indicar a figura no chão. No começo ele olhou quase com desleixo, mas depois ficou incrivelmente atento.

– É Thenaar... – murmurou.

Adhara deixou o resto da figura à mostra. O próprio, não havia dúvida. Mas não era só isso. Havia mais alguma coisa desenhada atrás dele, uma espécie de mapa. Tanto ela quando Adrass curvaram-se limpando a imagem com as mãos.

– É a Terra do Fogo! – exultou Adrass. – Thenaar é um deus élfico, eles o chamavam de Shevrar. Os elfos tinham muitos deuses: praticamente, havia uma divindade para cada terra. Você deveria saber, é um dos conhecimentos que gravei na sua mente.

Era verdade. À medida que ele falava, tudo voltava à memória.

– Acho que já vi Thooli – disse Adhara. Thooli era a deusa do tempo, guardiã da Terra dos Dias. – Agora há pouco, logo depois que entramos – acrescentou.

– É um mapa... Este chão é decorado com o mapa do Mundo Emerso... – replicou Adrass, excitado.

– Se for assim que funciona, então o adorno de latão que mencionou pode ser uma maneira de representar Glai, o deus do sol, ou alguma coisa que tenha a ver com ele. Só precisamos seguir os desenhos no chão até a Terra do Sol para encontrarmos o acesso aos andares inferiores da biblioteca – observou Adhara.

Na sua mente tomou forma a carta geográfica do Mundo Emerso. A Terra do Fogo era uma das mais distantes da do Sol.

Ambos começaram a espanar freneticamente o piso e descobriram que o mapa que decorava o chão era enorme.

Foi bem mais difícil do que haviam previsto. Adrass estava certo, uma parte da grande sala nunca tinha sido explorada pelos Vigias. Metade da Terra dos Rochedos, por exemplo, ainda estava sob uma espessa camada de poeira, e tiveram de penar bastante para encontrar o primeiro obscuro fragmento da Terra do Vento. A Terra da Água, por sua vez, faltava por completo. Levaram quase uma hora para trazer à luz as incertas fronteiras da Terra do Mar, mas depois disso, finalmente, chegaram à meta.

– Aqui! – exclamou Adhara, endireitando-se.

– Agora só nos falta encontrar o sol – disse Adrass. Tentou aumentar a luminosidade do globo, mas não conseguiu. Quem aclarou o ambiente no seu lugar foi Adhara, e logo um brilho longínquo se refletiu em seus olhos. Enorme, perfeitamente circular, parcialmente coberto por uma espessa camada de cinzas: era um sol de rosto enigmático, primorosamente trabalhado, formado por um único bloco de ouro. Apesar da sujeira, reluzia de forma extraordinária. Tinha pelo menos dez braças de largura. Os elfos deviam possuir grandes conhecimentos metalúrgicos para fundir uma maravilha como aquela.

Um ruído abafado tirou Adhara daquela contemplação. Adrass tinha perdido o equilíbrio e caíra de joelhos.

– Quer parar um momento para descansar?

Ele incinerou-a com o olhar.

– A única cuja saúde me preocupa é você.

Adhara sentiu a irritação crescer dentro de si.

– Você é louco ou o quê? A sua experiência científica vale tanto assim? A fé cegou-o até este ponto?

– Não se trata apenas de fé. O que está em jogo é a salvação do Mundo Emerso, e você é a nossa única esperança. – A sua voz traía um desespero infinito. – Quero salvá-lo, este mundo – acrescentou.

Adhara suspirou.

– Como vamos entrar? – perguntou, afinal, conformada.

Ele se levantou recusando qualquer ajuda.

– A primeira vez que encontramos este lugar, estava protegido por um selo, e dois dos nossos sacrificaram a vida para quebrá-lo. Então impomos um feitiço de reconhecimento, que ainda deveria estar funcionando.

Aproximou-se devagar, apoiando a palma da mão na borda do gigantesco sol, e com algum esforço pronunciou uma curta frase em élfico.

Um estalo seco, e o sol começou a rodar de lado com uma barulheira ensurdecedora. Toda a sala vibrou, o teto e as estacas de madeira ondearam assustadoramente e Adhara ficou com medo de tudo desmoronar. Depois, mais nada, somente o mais absoluto silêncio. No lugar do sol havia agora uma voragem na qual adentrava outra escada, desta vez de metal. Adrass foi na frente, como de costume.

– Siga-me – intimou.

Adhara obedeceu. Bastaram uns poucos degraus para eles chegarem a um corredor espaçoso e levemente em declive. À esquerda havia uma mureta com uma braça e meia de altura, encimada por amplos arcos sustentados por finas colunas de cristal negro. Do outro lado, um abismo sem fundo. Quando Adhara se debruçou, foi investida por uma baforada de ar quente de cheiro indefinido. Alguma coisa que lembrava enxofre, mas também água e mofo. À direita, estantes de bordo que, com sua cor clara, faziam um estranho contraste. Tinham pelo menos dez braças de altura e estavam apinhadas. Ela nunca vira algo parecido. Placas com escritas em élfico indicavam os setores. O corredor se enroscava de forma helicoidal em volta daquele vazio espectral, enquanto dos lados, a intervalos regulares, abriam-se cômodos que provavelmente, no passado, serviam para leitura e consulta. A biblioteca, em resumo, nada mais era do que um imenso poço do qual não se via o fundo.

Adrass apoiou-se contra a parede, ofegante.

– Toda a biblioteca é assim. Os livros ficam nas salas e neste corredor que leva para baixo. Não temos a menor ideia de quão profundo ele seja, alguns de nós tentaram descer até o fim, mas ninguém jamais voltou – explicou. – Muitos destes nichos ruíram, outros ficaram inundados. É uma construção gigantesca.

Adhara olhou em volta, pasma. Imaginara-a totalmente diferente. Aquele lugar era algo que nada tinha a ver com o seu conceito de biblioteca. E além do mais havia nele alguma coisa horrível, perturbadora. Aquele abismo no meio, por exemplo, a atraía e a assustava ao mesmo tempo. Até onde haviam chegado os elfos? O que tinham guardado nas entranhas da terra?

O teto era enfeitado com esplêndidos mosaicos. Ouro, vermelho-rubi, verde-esmeralda, azul-cobalto. Um triunfo de cores que pareciam ter sobrevivido inalteradas à miséria daqueles séculos de escuridão e esquecimento.

– Sabe para onde ir?

— Tenho um mapa dos níveis conhecidos, mas o que estamos procurando fica num setor que ninguém jamais alcançou. Só nos resta seguir em frente.

O tempo não demorou a perder o sentido lá embaixo. Devia existir algum tipo de ventilação, pois, embora o ar estivesse pesado, dava para respirar sem maiores problemas. Só mesmo o cansaço das pernas dava-lhes a medida certa daquela viagem incerta. Impossível dizer por quantos andares já haviam passado. O fogo mágico só conseguia iluminar, no máximo, dois andares para cima e mais dois para baixo. No mais, a biblioteca perdia-se numa impenetrável escuridão.

— Chega — disse Adhara, de repente.
— Está cansada? — perguntou Adrass.
— Quem está exausto é *você*.
— Não importa. Vamos continuar — protestou ele.

Adhara teve de segurá-lo pela gola.

— Você é a minha única esperança de orientação aqui embaixo, além da minha única salvação. Precisa descansar, e portanto vamos parar.

Adrass tinha o rosto cavado e a pele molhada de suor. Mesmo a contragosto, concordou e deixou-se levar para uma das salas laterais.

História, dizia a placa na entrada. Viram-se diante de um aposento elíptico, divididos em vários ambientes pelas prateleiras cheias de livros, dispostas a formar uma espécie de labirinto. Avançaram ao longo das paredes, esperando não se perder. Só pararam quando chegaram a um espaço um pouco maior que os demais, onde os dois poderiam se deitar.

Os volumes, ali, estavam em condições lastimáveis. O bolor tinha devorado papel e prateleiras, chegando a desenhar estranhos arabescos no teto e no chão.

— Acha que corremos algum risco? — perguntou Adhara, antes que o companheiro desmoronasse.

Ele meneou a cabeça.

— Ainda estamos na zona conhecida pelos Vigias. Pode dormir tranquila.

Foram suas últimas palavras. Caiu num sono profundo e a sua respiração parecia um estertor. Adhara ficou um bom tempo olhando para ele, perguntando a si mesma como iriam seguir viagem. Adrass estava mal, não havia dúvida. Deu uma olhada na mão enfaixada. As manchas começavam a aparecer por baixo da atadura, invadindo seu pulso. Não tinha acabado. Embora se sentisse melhor, o mal silencioso e insinuante avançava.

Demorou a adormecer, com a mão que pulsava cada vez mais, a lembrar-lhe que, se não se apressassem, no fim daquela viagem só a morte poderia esperar por ela.

20
CRIATURAS DO ABISMO

Adhara acordou sobressaltada. Demorou a dar-se conta de onde se encontrava: a escuridão era tão total que nem sabia ao certo se estava ou não de olhos abertos. Naquele breu que a cercava só percebia um único som insistente. Um obsessivo ofegar, uma espécie de comedido estertor. Levou algum tempo para voltar à realidade, então a imagem de Adrass doente chocou-a como um raio.

Endireitou-se e evocou o mesmo fogo mágico que os ajudara a orientarem-se no dia anterior. Diante dela, o homem era sacudido por violentos tremores. Mal conseguia respirar, como se os pulmões não fossem capazes de encherem-se de ar. As mãos estavam largadas no chão e, sob as unhas, era visível um tênue filete de sangue.

Adhara entendeu na mesma hora. Não havia mais dúvidas: Adrass tinha contraído a doença. Ficou olhando para ele, imóvel, quase fascinada pelo seu sofrimento. Aquelas mãos que a tinham apalpado, que a haviam *criado* e torturado por tanto tempo, muito em breve iriam conhecer o horror da morte. Deveria rejubilar-se, afinal, era um inimigo, aliás, *o* inimigo por excelência. Mas não conseguia. Sentia uma pena rastejante por aquele homem deitado no chão, e era um sentimento que a incomodava, que ia muito além do legítimo desejo de ele permanecer vivo para salvá-la. Por mais que o odiasse, por mais que desejasse abandoná-lo ao seu destino, via nele uma criatura sofredora. Exatamente como ela.

Adrass estremeceu e, devagar, abriu os olhos. O feitiço quebrou-se, e Adhara se aproximou.

Por um instante, o homem ficou de olhos fixos no teto, então tentou sentar-se.

Ela colocou uma das mãos no seu peito.

– Fique deitado, você não está bem.

Adrass fez um gesto para afastá-la e viu a própria mão. Reparou logo no sangue, e seus ombros tiveram um leve estremecimento. Procurou controlar-se e tentou ficar de pé.
– Bobagem.
– Viu as unhas? Sabe o que significa?
Olhou para ela de relance, e por um momento Adhara achou que podia ler naqueles olhos um medo ancestral, igual ao que ela experimentara naquele dia no rio.
– Precisamos nos mexer, não temos muito tempo.
– Não. Você está com febre, não tem condições para continuar.
Adrass fez de conta que não era com ele. Dobrando-se com muito custo, remexeu na mochila e pegou uma maçã ressequida.
– Teremos de dividir. Faremos isto enquanto andamos.
– Não ouviu o que eu disse?
– Já disse que vamos prosseguir! – rugiu ele.
Adhara ficou surpresa com aquela reação raivosa. *Que assim seja. Para mim, pode morrer onde bem quiser. De qualquer maneira, já está perdido*, pensou irritada. Pegou a maçã, comeu a sua metade e então jogou de volta o que sobrava. Ele já começara a andar, diante dela.

Desceram com passo inseguro. A biblioteca afunilava-se a cada andar, enquanto o ar se tornava cada vez mais quente. O gorgolejo de alguma coisa que vinha das profundezas encheu o ambiente. Os mosaicos multicoloridos dos pisos mais altos foram substituídos por complicados estuques que representavam deuses e monstros de todo tipo, entrelaçados em adornos sinuosos e opressores. Um mundo desconhecido e, naquela altura, indecifrável desenrolava-se diante dos seus olhos. Bolor, por toda parte, e lactescência. Adhara já ouvira falar a respeito: era a planta mais difundida na Terra da Noite, uma das poucas que podiam vingar naquelas condições. Havia folhas carnudas, de um azul carregado, e inflorescências globulares que brilhavam como que de luz interna, azulada e vagamente espectral. As primeiras trepadeiras que viram eram isoladas, crescidas, não se sabe como, no terreno. À medida que desciam, no entanto, as plantas se tornavam cada vez mais numerosas. Desenhavam arabescos no teto, envolviam as colunas, rastejavam insinuantes no chão. Às vezes, Adhara não podia deixar de pisotear algumas flores, e então jorrava um suco luminoso que sabia à morte. Já não estavam no setor HISTÓRIA. Agora, as placas nas portas das salas laterais indicavam: ÉPICA, MITOLOGIA, CONTOS.

Continuaram descendo, e naquela altura Adrass já não conseguia manter aceso o fogo mágico. Adhara teve de cuidar disso, passando à frente. Diante deles um corredor infinito, enquanto o homem a seguia arrastando os pés. Então um baque. Adhara virou-se na mesma hora. Adrass estava no chão, com as mãos que procuravam desesperadamente onde se segurar sem conseguir, no entanto, agarrar nem mesmo as gavinhas de lactescência. Seus dedos só deixavam nelas manchas de sangue.

Só teve força para levantar a cabeça.

– Ajude-me! – suplicou.

A tentação de deixá-lo morrer ali, sozinho, foi grande, mas era impossível pô-la em prática. Adhara soltou o globo luminoso que até então segurara e o deixou flutuar no ar. Levantou o companheiro e carregou-o nos ombros. Era a primeira vez que, realmente, tocava nele, sem que se tratasse de um combate ou de um ritual, e sentiu um arrepio correr pelo seu corpo. Parecia-lhe estranho, quase sobrenatural. Entrou em um dos aposentos laterais. Em cima, a plaqueta dizia: POEMAS.

Era uma sala retangular, inteiramente revestida de grandes lâminas de cristal negro. A luz do globo multiplicou-se em miríades de reflexos. No passado deviam ser reluzentes como espelhos, mas uma parte daquele esplendor sobrevivera, embora embotado pela poeira dos séculos. Adhara deitou Adrass no chão, entre estantes repletas de livros.

– Precisa descansar, se ainda quiser ir a algum lugar – disse.

Rasgou uma tira da túnica e molhou-a com a água do cantil. Não foi fácil, pois só podia usar a mão direita. Naquela altura, a esquerda ficara praticamente insensível, e ela mal conseguia fechar os dedos.

Adrass tentou detê-la:

– Vai precisar de água...

– Agora você precisa mais do que eu – rebateu ela.

Colocou o pano na sua testa. Ardia. A hemorragia já começara. Um filete de sangue emoldurava sua boca. A doença avançava rápida.

Não sabia o que fazer. Provavelmente nem existia uma cura. Os sobreviventes só se safavam por mero acaso, e ela não podia esperar que a sorte resolvesse a situação.

Velou-o por muitas horas, trocando o pano na testa para baixar a temperatura. O rosto dele tornava-se cada vez mais descarnado, sinal de que a peste estava seguindo inexoravelmente o seu curso. Só o longínquo gorgolejar da água, que se tornara mais insistente à medida que desciam pelo corredor, quebrava o silêncio absoluto da biblioteca.

– Vá, vá embora... deixe-me sozinho – gemeu Adrass.

– Sabe muito bem que não posso.

– Mas *precisa*.

– Você é o único que pode me salvar. *Jurou* que o faria, eu não quero morrer.

Ele abriu os olhos, cercados por minúsculas gotas de sangue.

– Há um homem, longe daqui... O meu mestre, antes de eu me juntar aos Vigias. – Respirou fundo, devagar, tossiu tentando recuperar a voz. – Ele... pode salvá-la... se conseguir levar o livro para ele...

– E onde está o livro?

Adrass virou-se, tentou esboçar um sorriso.

– Já lhe disse... está na parte da biblioteca que não conheço, mas você pode encontrar. – Engoliu em seco. – E depois de fazer isso... procure Meriph, o ermitão da Terra do Fogo. Ele... ele a salvará... no meu lugar...

Fechou os olhos e pareceu perder os sentidos.

No escuro da sala, Adhara ficou sozinha. Quer dizer que havia salvação mesmo sem Adrass. Podia deixá-lo ali e continuar vivendo. Claro, as indicações que lhe dera eram bastante confusas. Mas podia encontrar o tal Meriph, a não ser que também tivesse sido ceifado pela peste. Mas, afinal, um ermitão não tinha muitas oportunidades de ser contagiado.

Se for embora, estarei livre. Dele e da doença. Ninguém poderá censurar-me, depois de tudo aquilo que este homem fez comigo.

Olhou pela última vez para aquele rosto cada vez mais pálido, para as finas lágrimas de sangue que riscavam suas faces.
Então levantou-se.
Danação!

Foi correndo. O barulho dos seus passos ricocheteava nas paredes. As flores de lactescência explodiam sob seus pés e o cheiro azedo irritava seu nariz, deixando-a vagamente tonta. Quase chegou a cair. Olhava rapidamente para as placas sobre as portas, enquanto o ruído da água se tornava cada vez mais forte.
Poesia.
Contos de heróis.
Contos de fadas e alegorias.
Crônicas dos deuses.
Nada que falasse em medicina, nada que deixasse pressagiar informações sobre a doença. Tudo estava confuso. A peste fora trazida pelos elfos e, quase certamente, eles também sabiam como curá-la. Mas muitos culpavam as ninfas simplesmente porque eram imunes. Era difícil, para não dizer impossível, destrinchar aquela situação desesperada. Em algum lugar, no entanto, no labirinto daquela biblioteca desmedida, havia a resposta. Mas onde?

Foi forçada a parar para enxugar o suor da fronte. De repente o ambiente tornara-se úmido, e as trepadeiras tinham desaparecido deixando o lugar para estalactites e estalagmites que despontavam por toda parte, pontudas como pináculos ou baixas e troncudas como toras. Havia delicadas velas, quase transparentes na luz pálida de sua magia, e verdadeiras cachoeiras de rocha que dominavam ameaçadoramente a sua corrida. A água filtrava de todo canto. Descia rápida das frestas da pedra e gotejava no chão, enquanto o gorgolejo ressoava em seus ouvidos, cada vez mais intenso e persistente.

Já não havia livros nas paredes, mas sim pesadas lajes de mármores gravadas. Evidentemente lá embaixo sempre houvera água, e os elfos guardaram lá os textos mais antigos, aqueles ainda não escritos nos pergaminhos.
Medicina.

Aquela palavra foi como um golpe no peito. Havia chegado. Precipitou-se dentro do aposento e se viu diante do que parecia ser uma caverna natural. As formações rochosas ali dominavam completamente o panorama. Era impossível dizer o que tinha chegado primeiro, elas ou as construções élficas. A pedra criava criaturas fantásticas, nas quais se enxertavam esculturas difíceis de interpretar de tão corroídas que eram pela água. Pareciam obras de cera derretida, de rostos irreconhecíveis e proporções alteradas. A sala ficava abaixo do nível do corredor e estava parcialmente alagada. A água entrava por uma larga abertura no teto, talvez devido a um desmoronamento repentino. Obviamente os elfos haviam desviado o seu curso, mas ao longo dos séculos ela tirara a sua desforra. Adhara se perguntou como era possível que o resto da biblioteca ainda se mantivesse seco. Tinham encontrado manchas de umidade nos andares superiores, mas nos inferiores os livros se mantinham em condições excelentes. Talvez um feitiço protegesse os manuscritos do desgaste. Sem pensar duas vezes, mergulhou na água que chegava ao seu peito. Movimentou-se devagar para as prateleiras submersas, tomando cuidado para não ser sugada pela correnteza que empurrava tudo para um furo lateral na parede.

Ficou remexendo entre as estelas espalhadas pela gruta. Puxou-as para fora e procurou lê-las. Estavam escritas em élfico, mas ela conseguia entender. Mais um presente de Adrass.

Deixou-se guiar pelas placas, procurando orientar-se. Estômago. Rins. Pulmões. Textos de anatomia sobre os vários órgãos, com ilustrações e tudo o mais. Lá embaixo havia um verdadeiro tesouro de conhecimentos pelo qual um sacerdote seria bem capaz de matar.

Procurou ficar calma, devia manter-se lúcida. Se deixasse a ansiedade e a pressa tomar conta dela, não conseguiria coisa alguma.

Quando acabou o seu exame das prateleiras visíveis, teve de investigar as submersas. Não foi fácil. A correnteza era bem forte, e logo que ela mergulhava a cabeça, tentava levá-la embora. Ler, então, era quase impossível. Limitou-se a dar uma olhada nas placas indicativas, para ver se havia alguma coisa interessante. De vez em quando saía da água para recuperar o fôlego, aí mergulhava de novo e retomava o trabalho.

Só na terceira estante conseguiu finalmente encontrar a seção dedicada às doenças contagiosas. As algas cobriam tudo, e muitas escritas haviam sido canceladas pelo tempo. Agarrou uma lousa e voltou à tona. Num lance de sorte, reconheceu alguns dos sintomas da febre provocada pela peste. Não podia saber com certeza se fosse a mesma doença, mas aquela era a única pista que ela podia seguir. A única esperança.

É preciso intervir sem perda de tempo, nos dois primeiros dias, pois do contrário a morte é praticamente inevitável devido à grande perda de sangue.

Ainda dava tempo. Mas tinha de correr. Leu o mais rápido possível, tentando memorizar os ingredientes e esperando que Adrass os tivesse consigo. Ainda não encontrara nada para si mesma, mas para ele e todos os demais contagiados pela doença talvez houvesse uma solução.

... sangue de ninfa. O efeito benéfico daquele sangue fresco e puro como água de nascente tem o poder de aliviar a febre e deter as hemorragias.

Foi questão de um momento. Caiu, puxada para baixo por alguma coisa que agarrara seu tornozelo. Acabou dentro da água, incapaz de orientar-se, segurando um grito para não se afogar. Estava sendo levada, mas manteve-se bastante fria para sacar o punhal e virar-se sobre si mesma. Viu alguma coisa esbranquiçada enroscada no seu pé e a golpeou com força. Finalmente, conseguiu voltar à tona e respirou fundo. Tossiu engasgada, tentando aproximar-se o mais rápido possível da saída. Algo morava naquela gruta, alguma coisa voraz acerca de cuja natureza ela preferia não indagar. Uma dor violenta forçou-a a virar-se de novo. Pôde vê-la entre o borbulhar da água que lhe chegava à cintura: era uma espécie de serpente, com pelo menos três braças de comprimento, transparente. Sob a pele distinguia-se o perfil de uma longa espinha que emitia uma fraca luminescência e o contorno impreciso de órgãos internos difíceis de identificar. E então a cabeça: dois grandes olhos cegos, dos lados de uma bocarra gigantesca, fechada na sua panturrilha.

Adhara tentou reagir usando o punhal, mas o animal se esgueirava ágil entre um e outro golpe, afundando cada vez mais seus dentes na carne viva.

Então ela respirou fundo e voltou a mergulhar. Observou a criatura mais de perto: era horrenda, algo saído do inferno. Não fazia ideia de como chegara lá embaixo, nem de como conseguia sobreviver. Agiu depressa. Dois golpes bem acertados e cortou a cabeça do bicho, que ficou mesmo assim presa à sua perna. Saiu da água, trêmula de frio e de dor. Tentou recobrar o fôlego e livrar-se daquele repulsivo animal, sem conseguir.

Seus olhos perceberam um movimento. Reflexos brancos e esverdeados. Mais criaturas. Uma, duas, dez. Não podia enfrentá-las. Pulou de pé, correndo desesperada para a saída. O globo luminoso, nesta altura já fraco, apagou-se por completo, e a escuridão só foi iluminada por aqueles corpos monstruosos que se juntavam implacáveis perto dela. Com muito esforço, Adhara sacou mais uma vez o punhal e, a duras penas, evocou novamente o fogo mágico. Vislumbrou a entrada da gruta e correu para lá o mais rápido que pôde. A perna infligia-lhe fisgadas de dor a cada passo, as roupas atrapalhavam tornando-a pesada e desajeitada, e a correnteza parecia ficar cada vez mais forte.

A saída era uma miragem, enquanto já podia sentir movimentos sinuosos em volta das pernas. Estavam perto. Apressou-se, ajudando-se com os braços, até tirar os pés do chão e começar a nadar.

Seus dedos roçaram na pedra dos degraus que percorrera para chegar até ali, agarrou-se neles e com muito esforço puxou-se para fora, rolando no piso seco. Ficou um bom tempo parada, de braços abertos, deitada de costas, com a respiração que nunca mais parecia se acalmar. Só depois levantou-se e olhou para a perna. A cabeça do animal continuava presa à carne, com dentes longos e pontudos como agulhas. Teve de lutar bastante para livrar-se daquelas mandíbulas, e a operação a fez gritar de dor. Examinou o ferimento. Uma mordida feia, mas nada de incurável. Adrass devia certamente ter alguma coisa em sua mochila.

Adrass.

O livro dizia que era preciso agir depressa. Tinha perdido a lajota de pedra enquanto lutava, mas não fazia mal. Ela se lembrava. Procurando se apoiar o mínimo na perna ferida, percorreu de volta o caminho que a levara àquele lugar maldito.

21
A DETERMINAÇÃO DE AMINA

Dubhe acompanhou escrupulosamente a convalescência de Amina. Era uma garota de raça forte, tanto física quanto moralmente, pois não se deixava abater com facilidade: procurou tentar melhorar as próprias condições, acatando as prescrições do sacerdote e treinando todos os dias. Foi melhorando a olhos vistos, e a velha rainha só podia alegrar-se com isso.

Descobrira uma afeição nova por aquela neta indômita e atormentada. Sempre lhe quisera bem, mas nunca tivera de fato a chance de conhecê-la profundamente. As obrigações da corte e a redoma protetora na qual a mãe a mantinha sempre haviam impedido que estabelecesse uma ligação sólida com Amina. Mas nunca deixara de ter simpatia por ela, quanto a isso não havia dúvidas, pois percebera alguma coisa na menina. Agora sabia o que era.

A garota se parecia muito com ela, até demais. Tinham a mesma atitude em relação ao mundo. E ambas, em muitos casos, sentiam-se deslocadas. Ela tivera Learco para ajudá-la, mas Amina não tinha o apoio de ninguém e, além do mais, estava passando por uma idade difícil.

Depois da conversa entre as duas, entretanto, a menina parecia ter mudado. Nunca mais mostrara sinais de rebeldia; ao contrário, parecia ter tomado uma decisão definitiva a respeito da vida. Uma decisão à qual se mantinha fiel com abnegação total. Dubhe ficou imaginando se não seria o caso de mandá-la de volta para casa. Afinal, ali estavam muito perto do campo de batalha, às vezes ela mesma participava dos combates, principalmente das operações mais delicadas, quando se tratava de guiar os exércitos em batalhas campais. Mas o que iria encontrar Amina ao voltar para Nova Enawar? Kalth escrevia bastante e contava de Fea, naquela altura completamente transtornada e incapaz de cuidar de si mesma. Nem pensar, então, que pudesse de alguma forma enfrentar o caráter rebelde da filha ou até mesmo ficar perto dela e ajudá-la numa hora tão difícil. O neto estava totalmente empenhado nos deveres do governo, e não se podia exigir dele que também tomasse conta da irmã. O palácio, naquela altura, era um lugar morto. Não era de surpreender que Amina tivesse decidido fugir.

De qualquer maneira, aqui é perigoso demais, continuava dizendo a si mesma Dubhe, e o problema permanecia sem solução.

Amina levou mais ou menos dez dias para se recobrar e ter condições de viajar. Naquele momento já não era possível adiar a decisão. Dubhe resolveu falar com ela para saber das suas intenções.

Convidou-a a jantar na sua tenda, ainda que normalmente fizesse as suas refeições com o resto da tropa. Seus homens tinham começado a dirigir-se a ela chamando-a de "general", uma maneira jocosa para mostrar até que ponto a considerassem uma deles. Mas aquela era a última noite da neta no acampamento, e Dubhe queria passar algum tempo sozinha com ela, a fim de comunicar-lhe todo o seu apoio e afeto.

Comeram com prazer e falaram muito. Amina estava curiosa acerca dos aspectos administrativos do acampamento e queria saber tudo da guerra. Dubhe contentou-a respondendo com fartura de detalhes às suas perguntas. Afinal, sempre tivera o maior interesse pela espada e pelos combates.

– Acompanhei a sua recuperação e reparei que já pode andar sem maiores problemas – disse, a certa altura.

A expressão da neta mudou de repente. Endireitou as costas no assento e seu rosto ficou sério. Era uma mocinha bem esperta e, na certa, já tinha compreendido aonde a avó queria chegar. Dubhe achou que ela merecia a verdade, sem muitos preâmbulos.

– Acredito que já esteja na hora de você voltar para casa – declarou, secamente. Aí aguardou pela reação. Esperava por uma cena, com gritos e veementes sinais de protesto.

Em vez disso, Amina continuou com a mesma expressão séria de antes.

– Posso explicar por que não acho uma boa ideia? – perguntou, calma.

Dubhe anuiu, surpresa.

Devia ter preparado aquele discurso durante todo o tempo em que ficara de resguardo, pois foi falando com precisão e segurança, como se o tivesse aprendido de cor.

– Sei que acha que o meu lugar é ao lado da minha mãe e do meu irmão, e pode ser até que você esteja certa. Pelo menos do seu ponto de vista. Depois do que eu fiz, acho normal que não confie em mim. Mas sinto que não posso voltar ao palácio. Sinto que o meu destino é outro.

Dubhe suspirou. Talvez a menina não tivesse mudado nem um pouco.

– Já falamos na vingança e em todas aquelas bobagens que lhe enchem a cabeça, e achei que você tinha entendido.

– E, de fato, não é a isso que estou me referindo. Por favor, deixe-me acabar. – Amina retomou o fôlego e prosseguiu de onde tinha parado: – Outro dia você disse que nós duas somos parecidas, e que quando nos acontece alguma coisa ruim precisamos dar uma chicotada no corpo e botá-lo para funcionar. Pensei muito naquelas palavras e as achei terrivelmente verdadeiras.

Tudo indicava que tinha encontrado o seu ponto fraco.

– Desde que papai morreu, senti dentro de mim uma raiva irrefreável. Tentei acalmá-la com a ideia da vingança, e a minha viagem se resumia justamente a isto: tentar calar aquela dor e acabar com tudo. Mas você me ajudou a entender que era uma coisa errada e, acredite, aprendi a lição. A raiva, contudo, continua intacta.

– É algo com que terá de aprender a conviver – interrompeu-a Dubhe. – Com o tempo vai ficar menos intensa, você vai ver, as coisas irão melhorar.

Amina meneou a cabeça.

– Acho que não e, lá no fundo, tenho certeza de que você tampouco acha.

Era verdade. Desta vez, Dubhe tinha sido pega.

– Depois também me falou do meu irmão – continuou Amina –, e fiquei impressionada com o que disse. Eu nunca dei muita confiança a Kalth. Mas, mesmo assim, até uma pessoa como ele conseguiu encontrar uma maneira de expressar a sua natureza para realizar algo de bom. Soube aproveitar todas aquelas horas gastas nos livros, que a mim pareciam uma total perda de tempo, para tornar-se nada menos do que um rei. E então pensei o seguinte: que talvez ele também estivesse cheio de raiva, que talvez se sentisse como eu. E a sua resposta foi arregaçar as mangas e salvar o reino do pai.

Dubhe, agora, ouvia com atenção. Percebia que havia uma nova consciência naquelas palavras, talvez Amina tivesse realmente pensado muito em tudo que acontecera, compreendendo qual fosse o seu destino.

– Escolhi o caminho errado – prosseguiu. – Joguei-me de cabeça na primeira coisa que podia afastar o sofrimento, e cometi um sério engano. Acredite, estou falando sério, e estou envergonhada. – Corou levemente, mas não parou: – Mas agora trata-se de mim e do que quero fazer. Acho que a coisa mais importante seja dedicar-me a alguma coisa útil para salvar a herança do meu pai.

– Fico feliz que tenha chegado a essa conclusão – aprovou Dubhe. – É justamente o que eu também achava.

Amina sorriu, tímida, mas continuou logo a seguir:

– Pois é, mas mesmo assim acredita que eu precise voltar a Nova Enawar. Já sei o que vai acontecer lá. Vão me prender no palácio, sem qualquer possibilidade de agir. Acabarei como minha mãe, que já não sai mais do seu quarto. Eu sei, porque era assim mesmo quando fugi.

– Não é verdade. Muita coisa pode ser feita mesmo dos aposentos de um palácio.

– Não diga algo em que você mesma não acredita. Pensei bastante naquilo que sei fazer – continuou Amina. – O estudo não é meu forte, nem todas aquelas coisas de mulher de que a minha mãe tanto gostava. Sempre estive interessada na espada, você sabe disso. E, portanto, o meu lugar é aqui.

A avó sacudiu a cabeça.

– Mantive-a aqui comigo só porque mandá-la viajar era perigoso demais. Este não é um lugar apropriado para você. Estamos em guerra, e eu, como já viu, luto pessoalmente nela. Não há defesas aqui, você está na linha de frente, e as coisas não têm nada a ver com o que se lê nos livros. Aqui se fala de sangue, de mortos, de homens que se tornam animais. Não há nada de heroico nisto tudo, e eu não quero que seja forçada a ver o que os meus olhos veem todos os dias.

– Sei disso, e concordo com você. Atravessei a metade do Mundo Emerso para chegar aqui e pude ver a guerra de perto. Sei o que é.

Alguma coisa no olhar dela convenceu Dubhe de que a menina sabia do que estava falando.

– Estão nos atacando e nós estamos nos defendendo. E eu *sinto* que poderia ser útil.

– Acha que sabe lutar, mas não é verdade. Já viu o que aconteceu com Amhal.

– Não estou nem um pouco convencida de saber lutar. É por isso que lhe peço para manter-me aqui e me treinar.

Amina soltou um longo suspiro e, finalmente, calou-se. Tinha dito tudo aquilo que devia. Agora era a vez da avó. E Dubhe estava sinceramente impressionada. Porque havia lógica e sabedoria naquilo que a neta dissera e a demonstração clara de que mudara. Muitas das coisas que ouvira da menina, ela mesma já tinha pensado. Era verdade que a corte não era um bom lugar para Amina, que lá dentro só poderia murchar, enredada nos deveres, nas convenções. E era verdade que um caráter como o seu tinha necessidade de ação. Havia um fogo naquela garota, algo que vibrava com a batalha. Pensara nisso desde o momento em que a vira chegar ao acampamento ferida. A sua teimosia, a sua perseverança ao enfrentar aquela viagem tremenda, quando levadas ao caminho certo, iriam produzir um guerreiro excepcional.

– Não – disse, afinal, sacudindo a cabeça. – Não pode pedir-me uma coisa dessas.

– Por que não me quer? Não quer treinar-me?

– Não é nada disso. Só não quero que siga o mesmo caminho que eu.

Dubhe sentiu um longo arrepio correr pela espinha. Porque fora com estas mesmas palavras que Sarnek, o seu Mestre, muitos anos antes tentara dissuadi-la de tornar-se um sicário. Amina era como a Dubhe de então, porém mais consciente, mais forte. Viu a história que se repetia, enroscando-se sobre si mesma num percurso tortuoso que sempre levava ao ponto de partida.

– Não é você que me impõe o seu caminho, nem sou eu a escolhê-lo. Quem decide por nós é a nossa natureza. E se agora você me disser não, eu sei que a vida encontrará, mesmo assim, um jeito de realizar os meus desejos. É o meu destino, avó. Você não pode mudá-lo.

Aquelas palavras diziam a verdade, e Dubhe sentiu-se abalada até o fundo da alma.

— Por favor, pense nisso. Não me enterre viva. — Seu rosto e seus olhos estavam cheios de uma súplica verdadeira e sentida.

— Dê-me um tempo – disse, finalmente, Dubhe, um tanto perdida.

Amina sorriu, um sorriso doce e grato. Aproximou-se. Abraçou-a. No começo, ambas estavam meio constrangidas, mas não demoraram a se deixarem levar. Dubhe apertou aqueles ombros miúdos, e Amina envolveu com os braços o pescoço da avó. Finalmente sentiam-se próximas.

A rainha concedeu-se uns dois dias para pensar no assunto. Não era uma decisão simples, e queria tomá-la com a mente mais lúcida possível. Mas calar a emoção era difícil. De repente, Amina lembrava-lhe o seu passado de forma dolorosa e viva. Nunca se perguntara como devia ter-se sentido Sarnek quando ela, pequena e perdida, cruzara com ele e pedira que a tornasse uma assassina. Agora quem tinha de tomar uma decisão parecida era ela. Recordava o que havia experimentado naquela época e imaginava se o mesmo se dava com Amina, se a menina visse nela a sua única tábua de salvação. A neta, na certa, não se encontrava sozinha e desesperada quanto ela estivera naquele tempo, mas chegara à beira dos mesmos abismos. Dubhe sentia-se oprimida por uma grande responsabilidade.

Como sempre, decidiu perder-se na luta. Empenhou-se mais do que o normal na frente de batalha, mas não adiantou. A frustração que tinha experimentado desde o começo devido à decadência do próprio corpo naqueles dois dias tornou-se mais aguda, ainda mais porque aconteceu uma coisa desagradável.

Tinha planejado uma missão nos mínimos detalhes. Tratava-se de sabotar um acampamento inimigo não muito distante. Decidiu participar pessoalmente. Reuniu um grupo de homens, os melhores que tinha, e partiram de noite: o momento mais oportuno para aproveitar ao máximo o elemento surpresa. Estabelecera que caberia a ela distrair a sentinela. Uma coisinha de nada, que já fizera dúzias de vezes. Só tinha de atraí-la em campo aberto e deixá-la fora de combate. Tudo fora calculado, não havia margem para erros.

O grupo mais consistente dos seus homens já estava pronto, ocupando sua posição. Ela se encontrava sozinha com um jovem. Atraiu a atenção da sentinela jogando uma pedra, e o guarda aguçou os olhos. Não demorou quase nada para ele fazer a coisa mais óbvia: dirigir-se à origem do ruído. Dubhe preparou-se para o ataque. Seguraria o soldado pelo pescoço jogando-o ao chão. Então um corte na garganta. Seco, preciso. Questão de um minuto e teriam o caminho livre.

Viu-o chegar e examinar as moitas em que ela se escondera. E deu o bote. Mas alguma coisa saiu errada. Talvez fizesse barulho demais, talvez não fosse bastante rápida. O fato é que errou a presa e não conseguiu pegar o elfo que saiu gritando para o acampamento. De nada adiantou o impulso com que o agarrou e afundou a lâmina em seus pulmões: o alarme já fora dado. Tiveram de desistir e se retiraram.

Ficou remoendo a coisa por um dia inteiro. Seu corpo já não respondia a contento, sua mão já não era tão forte.

Lutar já não é comigo. Em combate sou totalmente inútil.

O pensamento atiçava a sua raiva, e a frustração tornava-a emotiva demais, para um general como ela.

Foi naqueles dias que o acampamento recebeu as provisões. Chegavam uma vez por mês, através de um mercador que se prontificava a trazer os mantimentos de Nova Enawar. Transportava comida, armas e homens, os poucos que sobravam ainda em condições de lutar. Naquela manhã, enquanto Dubhe cuidava da distribuição dos víveres, reparou num rosto conhecido. Parecia sair diretamente do seu passado. Aqueles cabelos longos, em trancinhas, aquela pele escura, curtida pelo sol, eram inconfundíveis. Aproximou-se e tocou no seu ombro.

– Tori... – murmurou. O gnomo que lhe vendia poções e venenos quando ela era uma ladra, em Makrat, continuava o mesmo de então.

Ele, por sua vez, demorou algum tempo para reconhecê-la.

– Minha rainha... – disse, afinal, e seu rosto se iluminou.

* * *

Ficaram na tenda de Dubhe e conversaram longamente lembrando o passado. Já fazia cinquenta anos que não se viam, e mesmo assim não parecia ter passado tanto tempo.

– Quando vi a senhora de braços dados com Learco quase não consegui acreditar – disse Tori, rindo.

– Trate-me por você – disse Dubhe. – Afinal de contas, mesmo sendo uma velha, você continua sendo mais idoso que eu.

Tori piscou o olho.

– É a bênção e a maldição de nós, gnomos: temos uma vida longa! – exclamou, e levantou a caneca de cerveja com a qual brindaram.

Falar do presente foi difícil para ambos. Seguiram por caminhos completamente diferentes, e parecia que das pessoas que haviam sido não sobrava, agora, mais nada.

– Já não faço grandes negócios. Só trabalho para o exército. Poderia ter aproveitado para começar a vender alguma poção, dizendo que cura a peste, mas não faz o meu estilo – explicou Tori.

– Muito em breve não trabalhará nem mais conosco – comentou Dubhe com amargura.

Pareceu-lhe natural confessar suas preocupações. Tori fora a única pessoa em que confiara desde o começo. As suas maneiras diretas, a disposição para ajudá-la, todas as vezes que ela precisara, eram coisas de que se lembrava muito bem e pelas quais ainda se sentia agradecida.

– Acontece que já não tenho a força de antigamente – acrescentou com um sorriso cansado. – A guerra é para os jovens.

O gnomo deu de ombros.

– A experiência conta, e você tem bastante. Todos falam bem de você, os seus homens só têm elogios. Você mudou o rumo da guerra.

Dubhe desviou os olhos.

– Mas deste jeito não se pode vencer. Claro, os homens ficam contentes vendo a rainha ao seu lado, até combatendo com eles. Mas na batalha eu sou um peso morto. – Levantou uma das mãos, contemplando as rugas que teciam a pele. – Estou velha e fraca, e o meu corpo já não serve para certas coisas. Ah, se eu pudesse ter de volta a juventude... E não pense que se trata de vaidade. Só gostaria de ter a força e a agilidade de antigamente – concluiu, desconsolada.

Tori estava imóvel diante dela e rodava lentamente a caneca.

— Acha que realmente precisa?

Dubhe olhou para ele, interrogativa.

O gnomo colocou a caneca na mesa e se aproximou quase com ar de conspiração.

— Estudei muito nestes anos todos. E a minha arte progrediu. Digamos que descobri... umas coisas.

Ela continuou a fitá-lo, em dúvida.

— Inventei novos filtros, com propriedades diferentes dos venenos que lhe vendia. Digamos que ampliei o meu campo de ação. E obtive resultados interessantes. Alguns deles podem devolver o antigo vigor.

O coração de Dubhe deu uma reviravolta. Sabia que o gnomo estava dizendo a verdade. Quando ainda trabalhava para a Guilda dos Assassinos conhecera a temível Rekla, a Guardiã dos Venenos, que continuava com aparência jovem mesmo já sendo idosa.

— Trouxe comigo o meu mostruário – disse Tori –, embora estas coisas não tenham agora muito mercado. Tenho um vidro no meu carro...

Voltou a endireitar-se e esperou a reação dela. Dubhe continuou curvada sobre a mesa, em silêncio.

— Não creio que você precise – acrescentou o gnomo. – Mas se quiser experimentar...

Dubhe tomou um gole de cerveja e avaliou cuidadosamente a proposta.

— Quanto custa? – perguntou.

— Para você, nada – disse Tori, sorrindo. Então voltou a ficar sério. – Dura pouco, só o tempo de um combate. E exige um alto preço: quando o efeito acaba, a pessoa fica mais velha que antes. Quanto mais você toma, mais rapidamente envelhece.

— É uma espécie de pacto diabólico.

— Isso mesmo, infelizmente.

Dubhe não podia negar a si mesma que estava tentada. Mas era uma loucura, e se dava perfeitamente conta disso. E se o efeito se esvaísse durante o combate? E se encurtasse demais a sua vida, quem iria liderar os seus homens?

Poderia, de qualquer maneira, guardar a poção comigo. Para um caso de necessidade, pensou.

— Só quero salientar que se trata de uma solução desesperada, sabe disso, não sabe? — frisou Tori.
— Traga uma ampola — disse ela, decidida.
— Como quiser — respondeu o gnomo, fitando-a demoradamente. Engoliu o último gole de cerveja e se levantou.

Dubhe entrou na tenda de Amina quando já anoitecera. A garota estava na cama, mas ainda não dormia.
— Vovó... — disse com voz sonolenta.
Dubhe sentou-se ao lado dela e a olhou.
Talvez fora a visita de Tori que a tivesse levado de volta à idade da neta, ou talvez o fato de descobrir cruelmente os limites do próprio corpo. Quem sabe.
— Tomei a minha decisão.
Amina levantou-se apoiada nos cotovelos; o sono parecia ter sumido de repente.
— Ficará comigo, e eu a treinarei.
Um sorriso incrédulo espalhou-se no rosto da menina.
Dubhe levantou um dedo.
— Mas há duas condições: não irá lutar enquanto eu não achar que está pronta e obedecerá a qualquer ordem minha sem protestar. Estamos de acordo?
Amina anuiu com entusiasmo.
— Obrigada! — exclamou, abraçando-a.
Dubhe colocou a mão na sua cabeça.
— Não tenha tanta pressa em agradecer — disse, baixinho, e esperou jamais ter de se lamentar daquela escolha.

22
CHANDRA OU ADHARA?

Movimentar-se revelou-se bastante complicado. A mordida daquela serpente marinha alcançara o músculo da panturrilha, e cada passo era uma fisgada de dor. Apesar de lá embaixo fazer bastante calor, Adhara estava com frio e tremia.
Preciso me apressar, pois do contrário todos os meus esforços serão em vão.
Chegou à sala, arquejando esgotada. Adrass continuava nas mesmas condições em que o deixara. Agonizava no chão, e dois filetes de sangue riscavam-lhe a boca e o queixo. Encontrava-se inconsciente.
Adhara começou a remexer na sua mochila. Estava cheia de recipientes de todo tipo, junto com feixes de ervas e vários pergaminhos. Por sorte, havia rótulos identificando os ingredientes. Respirou fundo, precisava manter a lucidez.
Concentre-se. Lembre-se do que leu, disse para si mesma.
Precisava, antes de mais nada, de alguma vasilha para misturar a poção. Encontrou-a sem maiores dificuldades, mas, ao fazê-lo, seus dedos acharam um objeto conhecido: o estojo de pele que guardava os instrumentos usados por Adrass para evocar o rito que detivera as suas crises. A lembrança daquela dor, das terríveis sensações que experimentara, bloqueou suas mãos.
Mas o que está fazendo? Está se dando conta de quem está salvando?
Sacudiu a cabeça; afinal, não tinha outra escolha. Usou a água que sobrava no cantil e começou. *Arnica*. Foi examinando, frenética, os rótulos nos vidros. Encontrou e derramou na vasilha. *Digitális, drósera, beladona*. Lembrava uns cuidados recomendados no caso da beladona. Pois é, mas quais? A dor continuava a distraí-la, junto com a ansiedade que a dominava. O que veio em sua ajuda foram os conhecimentos pregressos. Podia ser um veneno. Devia ser usada em pequenas doses.

Quão pequenas?
Deixou cair uma pitada, esperando que fosse suficiente. E agora era a vez do ingrediente principal: *Sangue de ninfa*. Havia um vidro na mochila, mas quando o pegou viu que sobrava uma quantidade mínima. Um dedo, talvez, não mais do que isso. Não bastaria, ela o sentia. Apertou o queixo.
— Maldição! — exclamou, dando um soco no chão. De que adiantara arriscar a vida, se agora faltava a única coisa que de fato podia salvar Adrass?
Então, a iluminação. Lembrou a cena com todos os detalhes. Amhal, que espetava seu dedo e o comprimia até uma grande gota redonda de sangue se formar na sua pele. Voltou a sentir o contato dos seus lábios, a sensação de calor que experimentara.
Você tem sangue de ninfa.
Perdeu-se na imagem daquela lembrança só por um instante, e foi como voltar para casa. Então recobrou-se. Aqueles tempos já não existiam, e o Amhal de então acabara escondido não se sabe onde, sufocado por aquele ser desprovido de sentimentos que quase a matara. Não era hora para devaneios. Precisava salvar Adrass.
Deu uma olhada no ferimento. Não, melhor não usar aquele sangue. Podia estar contaminado pela saliva do monstro. Poderia interferir na eficácia do antídoto.
Sacou o punhal, viu-o brilhar na fraca luz do globo luminoso que tinha evocado. Escolheu o braço esquerdo, o da mão quase completamente insensível. As manchas haviam começado a invadir o pulso e despontavam por baixo das ataduras. Lá embaixo, na caverna, fora a última vez que o desespero lhe permitira usar aquele membro como arma.
Criou ânimo. Apoiou a lâmina na pele e finalmente cortou. Ajeitou o recipiente no qual colocara os demais ingredientes bem abaixo da ferida e deixou o sangue escorrer lá dentro, uma gota depois da outra. Não fazia ideia da quantidade necessária. Talvez muito. Amhal dissera que havia muito pouco de ninfa nela. Esperou, portanto, com paciência, tentando controlar a cabeça que rodava. Perguntou-se se estava agindo bastante depressa. Lá embaixo tinha perdido a noção do tempo, como numa noite eterna sem lua.

Logo que o recipiente ficou cheio pela metade, colocou-o no chão. Estancou a hemorragia com as mesmas ataduras que Adrass usara para a mão. Ali não tinham mais utilidade. A carne estava morta, quase inteiramente insensível ao tato. Já fazia algum tempo que não reparava no progresso da doença e não pôde deixar de notar que havia piorado. A pele estava rachada e as veias ressecadas, com as articulações e os ossos perfeitamente visíveis. Quando tentou apertar os dedos, eles mal conseguiram se mexer, e a mão fechou-se numa presa praticamente sem força.

Está perdida, disse a si mesma, aflita. Então o som de alguma coisa que gotejava trouxe-a de volta ao presente. O sangue continuava a coar da ferida. Apertou a atadura rezando para que bastasse, depois de impor um encantamento a fim de reduzir o sangramento. Terminou dissolvendo na mistura que preparara o sangue de ninfa do vidro de Adrass, e finalmente a poção ficou pronta.

Aproximou-se daquele corpo ofegante e levantou a cabeça dele. A carne parecia mais mole em relação ao que já fora, como se estivesse se desfazendo lentamente. As primeiras manchas já haviam aparecido, ainda claras, mas não demorariam a ficar pretas como fuligem.

– Adrass – chamou. Nenhuma resposta. – Adrass, preciso de você. Atravessei o inferno para ajudá-lo e nem sei o que me levou a fazer isto. Tem de acordar, só assim poderei curá-lo.

O homem mexeu levemente a cabeça. Adhara deu-lhe uns bofetes no rosto.

– Maldição! Vamos lá, reaja!

Finalmente abriu os olhos. Estavam embaçados, quase vazios.

– Adhara... – murmurou com dificuldade. Era a primeira vez que a chamava por aquele nome, e ela sentiu-se trespassar por aquela voz, tanto que não conseguiu deixar de sorrir.

– Abra a boca e tome tudo.

Apoiou o recipiente nos lábios ressecados e inclinou-o. Um pouco da poção caiu no chão, mas o instinto acabou levando a melhor; devagar, Adrass começou a engolir.

– Isso mesmo... – comentou ela, com voz suave.

Logo que acabou, voltou a deixá-lo deitado e ela mesma apoiou-se nos braços, exausta. A dor transformara-se numa cunha que afastava da sua mente qualquer pensamento, sua cabeça rodava e o mundo pareceu perder seus contornos. Suspirou. Não havia mais nada a fazer, só esperar que tudo desse certo. E rezar, como diria Adrass. Teve de esperar dois dias, pelos seus cálculos. Para medir o tempo baseava-se nas necessidades do seu estômago. Tentou dar de comer a Adrass também, mas ele nunca recobrou os sentidos, e então limitou-se a deixá-lo descansar. Depois de umas poucas horas a hemorragia estancou. Era um bom sinal. A febre foi baixando com regularidade, e a respiração tornou-se mais uniforme. Parecia estar melhor, e Adhara achou que podia finalmente cuidar de si mesma. O ferimento na panturrilha era a coisa que mais incomodava. Desinfetou-o com as ervas de Adrass e completou o curativo com a magia. Aquela pausa ajudou-a a recobrar as forças de que precisava. O corte no braço também parara de sangrar e, para ocupar a mente, decidiu ler. Encontrava-se no setor dos contos e descobriu que gostava deles. Histórias de guerra, é claro, mas também de heróis. E o bem sempre triunfava. Era o mundo como deveria ser, bem diferente do horror que fora forçada a ver durante toda aquela longa viagem. E, de alguma forma, era consolador mergulhar naqueles contos fantásticos, onde os protagonistas tinham obviamente de se ver com o mal, mas acabavam vivendo felizes e em paz. Não era como com ela e Amhal, sempre em precário equilíbrio entre o amor e a luta, torturados por um destino acima deles. Ficou imaginando se um tempo como aquele jamais existira, um tempo em que as coisas eram fáceis, os caminhos, retos, e os finais, felizes.

No terceiro dia, Adrass abriu os olhos. Olhou à sua volta, então viu Adhara.
— Chandra... — disse.
Adhara fitou-o.
— Não tinha começado a chamar-me pelo meu verdadeiro nome?
Ele pareceu não entender. Obviamente, não se lembrava.
Ela se aproximou, apalpou delicadamente sua testa.
— Como está se sentindo?
Adrass levou algum tempo antes de responder:
— Bem... Por que pergunta? Como deveria me sentir?
— Como alguém que sobreviveu à peste.

Contou tudo, passando por cima dos detalhes que podiam deixá-la constrangida, tais como os perigos que tivera de enfrentar para descobrir a cura. Pouco a pouco uma luz de consciência acendeu-se nos olhos do homem. Tentou levantar-se, mas evidentemente era cedo demais, porque empalideceu na mesma hora.

– Não comeu nada nesses dias, está fraco.

Adhara tirou da mochila um pouco de toucinho e o deu para ele, junto com um pedaço de queijo.

– Precisamos economizar os mantimentos; já estão quase no fim – protestou ele.

– Não é necessário. Esta é a porção que lhe cabe e que não comeu enquanto estava inconsciente.

Adrass mastigou devagar e por um bom tempo, sem nada dizer. Parecia mal. Só depois de acabar a refeição decidiu falar.

– Lembro que lhe disse para deixar-me para trás – comentou.

– Você é o único que pode salvar-me, e tudo indica que estou precisando mesmo de ajuda – replicou Adhara, mostrando a mão enegrecida. – Piorei.

– E quanto a Meriph?

Ela deu de ombros, displicente.

– Não podia deixar você morrer aqui.

Adrass amuou-se.

– A sua sobrevivência é tudo, achei que já tinha entendido, e você arriscou-a para salvar-me. Será possível que não entenda o quanto você é importante? E o que é essa atadura na panturrilha?

Adhara corou. Teve de contar a verdade.

– Ficou louca? Como pôde pensar em se arriscar até esse ponto?

Sentiu-se ferida nos brios.

– Acabo de salvar a sua vida, poderia pelo menos agradecer.

– Agradecer? Você tinha que me deixar aqui e seguir pelo seu caminho! – berrou tão alto que um acesso de tosse deixou-o sem fôlego.

Adhara encarou-o, aborrecida.

– Sabe por que não fiz? Porque não sou como você. Embora me tenha seviciado para seus próprios fins, vi-o sofrer e reconheci na sua dor o mesmo sofrimento pelo qual eu passei. Eu sinto pena de você. Para mim, as pessoas não são coisas a serem usadas a meu bel-prazer, nunca! – Esticou o braço, no qual era visível o sangue coagulado do corte que se infligira. – Dei-lhe o meu sangue, está entendendo? E faria de novo, isso mesmo, faria de novo. As máquinas, as coisas sem alma seguem em frente deixando os fracos para trás. As pessoas têm compaixão.

Calou-se, acalorada. Agora sentia vergonha. Daquela confissão sincera e sem falsos pudores, do seu gesto que quase a levara à morte. Mas era a pura verdade tudo aquilo que acabara de dizer. E pensou que, pela primeira vez, desde que acordara no gramado, tinha feito alguma coisa que de fato a qualificava como pessoa de verdade. Salvar o seu inimigo era, paradoxalmente, a melhor coisa que já fizera na vida.

Adrass não soube o que dizer. Abriu a boca algumas vezes, mas sem conseguir articular um som sequer. Acabou baixando os olhos, esticou-se no chão e virou-se para o outro lado.

Você, por sua vez, nunca vai mudar, pensou Adhara. Apanhou um livro e saiu da sala.

Tiveram de ficar ali por mais algum tempo. Adrass recobrava as forças bastante depressa, mas ainda estava fraco demais para seguir adiante. Por outro lado, Adhara começava a recear o que poderia esperar por eles nos andares inferiores da biblioteca; a sala alagada fora uma boa amostra do que poderia estar escondido por lá.

Nos dois dias seguintes, praticamente não se dirigiram a palavra. Adhara ficava dobrada em cima dos seus livros, enquanto Adrass examinava uns pergaminhos. Ela teve a impressão de que a cortina de hostilidade que sempre existira entre os dois se havia tornado mais espessa.

O silêncio foi quebrado no último dia de descanso, enquanto consumiam suas refeições.

– Precisa escrever a receita da poção que me deu – disse Adrass, com cara muito séria.

Adhara olhou para ele com ar de desafio.

– Por que está interessado? Já lhe disse o que realmente importa.

– Encontramos a cura para a peste, não acha justo compartilhá-la com o resto do Mundo Emerso?

Adhara ficou surpresa. Nunca poderia passar pela sua cabeça que Adrass fosse pensar numa coisa dessas. Até aquele momento havia sido completamente devotado à sua missão, a ponto de deixar suspeitar que não se importasse muito com o resto do reino.

Ele dirigiu-lhe um sorriso tristonho.

– Acha, por acaso, que não vi os mortos ao longo do caminho? Que não senti pena deles? Você nem pode imaginar como me senti quando tive de juntar os ingredientes que usei para o seu rito. A ninfa havia sido massacrada por pessoas que queriam o seu sangue. Não foi bonito de ver, eu garanto.

Adhara reparou num leve tremor nas mãos dele. Abaixou o olhar.

– Você não é do tipo que deixa transparecer facilmente sentimentos como esses – disse, quase se desculpando.

Ele a encarou.

– Era a primeira coisa que nos ensinavam quando nos tornávamos Vigias. Sufocar qualquer piedade por vocês. Ensinavam-nos a considerá-los coisas, conjuntos de membros sem alma nem vontade. Quem não superava esta simples prova não podia ser dos nossos. Nem pode imaginar quantas noites insones tive de enfrentar no começo. A dor que sentia quando via uma das moças consumir-se entre os meus braços enquanto tentava criar uma Sheireen.

– Por que se tornou um deles? O que o levou a juntar-se a esse tipo de gente? – perguntou, então, Adhara.

Adrass meneou a cabeça.

– Uma finalidade. Eu precisava de uma finalidade. Era o caçula de uma família de guerreiros. O meu pai e os meus irmãos mais velhos eram Cavaleiros de Dragão, a minha irmã era uma poderosa maga. Eu não tinha nascido para nada disso; era aniquilado pelo sucesso da minha família e sentia que a minha vida não me levava a lugar nenhum. Dakara, o fundador dos Vigias, tinha um brilho nos olhos, algo tão poderoso e fascinante que me convenceu a entrar. Quando o encontrei pela primeira vez me disse: "Thenaar tem um plano para você, Thenaar tem um plano para todos. E você vai nos ajudar na maior façanha de que o Mundo Emerso se lembre." Quis a minha presença porque não havia herborista tão bom quanto eu. Até então, este talento nunca me servira para coisa alguma, mas, ao que parecia, aqueles sacerdotes o consideravam precioso e necessário. Eu era bom naquilo, sabia curar. Tinha um dom que para muitos era só uma miragem. Tornar-me Vigia foi o que mudou a minha vida: a fé convenceu-me de que a minha existência não era inútil, de que eu também podia servir para alguma coisa. E este era um sentimento que nunca tinha experimentado. Sentir-me parte de um plano maior, uma pequena engrenagem de um mecanismo que fazia a história, era algo que me deixava excitado. Algo fantástico. Eles me diziam o que iria ser de mim, diziam no que acreditar, diante de quem me curvar. Não havia mais lugar para as dúvidas na minha vida. Tudo estava decidido. Tudo era extraordinariamente definido e claro.

Adhara, que conhecia muito bem aqueles dilemas, sabia o que ele queria dizer.

– Mas, depois de ver o que o forçavam a fazer, por que não voltou atrás?

Adrass sorriu com melancolia.

– Era o preço a ser pago em troca daquela maravilhosa sensação. E, além do mais, você nem pode imaginar como é fácil apagar qualquer sentimento, ver os outros como se fossem meros instrumentos, ainda mais quando você acha que está certo.

– Quer dizer que, para você, foi fácil não ter pena de mim? – perguntou com voz trêmula.

Ele a fitou por um bom tempo, quase constrangido.

– Era para um bem superior – murmurou.

– Mas, quando olhava para mim, quando fazia aquelas coisas, considerava-me realmente e somente o fruto de uma experiência?

Viu alguma coisa vacilar nele, a sombra de uma dúvida, algo que provavelmente ele não experimentava havia muito tempo.

– Você é a minha criatura, a coisa mais preciosa que tenho – respondeu.

Adhara suspirou.

Decidiram que no dia seguinte iriam retomar o caminho para os andares inferiores. Então se deitaram, e quando o fogo mágico se apagou Adhara ouviu Adrass murmurar para ela, no escuro:

– Não era fácil, nem um pouco, e continua sendo difícil até agora. – Palavras que chegaram ao seu coração, que mexeram com alguma coisa dentro dela. – Obrigado, Adhara, obrigado por salvar a minha vida – sussurrou, afinal.

Então, o silêncio.

23
PERDAS E CONQUISTAS

O ar em volta estava fresco e o vento acariciava seus cabelos. A paisagem corria abaixo dele entre cores quentes e árvores nuas. No passado um cenário como aquele o teria deixado sem fôlego. Agora, no entanto, não despertava nele a menor reação. Desde que passara a usar o medalhão, Amhal sentia-se livre, esvaziado de qualquer emoção. Um fardo a menos, pensou olhando para a joia que balançava em seu peito a cada batida de asas da viverna.

Empreendera aquela viagem seguindo o conselho de San. Depois de ouvir o relato sobre a batalha de Kalima, o seu mestre tinha sido categórico:

– Adhara é uma Sheireen, por isso encontrou-a novamente em seu caminho. Sabe muito bem que o destino de vocês dois é enfrentar-se e lutar até a morte. Se, como me disse, está ferida, é melhor que você aproveite logo essa sua fraqueza, antes que seja tarde demais. As Sheireen são as únicas criaturas no mundo capazes de nos destruir, e o seu dever é eliminá-las.

Aquelas palavras deixaram-no completamente indiferente. Amhal lembrava muito bem que chegara a amá-la. Mas agora aquela jovem nada mais era que uma inimiga, e esta era a única coisa que importava.

Sacou o punhal e examinou-o. Era aquele que tinha recebido de Kriss, antes de partir.

– É um artefato que desde os primórdios dos tempos acompanha o Marvash em sua missão – dissera-lhe, sorrindo. – Portanto, de alguma forma, pertence-lhe de direito. Serve para encontrar as Consagradas. Use-o como já fizeram os seus antepassados, e volte vencedor.

Amhal observou o risco luminoso que, da arma, se perdia a distância, na direção de Makrat. Ainda havia alguma coisa nele que não queria render-se à sua nova natureza. Mas desta vez não haveria mais titubeios. Estava decidido. Mataria a Sheireen sem qualquer misericórdia e, então, ficaria livre até desta última escravidão.

Não podia esperar mais. Esporeou a viverna e a incitou a voar mais rápido. A hora do acerto de contas chegara.

– Já podemos ir? – Adhara estudava a expressão de Adrass, curvado sobre ela para dar uma olhada nos ferimentos.

Ele a fitou apreensivo: a mordida e o corte no braço já tinham quase sarado, mas a mão ia de mal a pior.

– As suas condições gerais parecem boas. O que não me convence são as manchas. Achei que o rito iria desacelerar o processo, mas parece que eu estava errado.

Adhara já percebera que alguma coisa o preocupava, mas ouvi-lo falar daquele jeito deu-lhe um arrepio.

– Não poderia tentar de novo com o rito? – perguntou, baixinho.

Não tinha a menor vontade de repetir a experiência, mas, se aquele fosse o único jeito de salvar-se, estava pronta para tudo.

Adrass sacudiu a cabeça.

– Não há como arranjar os ingredientes aqui embaixo. E também usou todo o sangue de ninfa que eu ainda tinha. – Dirigiu-lhe um olhar meio repressivo, mas ela o ignorou.

– Então?

Um silêncio pesado pairou em cima dos dois. Adrass ficou bem sério e ponderou devidamente as palavras antes de continuar.

– Não há dúvida, precisamos continuar, e sem perda de tempo – disse, afinal. – Mas, se enquanto isso a situação não melhorar, teremos de levar em conta soluções extremas.

Adhara mordeu o lábio. Aquelas palavras não pressagiavam nada de bom.

– É somente uma hipótese, mas acredito que os tecidos doentes estejam contagiando os sadios. E esse é um processo que eu não posso deter.

– O que está tentando dizer?

Adrass debruçou-se para a frente. Em seus olhos havia compaixão, e Adhara quase ficou surpresa.

— Precisamos considerar a possibilidade de cortar a mão.
Ela se afastou, apertando por instinto o braço doente.
— Mas é só uma hipótese — sibilou.
— Isso mesmo, você está certa. Mas precisamos de tempo para encontrar uma cura, e cortar a mão fora nos daria esse tempo.
— Deve haver outra solução!
— Não, Adhara, não há, e pelo menos uma vez você deveria aprender a confiar no que eu digo!
Ficaram novamente calados, vencidos pelo tom acalorado das suas vozes, que naquela sala revestida de cristal negro ribombavam como trovões.
— Eu lhe peço, acredite no que estou lhe dizendo. Essa mão está perdida de qualquer maneira. Nunca voltará a ser o que era, pelo menos isto você sabe, não sabe?
Adhara olhou para o chão. Que aquela seria uma viagem desesperada, ela sabia desde o começo. Os dois sempre se haviam entregado a uma esperança sem sentido; agora, no entanto, o preço daquela confiança cega estava se tornando alto demais.
— Mas é a minha mão... — sussurrou.
Ele entendia o desespero da jovem e não soube o que mais dizer. Endireitou-se e ajudou-a a ficar de pé. Adhara deu-lhe a mão esquerda e sentiu claramente a pele ressecada e os ossos rangerem no aperto fraco e inseguro.
— Agora vamos, se ainda quisermos ter alguma esperança — disse Adrass, tentando esboçar um sorriso, que ela não conseguiu devolver.

Levaram quase um dia para percorrer o caminho feito por Adhara quando ela descera aos níveis inferiores à cata de uma cura para ele. Não se lembrava de ter andado tanto; evidentemente o medo de não chegar a tempo provera de asas seus pés.
Durante a descida quase não falaram. Depois da intimidade daquela manhã, parecia que cada um tinha reassumido o próprio papel e se mantinham fechados num silêncio reflexivo e obstinado.
— Quer dizer que chegou até aqui — falou ele, quando viu as primeiras estalactites.

– Um pouco mais adiante – respondeu Adhara, ouvindo o barulho da água. – Havia uma espécie de nascente onde encontrei a gruta de que lhe falei.

Adrass se deteve, como se avaliasse a situação.

– Acho que deveríamos dar mais uma olhada por lá.

– Mas é um lugar perigoso. Já viu a minha perna...

– Vi, sim, mas poderia haver alguma coisa boa para você.

– Nunca lhe perguntei, mas em que setor acha que vai encontrar o que estamos procurando?

Adrass corou.

– Uma biblioteca é parecida com um horto botânico – explicou. – Há plantas benéficas, medicinais, decorativas, mas também venenosas. Da mesma forma, numa biblioteca também há livros... perigosos. Já deveria saber que quem inventou a Magia Proibida foram os elfos.

– Eu sei.

– Acredito que todo aquele conhecimento esteja guardado em algum lugar, provavelmente lá embaixo, nos recantos mais escondidos e escuros da biblioteca. Eles costumavam chamá-la de Magia Oculta. É justamente o que estou procurando.

– Foi com a Magia Proibida que me deu a vida?

Um tanto constrangido, Adrass anuiu.

– E o que espera encontrar, então, no setor da medicina?

– Recorremos a muitos conhecimentos diferentes para a criação das Sheireen, inclusive às artes médicas. Poderia haver alguma coisa útil, quem sabe, para a sua mão.

Adhara ficou um bom tempo olhando para ele.

– Nem penso em voltar para lá – declarou, decidida. – Nem que fosse o único jeito de salvar a minha mão.

– Então eu irei.

– Aqueles monstros atacam qualquer coisa que se mexa.

– Quer dizer que terá de me dar cobertura – rebateu ele, sorrindo.

Adhara postou-se portanto na entrada da sala, criando com as mãos um globo luminoso para aclarar a escuridão, e Adrass entrou. Era tudo como aquele dia, quando chegara até lá tomada de angústia. A água continuava correndo mansa entre as prateleiras.

Podia até parecer um lugar encantado, não fosse por aquilo que escondia.

Logo a seguir um brilho repentino a fez estremecer. Agiu de impulso: uma palavra, uma rede mágica fechou-se em volta da serpente. Ela tirou então o bicho fora da água e o deixou morrer. Na luz do fogo mágico aquelas criaturas eram ainda mais aterradoras.

– Mexa-se! – disse, quando três animais já agonizavam debatendo-se no chão, diante da entrada da sala.

Adrass voltou a aparecer, ofegante, com uma tábua na mão.

– Esta poderá ajudar! – gritou.

Adhara sentiu um nó na garganta. Ficou imaginando se aquela tábua poderia de fato salvar sua mão ou se a condenaria para sempre.

Não demoraram a perceber que o corredor pelo qual estavam passando ia se tornando cada vez mais estreito; começavam a vislumbrar, através dos arcos laterais, o outro lado da espiral em volta da qual a biblioteca havia sido construída, sinal de que o percurso se enroscava cada vez mais sobre si mesmo.

– Este lugar é um funil – comentou Adrass. – Quanto mais descemos, mais ele fica apertado.

– Acha que o setor que procuramos está no fundo? – perguntou Adhara debruçando-se do passadiço.

– Espero que não – respondeu ele, enxugando o suor. Estava começando a fazer calor e havia cheiro de enxofre.

Não faziam ideia de quanto tempo se passara desde que entraram na biblioteca. Parecia quase que sempre viveram lá embaixo, no escuro, e começavam a ter a impressão de que aquela descida nunca mais ia acabar.

Passaram por uma nova seção da biblioteca. A placa na entrada das salas dizia: Filtros.

– Estamos começando a tratar de coisas perigosas – comentou Adrass, com um sorriso sarcástico. As prateleiras, de ébano maciço, estavam cobertas por enormes teias de aranha, tão espessas quanto cortinas de pano. E havia mais delas no chão, e algumas tornavam difícil a passagem. Em duas ou três ocasiões, Adhara correu o risco de cair.

— Segure-se em mim — sugeriu Adrass, guiando-a através daquele labirinto. Adhara percebeu o calor quase paterno do seu aperto. Indicava-lhe o caminho com cuidado, testando ele mesmo o percurso com os pés, antes de prosseguir.

Cautela devido à sua total dedicação à missão, só isto, tentou dizer a si mesma, mas, naquela altura, já não conseguia acreditar.

Quando pararam para comer, Adrass olhou para ela de um jeito diferente, quase com afeto.

— O que houve com você depois que San destruiu a Sala? Nada sei a respeito daquele período... — perguntou.

Adhara descreveu o despertar no gramado, as sensações que tinha experimentado naqueles dias. E falou de Amhal. Tentava não pensar mais no que ele fora, no sentimento que o rapaz suscitara nela. Naquela altura, toda vez que se lembrava dele, só conseguia ver seu rosto quando não hesitara em ferir Amina. Mais que qualquer outra, aquela imagem permitia-lhe sufocar toda forma de piedade e sepultar no fundo do coração o amor que sentira.

— Ele... ele me deu um nome — explicou, afinal. — E para mim foi como nascer. Já não era o rosto desconhecido que vira refletido no riacho, finalmente eu era alguém.

Não teve força para continuar.

— Sinto muito... — murmurou Adrass.

— Você não tem culpa de Amhal ter feito a sua escolha — disse ela.

— Mas sou culpado de você não ter um nome. — Olhou para ela intensamente, quase com desespero. Então segurou sua mão esquerda. — Adhara...

Era a segunda vez que a chamava assim, e a cada vez parecia falar de forma mais real, mais verdadeira. Porque, embora Amhal lhe tivesse dado aquele nome, era Adrass que agora estava pouco a pouco dando àquele nome um significado.

— Eu sei — disse, esquivando-se suavemente do aperto. — Quanto tempo acha que ainda podemos esperar?

— Só até amanhã. Os dois dias se passaram — respondeu ele. — Agora é melhor descansarmos.

Deitaram-se e escorregaram lentamente num sono inquieto.

* * *

Decidiram tentar ao entardecer. Avaliaram os mantimentos que lhes sobravam e concluíram que, mesmo racionando-os com cuidado, só iriam durar mais uma semana. Era óbvio, portanto, que não haveria tempo para descansar e recobrar as forças depois da intervenção.

– Farei o possível para evitar que sofra, mas de qualquer maneira trata-se de uma amputação.

Adhara apertou os lábios e anuiu. Um pedaço dela estava indo embora. O que mudaria em seguida? E ao que mais teria de renunciar antes que tudo acabasse?

Continuaram descendo, num ar que a cada passo se tornava mais quente e abafado. Dali a pouco as teias de aranha sumiram, junto com as aranhas gordas e hirsutas que tinham vislumbrado na penumbra. E as paredes de rocha começaram a ficar coloridas. Havia gravações estranhas, traços de um vermelho escuro que parecia sangue ressecado.

– São runas misteriosas – explicou Adrass. – Símbolos sombrios da Magia Proibida.

À medida que avançavam, os sinais nas paredes tornavam-se cada vez mais vivos, enquanto alguma luminosidade começava a emergir do fundo do abismo. Quando se debruçaram, ficaram sem fôlego. Dava para ver o fundo. Uma mancha de um amarelo intenso fervilhava devagar. O vermelho ardente das bordas acabava num recortado contorno preto.

– Lava... – murmurou Adhara.

– Só pode ser por aqui – acrescentou Adrass. Então fitou-a com olhos cheios de excitação febril. – Estamos quase chegando.

Não demoraram a entender por que os frisos nas paredes eram visíveis mesmo no escuro: eram estrias de lava. Talvez algum tipo de magia prendesse o magma na parede, impedindo que saísse. Era ao mesmo tempo fascinante e terrível. Tudo parecia pulsar de vida, em volta. Alguma coisa desconhecida devia estar certamente esperando por eles lá no fundo.

Pararam numa sala. A placa dizia: ENCANTAMENTOS DE DEFESA. Magia, finalmente. Não passava de uma caverna toscamente esboçada, toda coberta por aqueles frisos vermelhos, a não ser no chão, onde as mesmas fórmulas e os mesmos símbolos eram reproduzidos em veios de cristal negro. Os livros estavam guardados atrás das costumeiras grades de ferro, sinal de que seu conteúdo não era nem um pouco inócuo.

Adrass comeu alguma coisa, mas Adhara não conseguiu. Sabia o que esperava por ela, ainda que já não tivesse medo de ser tocada pelas mãos dele. Agora tinha certeza de que o homem faria o possível para não machucá-la.

Quando acabou, Adrass levantou-se devagar e começou a aprontar os instrumentos para a operação. Adhara estremeceu. Drenos, bisturis, serrotes. Lembrava-se deles. Já os vira no laboratório, o lugar onde nascera.

— Feche os olhos; acho melhor você não olhar.

Adhara seguiu o conselho. Mas o escuro povoou-se de horrendos barulhos metálicos. Sentiu o suor gelado escorrer pela espinha até encharcar, pouco a pouco, o corpete.

— Não tenha medo.

— Não tenho. — Engoliu em seco.

— Está sentindo alguma coisa?

A voz de Adrass parecia vir de outra dimensão. Acenou que não com a cabeça.

Começou, e com horror percebeu que tinha perdido toda a sensibilidade na mão esquerda. Ouvia o som da lâmina que incidia a carne morta, o rangido dos ossos sob o serrote. Mas nem sombra de percepção, como se aquele membro já não lhe pertencesse.

Começou a chorar. As lágrimas desciam ao longo do contorno das faces, lentas, inexoráveis. Sentiu a mão dele, quente, que as recolhia suavemente. Entregou-se por um momento àquele contato. Pela primeira vez compreendeu que Adrass não era somente o seu torturador. Era o homem que a criara, que a tirara do túmulo para dar-lhe vida. E isso já não lhe parecia o ato sacrílego de um louco, mas sim a prova de amor de um pai. Porque de alguma forma estranha e distorcida era justamente isso que Adrass estava se tornando para ela.

Afastou-se, apertou os olhos, esperou que tudo acabasse. Ouviu o som dos instrumentos sendo guardados.

— Foi a parte mais fácil — disse ele, com voz trêmula. — Agora precisa manter-se firme, está bem?

— O que vai fazer?

— Só tirei a parte morta, por enquanto, agora preciso queimar também o tecido infectado pela doença. E ele ainda está vivo. Usarei a magia, mas não será agradável. Tenho alguma coisa que vai aliviar a sua dor, mas não vou mentir: vai doer.

Adhara recorreu a toda a sua coragem.

Adrass inseriu entre os seus lábios uma ampola de conteúdo amargo. Tomou tudo e logo sentiu-se desfalecer. Caiu ao chão devagar, acompanhada pelo braço dele que a sustentava pelo pescoço. Por alguns instantes perdeu os sentidos, pois a escuridão tornou-se absoluta e toda percepção desapareceu.

O que a trouxe de volta foi a dor. Sentiu alguma coisa corroer sua carne e gritou desesperada. Sentiu as pernas se mexendo sozinhas, ouviu a própria voz como se não lhe pertencesse e percebeu o aperto firme de Adrass que segurava seu braço esquerdo. E depois uma ladainha, longínqua, mas claramente audível. Alguma coisa à qual se agarrou com todas as suas forças.

— Só falta pouco, estou acabando, estou acabando.

E então a mão dele que soltava a presa, a dor que ficava pulsante, surda. Abriu os olhos.

Estava deitada, exausta.

— Acabou — disse Adrass, tão esgotado quanto ela.

Adhara fechou novamente os olhos. A não ser por aquela dor excruciante, nada parecia ter mudado. Mas sua mão se fora.

Chorou como nunca tinha feito antes na vida, sem freios, como uma criança. Apertou com força a mão de Adrass, a mão do inimigo, a mão do pai. Ele a abraçou em volta dos ombros, apertando a cabeça dela contra o peito. Mesmo naquele desespero, Adhara percebeu um pingo de calor naquele abraço, e isso bastou para que se sentisse menos sozinha.

24
ABSOLVIÇÃO

Um quarto dos horrores. Foi isso que os emissários de Theana e Dubhe encontraram na casa de Uro. A maga ouviu com crescente angústia o relato dos seus homens. Havia vidros cheios de sangue de ninfa e cadáveres cuja decomposição só era impedida por processos mágicos. No porão estavam trancadas uma dezena de ninfas vivas, das quais periodicamente era tirado o sangue. Uro concebera aquela insanidade sozinho, e só levara adiante o ignóbil trabalho.

Quando os soldados começaram a libertar as prisioneiras, o gnomo pareceu enlouquecer:

— Vocês não estão entendendo! Eu estou salvando o Mundo Emerso! Sou o herói de toda uma época!

Tiveram de recorrer à força para levá-lo embora.

Agora o Ministro Oficiante estava diante de Kalth, imóvel. Uro era mantido prisioneiro alguns andares abaixo dos seus pés. Theana preferiria que estivesse morto, uma vez que em parte havia sido sua cúmplice. Não o detivera de imediato, dera-lhe crédito e chegara a usar aquela cura, provocando a morte não se sabe de quantos inocentes. Só de pensar nisso ficava enjoada.

O rei estava sentado do outro lado da ampla mesa que ocupava a sua sala de trabalho, um aposento no último andar do Palácio do Conselho. Era ali que se abrigava quando o peso do mundo se tornava oneroso demais sobre seus ombros. Estava lendo o relatório que Theana preparara. Não demonstrava qualquer emoção. Limitava-se a ler, uma linha após a outra. Então, finalmente, deixou o pergaminho na mesa.

— Ótimo trabalho — disse, lacônico.

Theana afrouxou os punhos.

— Acho que esse homem precisa ser punido quanto antes.

— Farei isso. Após um julgamento justo.

Theana pareceu surpresa.

– Não posso deixar-me levar pelo arbítrio – explicou Kalth.
– Mas os tempos...
– Claro, os tempos, a peste, a guerra... É justamente em horas como estas que precisamos nos manter fiéis às leis e aplicá-las de forma impecável. O mundo está escorregando no caos justamente porque já não há regras. Mas, se quisermos sobreviver, não podemos trair a nós mesmos.

Theana deu um passo adiante.

– Muito justo, mas de qualquer maneira acho que seria melhor não tornarmos a coisa de conhecimento público. As ninfas já estão sendo mortas em cada esquina porque são acusadas de espalhar a doença. Se o povo soubesse que o seu sangue tem de fato propriedades curativas, seria uma verdadeira chacina.

– Concordo plenamente. E, com efeito, a história não sairá destas quatro paredes. Todo o processo será mantido em rigoroso sigilo.

Theana suspirou aliviada. Depois voltou a olhar para o rei.

– Há mais uma coisa sobre a qual precisamos conversar.

O jovem ficou atento.

Theana partiu ao alvorecer do dia seguinte. Kalth confiou-lhe um dragão que a levaria de volta à Terra da Água o mais rápido possível e assegurou-lhe que a missão dela seria mantida em segredo. Mas exigiu alguma coisa em troca.

– Sei que mandou seus homens destruírem a poção de Uro, mas eu preferi ordenar que a sequestrassem.

Theana olhara para ele, interrogativa.

– Estes são tempos difíceis, e não podemos correr o risco de mais baixas. Uma ulterior difusão da doença seria o fim. Um preço que não podemos de forma alguma pagar.

E então Theana entendera. Por alguns instantes, as palavras de Kalth pareceram-lhe ajuizadas.

– As ninfas que foram massacradas por causa daquela poção nunca poderão voltar à vida, de forma alguma. O crime já foi cometido, e Uro pagará por ele. Mas não há motivo para que o sacrifício delas seja desperdiçado. Pense bem. Destruindo-a, tornaria vã a morte de dezenas de inocentes.

— Mas seria o mesmo que endossar o que Uro fez! Seria como admitir que ele estava certo! — insurgira Theana.
— Trata-se apenas de uma questão de oportunidade. Só isso. Se estivéssemos pensando em preparar mais poção segundo os métodos de Uro seria bem diferente; mas aqui estamos falando de usar a de que já dispomos.

Depois de uma longa discussão, Theana cedera. Tentada por aquela lógica, extenuada pelos sentimentos de culpa que a devoravam, acabara concordando.

Quando descera à sua sala de trabalho a fim de aprontar a pouca bagagem para a viagem, os vidros que os seus homens haviam recolhido já tinham desaparecido. E então abrira-se nela uma espécie de voragem, um abismo que, enquanto rasgava o céu na garupa do dragão, parecia querer engoli-la.

Chegou finalmente a avistar a Terra da Água, e foi tomada por um arrepio. Que palavras usaria agora? Com que coragem poderia comparecer diante das ninfas, depois daquilo que fizera e que continuava fazendo?

Fechou os olhos, tentou rezar. Sempre funcionara, no passado. Toda vez que tivera dúvidas, toda vez que se sentira perdida numa situação difícil, bastara-lhe pedir ajuda a Thenaar, e o deus iluminara-lhe o coração com uma centelha de paz. Voltou à sua mente a figura do pai, no qual não pensava havia muitos anos. Ele chegara ao extremo sacrifício por Thenaar; para ser coerente consigo mesmo e com aquilo em que acreditava, ele enfrentara a morte. Lembrou a maneira doce e paciente com que lhe ensinara os segredos das artes sacerdotais, recordou o tempo que passaram juntos.

Rezou com mais intensidade. Mas desta vez nenhuma voz chegou de cima. O céu se mostrava terrivelmente vazio, e Thenaar não deixava ouvir a sua voz.

Um sentimento de raiva e frustração tomou conta dela, junto com uma profunda lástima. Onde tinha errado? Como e quando perdera tudo aquilo que possuía?

Chegou ao destino após cinco dias de viagem. O lugar não ficava muito longe dos confins com a Terra do Mar. A parte da Terra da

Água ainda não invadida por Kriss não passava agora de uma estreita faixa de terra junto da fronteira. Mas, bem antes da chegada dos elfos, as ninfas tinham perdido o palácio real de Laodameia. Tiveram de fugir para se abrigarem num território especialmente destinado a elas. O próprio Exército Unitário se encarregara de protegê-las, pois as ninfas nunca tinham tido um exército próprio. Os humanos haviam se tornado perigosos, e, naquela altura, a convivência era impossível, razão pela qual foram confinadas numa base vigiada ininterruptamente pelos soldados, noite e dia.

Foi lá que Theana pousou. Vestia roupas comuns. Era imperativo que ninguém soubesse da sua missão.

O acampamento nada mais era do que uma ampla área cercada por uma paliçada de madeira, dentro do qual, na mata fechada, corria a rede de riachos típica da Terra da Água. Num canto havia sido montada uma grande barraca de uso exclusivo dos soldados. No mais, nenhuma outra construção podia ser vista. Não era necessário, pois as ninfas se encarnavam nas árvores: era ali que descansavam, não precisavam de qualquer outro tipo de morada. Só aceitavam as paredes de pedra quando se casavam com humanos, acontecimento cada vez mais raro. Neste caso abandonavam seus hábitos e viviam conforme os costumes dos homens, sempre sentindo falta das florestas.

Theana avançou insegura, sem saber onde procurar.

Uma voz repentina fez com que se virasse:

– Seja bem-vinda, Ministro Oficiante.

Era uma delas. Linda, diáfana, feita de água pura. Levou as mãos ao peito e baixou a cabeça em sinal de saudação. Mas, quando a levantou, a maga reparou que em seu olhar havia uma sombra de dureza.

– Por aqui – convidou-a a ninfa.

Theana deteve-a com um gesto.

– Não vejo tendas nem edifícios por aqui, mas temos de tratar de argumentos bastante delicados, e preferiria não fazê-lo ao ar livre.

– Por aqui – insistiu a ninfa, seguindo em frente sem dizer mais coisa alguma. Theana acompanhou-a. Precisava mostrar a maior condescendência possível, a sua missão já era bastante difícil.

Chegaram a uma pequena clareira. No meio havia uma grande pedra plana, circular. A ninfa indicou-a e Theana sentou-se nela, indecisa. Então, sem acrescentar uma palavra sequer, a ninfa foi embora. Os galhos acima dela moviam-se no vento, descortinando e ocultando o pedaço de céu lívido que Theana conseguia ver de onde estava. Encontrava-se sozinha. Olhou em volta tentando entender o que deveria fazer. Os troncos ao seu redor começaram a gemer, então quase pareceram espreguiçar-se. No começo achou que era só uma impressão, mas eles continuaram a esticarem-se, a dobrarem-se, a mudar de aspecto até se juntarem uns aos outros, formando um pequeno lugar abrigado. Era uma espécie de abóbada acolhedora, iluminada somente pelos raios que filtravam através dos galhos entrelaçados.

Não precisou esperar muito. As ninfas desencarnaram-se dos troncos uma após a outra, em silêncio e com elegância. Depois de tomar forma, cada uma delas levava as mãos ao peito e baixava a cabeça em sinal de saudação. Theana respondeu oito vezes. A nona ninfa surgiu da árvore maior. Theana ajoelhou-se. Só a vira umas poucas vezes, mas se lembrava dela: Calipso, a atual rainha.

– Bem-vinda – disse ela, seus longos cabelos lambendo o chão. Era só um pouco mais alta que as demais ninfas, e havia alguma coisa real em seu aspecto que deixava logo bem clara a sua posição. – O que a trouxe até aqui?

– Assuntos da maior importância para a sobrevivência deste mundo.

Calipso sentou-se, e Theana fez o mesmo.

A ninfa não escondeu o seu aborrecimento:

– A sobrevivência do mundo dos homens, imagino que era isto que você queria dizer, pois o nosso destino já está marcado. – Com um gesto da mão indicou o lugar onde se encontravam. – Eis o que sobrou da corte de Laodameia, do reino que penosamente tínhamos construído. Um barraco de madeira e um acampamento onde estamos confinadas como prisioneiras.

Theana baixou os olhos. A coisa poderia ser ainda mais difícil do que ela previra.

– Estamos fazendo o possível para ajudá-las.

O rosto da rainha abrandou-se.

– Sabemos que o seu rei e os demais monarcas estão do nosso lado, mas o que nos assusta são as pessoas comuns. O ódio e a maldade delas dizimaram o meu povo. Muitas de nós desapareceram nestes últimos tempos e não sabemos o que houve com elas.

Theana engoliu em seco. O momento chegara.

– Talvez, pelo menos neste ponto, eu possa ajudar.

Contou sobre Uro, sem esconder coisa alguma, esperando que o seu ato de boa vontade pudesse ser apreciado. Quando acabou, no pequeno nicho onde estavam fez-se um silêncio tumular.

– Chegamos a isso? – perguntou Calipso, devagar.

– O gnomo que mencionei está preso, o seu laboratório foi destruído. As ninfas foram libertadas e estamos cuidando delas para que possam voltar para cá sãs e salvas.

– Queremos que seja entregue para nós – sentenciou com dureza Calipso. – Queremos o responsável.

– Uro cometeu um crime tremendo, pelo qual será punido na Terra do Sol.

– É um crime que cometeu contra as ninfas, é portanto justo que caiba a nós puni-lo.

– Mas um ato como esse, perpetrado contra qualquer raça do Mundo Emerso, é um delito contra todo o Mundo Emerso. É por isso que o nosso soberano quer processar Uro. A sobrevivência, o bem-estar das ninfas não são coisas que só têm a ver com vocês. São um problema de todos.

Calipso pareceu ponderar o assunto.

– De qualquer maneira, quero que uma delegação nossa assista ao processo e participe do veredicto.

Theana anuiu. Kalth já previra o pedido.

– A sua delegação poderá voltar comigo, se assim quiser.

Mais silêncio.

– Foi só por isso que veio até aqui?

Theana sacudiu a cabeça e passou ao motivo fundamental da visita, sem mais perda de tempo:

– A cura descoberta pelo gnomo funciona. Vocês são imunes à doença, e o segredo dessa imunidade, ao que parece, está no seu sangue. É a única cura de que dispomos, por enquanto. Por mais que tenhamos procurado, não conseguimos encontrar outra.

Sentiu-se investir por uma onda de hostilidade. As ninfas já tinham entendido.

– O que Uro fez é terrível, e não queremos que seja feito de novo. Mas o sangue de vocês continua sendo a nossa única salvação.

– Diga logo o que quer, e diga depressa.

– Gostaria de pedir a sua ajuda. Gostaria que concordassem em doar periodicamente um pouco do seu sangue para o preparo da cura. Não muito, só um pouco, para que vocês não venham a sofrer consequências.

Calipso permaneceu em silêncio, imóvel como uma estátua. Theana ficou esperando, sem coragem de continuar. Sabia que estava pedindo muito, e cada palavra tinha de ser ponderada.

– Desde que toda esta história começou, não fizeram outra coisa a não ser nos apontar como a causa da doença. Começaram a nos matar, chegaram a beber o nosso sangue e nos confinaram aqui, o único lugar onde agora podemos nos considerar seguras. E agora pedem a nossa ajuda. Que vantagem tiraremos disso? Por que deveríamos ajudar os nossos algozes?

– Nenhum de nós as perseguiu, nenhum de nós apontou-as como sendo a causa da doença. Procuramos, ao contrário, protegê-las, fizemos o possível para desencorajar esses crimes. Mas não temos bastantes homens para fazê-lo. Já não há homens suficientes nem mesmo para defender o palácio. O Mundo Emerso está morrendo, sob os golpes da peste e da guerra.

Theana voltou a ficar de joelhos.

– Quanto a mim, só posso pedir desculpas por aquilo que houve com vocês, e o faço em nome de todos os povos do Mundo Emerso. Assumo o peso da culpa, pois eu mesma, afinal, não sou isenta. Confiei em Uro, usei a sua cura, tornando-me dessa forma cúmplice do seu crime. Por isso, imploro que me perdoem.

Sentiu um leve toque no ombro. Levantou a cabeça e viu Calipso acima dela, maravilhosa e altiva. Não havia raiva em seu olhar, só um abismo de dor.

– Levante-se – disse. – Você não tem culpa.

Theana sentiu um vento repentino levar para longe as nuvens que pesavam no seu coração. Endireitou-se, trêmula.

– O que irá acontecer se nos recusarmos? – perguntou a rainha, reassumindo sua atitude impassível.

— Nada — respondeu Theana. — Desistiremos de qualquer esperança e morreremos. Mas, eu juro, qualquer que seja a sua decisão, não permitirei que lhes seja feito qualquer mal. É um compromisso meu, pessoal. A notícia do descobrimento da cura, e portanto dos ingredientes, não foi divulgada e nunca o será.

As ninfas permaneceram imóveis por um tempo que, a Theana, pareceu uma eternidade.

Quem interrompeu aquela espera infinita foi Calipso:
— Pode ir. Será informada quanto antes acerca da nossa decisão.

Chamaram-na naquela mesma tarde. Quando entrou no nicho abobadado nada parecia ter mudado. As nove ninfas ocupavam os mesmo lugares de antes, e o olhar de Calipso era impenetrável.
— Sente-se.

Theana obedeceu.

A rainha levou algum tempo antes de voltar a falar:
— Mais de mil anos atrás esta terra era muito diferente. Não havia nem sombra da confusão de raças que agora a povoam. Só mesmo bosques a perder de vista, nós e os elfos. Não sei dizer se eram tempos melhores. Só sei que não conhecíamos guerras nem desespero. Éramos livres, donas da nossa terra, certas de sempre encontrar uma árvore na qual nos encarnar, e não tínhamos medo. Mas aí apareceu a peste. Não era a mesma doença de agora, mas muito parecida. Nós nem chegamos a reparar nela, porque não ficávamos doentes, assim como agora. Começamos, no entanto, a ver os cadáveres dos elfos, a perceber o seu sofrimento. Não vieram nos procurar. Não se prostraram no chão, não pediram permissão. Mas, em vez disso, invadiram os lugares onde vivíamos, arrancaram-nos das árvores, tiraram o nosso sangue. E o fizeram muitas vezes, periodicamente, até sararem. Dizimaram-nos. E nunca nos pediram perdão.

Theana permaneceu em silêncio. Sentia que não havia lugar para palavras agora.

— Por isso, estamos dispostas a dar-lhe o que deseja. Nas nossas condições e nos nossos prazos. Porque vi em você um coração sincero e percebi a sua dor. Porque esta calamidade é obra dos elfos, e nós conhecemos muito bem a dureza da alma deles. Porque o seu amor foi mais forte que o ódio dos que nos perseguiram.

A maga fitou-a meio perdida, incapaz de falar.

Calipso levantou-se e se aproximou.

– Cuidará para que as promessas que hoje nos fez sejam mantidas?

Ela anuiu com veemência.

– Mesmo que custe a minha vida.

O rosto diáfano da ninfa abriu-se num sorriso maravilhoso.

– Então não receie e esqueça. Não há culpa em você.

Theana segurou a mão da rainha, apertou-a entre as suas e logo sentiu-se mais leve. O nó de angústia que lhe apertava o peito desatou-se em lágrimas.

25
NO FUNDO DA BIBLIOTECA

A convalescência foi bastante rápida. O uso da magia reduziu enormemente a perda de sangue e eliminou quase por completo a possibilidade de infecção. No começo, Adhara achou que não sentia nada. Nem tinha a coragem de olhar para o braço sem a mão. Mas então apareceu a dor, num primeiro momento quase imperceptível, então cada vez mais latejante, obsessiva, insuportável. Forçou-os a uma parada de dois dias, que Adhara passou deitada no chão, em posição fetal, ninando o membro ferido.

Os mantimentos estavam acabando, e não faziam ideia de como iriam percorrer todo o caminho de volta.

A primeira vez que olhou para o coto teve vontade de chorar. Seu braço tinha um aspecto terrível agora. Não havia qualquer resquício de sangue, só a marca de uma larga queimadura. A carne fechava-se sobre si mesma na altura do pulso, e se Adhara tivesse tido a coragem de tocar nela, poderia ter apalpado os ossos do braço. As manchas pretas também haviam desaparecido, criando a ilusão de tudo estar acabado. Agora era uma pessoa sadia, com o corpo funcionando perfeitamente. Mas estava ciente de que o mal continuava incubando nela. Irrefreável, ainda mais pavoroso por ser sub-reptício. E tudo o que podiam fazer para detê-lo era descer mais ainda, até aquele poço de lava, até as entranhas da terra.

– Vamos – disse Adhara, simplesmente, no terceiro dia.

– Você tem certeza? – perguntou Adrass, olhando para ela com expressão séria. – Podemos aguardar mais um pouco, se não estiver se sentindo bem.

– Tenho. E além do mais não pretendo perder mais algum pedaço, precisamos nos apressar – respondeu, com um sorriso forçado.

Saíram da sala e voltaram para a luz alaranjada do corredor. Recomeçaram a descer e, estranhamente, acharam que o corredor se tornara mais íngreme. O ar tornava-se cada vez mais tórrido, os sinais mágicos nas paredes cada vez mais vívidos. Não era preciso recorrer à magia para iluminar o ambiente: tudo estava mergulhado numa claridade avermelhada que tornava irreais todas as coisas. Ambos foram avançando penosamente, encharcados de suor.

No dia seguinte o corredor acabou de repente. Terminava numa pequena ponte de pedra que atravessava o lago de lava a uns trinta metros de altura; e mais, parecia dar diretamente na parede do outro lado, um amplo paredão rochoso completamente liso, a não ser por uma vistosa incisão: MAGIA OCULTA. Adhara e Adrass ficaram estáticos. Tinham chegado.

— E agora? — perguntou Adhara.

Adrass pareceu considerar a situação por alguns segundos.

— Agora precisamos descobrir como entrar.

Deu uns passos para atravessar a ponte, mas ela o deteve segurando-o pelo braço.

— Não estou gostando. É uma passagem obrigatória.

— É verdade, mas é uma passagem obrigatória que leva à nossa meta. Não há outro jeito, se quisermos entrar na ala da biblioteca que nos interessa, só passando por ela.

Adhara não parecia convencida. Aquele lugar estava carregado de tensão, era *perigoso*. Mas Adrass tinha razão. A meta estava diante deles, não podiam recuar logo agora.

Soltou-o e ele avançou. Com todo o cuidado, apoiando os pés com firmeza. A passagem era estreita e Adhara prendeu a respiração durante toda a travessia. Finalmente chegou ao outro lado e acenou com a mão, para dizer que estava tudo certo.

— Então vejamos... — disse, procurando livrar-se da inquietação. Era evidente que queria amenizar a situação, mas suas mãos tremiam.

Apalpou a pedra, procurando estudá-la. Adhara viu-o pegar alguma coisa na sua inexaurível mochila e mexer com umas ervas.

Um ruído.

Uma espécie de abafado gorgolejo, audível acima do surdo borbulhar da lava.

Adhara estremeceu. Sacou rapidamente o punhal, olhou em volta. Nada. Silêncio.

– Rápido, Adrass! – exclamou, apreensiva.

– Fique calma. Há um feitiço de reconhecimento, mas acho que posso forçá-lo sem maiores problemas.

De novo. Desta vez mais perto. Adhara observou o lago ardente. Alguma coisa se mexia ali embaixo, e eles não dispunham praticamente de nada para se defenderem.

Olhou para Adrass, que continuava a mexer com suas ervas, e só conseguiu emitir uma única sílaba.

Com estrondo infernal, um ser abominável emergiu da lava. O corpo alongado gotejava rocha fundida e, nas partes visíveis, parecia feito de anéis de pedra negra, marcados por calcificações e intumescências, ligados por uma espécie de membrana esbranquiçada coberta de muco. O ser ergueu-se acima deles. Era imenso, com uma altura de pelo menos cinquenta braças, a cabeça indistinguível do resto a não ser pela boca, que como uma flor de carne escancarou-se num grito ensurdecedor. Adhara teve de tapar os ouvidos para não enlouquecer.

Duas fileiras de dentes pontudos e um abismo sem fim estavam prontos para engoli-la. Mas, depois de esticar-se em todo o seu poderoso tamanho, aquela espécie de gigantesca minhoca deixou-se cair novamente no lago, levando consigo a ponte de pedra.

Adrass, do outro lado, estava branco como um trapo. Aninharase contra a parede para não cair. Sobrava apenas uma pequena plataforma com menos de meia braça de largura, onde ele tentava manter-se em equilíbrio.

– A espada! – gritou Adhara.

Mas Adrass estava paralisado, inerte.

– Jogue a espada para mim! – berrou ela, com todo o fôlego que tinha nos pulmões. Ele pareceu recobrar-se. Meio sem jeito, tirou a arma da cintura e a jogou para ela. Adhara conseguiu pegá-la no ar. Podia ouvir de novo aquele terrível gorgolejo, prelúdio de mais um ataque. E, desta vez, ela podia sentir, seria tremendo.

– Procure abrir a porta, está me entendendo? Eu vou manter a criatura ocupada! – gritou. Então, instintivamente, levou a esquerda à empunhadura para segurar a arma com ambas as mãos. Mas o braço prosseguiu em seu trajeto.

Maldição!

O verme voltou a surgir do fogo num trovejante remoinho e investiu diretamente contra Adrass.

– Não! – berrou Adhara.

Mas o ataque do monstro não chegou a golpeá-lo. Uma tênue barreira prateada envolveu o homem e ela suspirou aliviada. Então fez a primeira coisa que passou pela sua cabeça. Evocou um encantamento de fogo e rasgou a luz vermelha daquele antro com um clarão azul. O verme pareceu não gostar.

– Estou aqui! – gritou então, desafiando o monstro.

Era uma tarefa, no mínimo, desesperada, mas também a única esperança de salvação.

O ser curvou-se sobre ela, gritando toda a sua fúria. Era um chiado penetrante, agudo e insuportável. Adhara evocou uma leve barreira mágica e começou a golpear aquela pele coriácea para distrair o bicho e mantê-lo a distância. Cada golpe provocava um enxame de faíscas. Era óbvio que nunca conseguiria vencê-lo daquele jeito.

Só há uma solução, disse para si mesma. Pegou impulso, animou-se com um berro e pulou. Enquanto voava acima do lago de fogo, esperou que a fina barreira que evocara fosse suficiente para protegê-la do calor. Chocou-se com a criatura e logo começou a escorregar. Procurou não se deixar vencer pelo pânico, enquanto se aproximava cada vez mais da lava.

Agora!

Fincou a espada. A lâmina abriu caminho com facilidade, onde dois anéis daquele corpo monstruoso se juntavam. A pele era macia e cedeu quase na mesma hora.

A horrenda criatura gritou, pinoteando violentamente.

Adhara apertou as coxas para não perder o equilíbrio, uma vez que a única mão que lhe sobrava segurava a espada. Puxou a arma para fora e golpeou de novo, com toda a força de que dispunha.

– Rápido, rápido! – gritou, esgotada.

Era bem pior do que imaginara. Através da barreira mágica, o calor fazia-se cada vez mais intenso, os solavancos do bicho embrulhavam-lhe o estômago e o seu sangue negro e viscoso tornava difícil manter-se agarrada.

Então um repentino clarão cegou-a. Por um instante tudo ficou branco, e Adhara perdeu a percepção do espaço. Tinha a impressão de flutuar, à volta dela tudo se dissolvera num brilho ofuscante que a desnorteava. Nem mesmo aquele ser monstruoso que se debatia sob a fúria dos seus golpes continuava lá.

– Solte-se, consegui abrir a porta!

Era a voz de Adrass. Quem provocara aquele clarão fora ele. Adhara deu-se conta de que o bicho escorregava cada vez mais rápido para a lava. No momento em que mergulhasse, dela não sobraria nem mesmo a lembrança.

– Pule logo, já!

Estava exausta, não entendia mais nada. Soltou-se, já sem forças. O calor ficou lancinante, e a queda no abismo inexorável. Felizmente para ela, a inconsciência chegou primeiro, salvando-a do terrível espetáculo do fogo que consumia sua carne.

Adrass foi rápido. Sua mão agiu antes que a cabeça. Uma palavra, só uma, e Adhara parou a menos de dez braças do abismo. Se descesse mais um pouco, teria começado a pegar fogo.

Puxou-a para si o mais depressa possível, jogando-a do outro lado da porta, na escuridão que se abrira diante dele quando conseguira forçar a entrada da sala.

O verme desapareceu na lava com um gorgolejo e, de repente, tudo ficou em silêncio. Só a lava que borbulhava, e a respiração ofegante de Adrass, exausto. A magia tinha sido mais complexa do que previra, e a evocação da barreira mágica e do encantamento do voo haviam-no esgotado.

Arrastou-se para junto da jovem, que jazia exânime na pedra. Procurou sacudi-la para reanimá-la, mas ela não respondia.

– Adhara? Vamos, Adhara, já acabou.

A barreira mágica que ela criara para proteger-se do calor começara a ceder nos últimos instantes passados na garupa do verme: a roupa estava chamuscada, a pele, vermelha, e o corpo, manchado do sangue do monstro. Poderia ser tóxico?

Adrass segurou a cabeça da jovem com ambas as mãos e a aproximou do próprio rosto.
– Não ceda agora, Adhara, resista!
Ela abriu os olhos. Logo que pôde ver suas íris, Adrass sentiu-se tomar de incontida felicidade e deu-lhe um abraço apertado.
– Você me deu um susto e tanto! – gralhou, sufocando no pescoço dela um meio soluço. Sob o odor de queimado e suor, a sua criatura, a sua menina, cheirava bem. Sentiu a mão dela que lhe apertava debilmente os flancos e o nó na garganta se desfez.
– Você também – murmurou Adhara.

A sala era enorme. As paredes brilhavam com seus inúmeros símbolos rubros de lava, o chão era uma ininterrupta gravura sem solução de continuidade. Parecia um lugar imaginado para aprisionar uma mente doentia. O teto abobadado, com a altura de pelo menos dez braças, era sustentado pelo que parecia serem ossos de animais gigantescos. Adhara não saberia dizer de que espécie de bichos poderia tratar-se. Eram enormes costelas, fêmures e tíbias extremamente longos e imponentes.
– Faz ideia do que sejam?
Adrass meneou a cabeça.
– Talvez algum monstro marinho ou alguma criatura que vivia na época dos elfos e da qual agora se perdeu a lembrança.
Nas paredes havia uma sequência infinita de estantes, e no centro destacavam-se enormes prateleiras, que eram protegidas por pesadas portas trancadas com toscos cadeados de metal, que brilhavam no ébano negro de que eram feitas. Em cima, armações de ossos desenhavam arabescos misteriosos e perturbadores.
Começaram imediatamente a trabalhar.
Só desenhar um mapa aproximativo da sala e das centenas de placas indicativas nas prateleiras levou mais de duas horas. Aquele lugar guardava todo o conhecimento sobre as fórmulas proibidas, um espantoso repertório do que havia de mais terrível na magia produzida pelos elfos nos anos em que dominaram o Mundo Emerso.

Forçar os fechos não foi um problema, pois os armários já não tinham a solidez de quando haviam sido construídos. Adrass começou a reconhecer muitos daqueles volumes.

– Deste aqui eu tinha um exemplar no meu laboratório. Ora, ora, deste só tinha ouvido falar.

Tocava nos livros com reverência, acariciando-os como faria com uma pessoa amada. Afinal, cogitou Adhara, continuava sendo um homem que praticava a Magia Proibida e se manchara de crimes horrendos. Mas não conseguia olhar para ele com os mesmos olhos de antes. Não depois de tudo que haviam passado juntos.

A fase do entusiasmo, de qualquer maneira, não durou muito tempo. Adrass não demorou a mergulhar na leitura dos tomos. Devia ter uma memória excepcional. Escorria as páginas rapidamente, detendo-se somente nas que lhe interessavam, e tomava notas num pergaminho que mantinha ao seu lado. Depois guardava o livro e pegava outro. No fim, Adhara teve de literalmente arrastá-lo embora.

– É um lugar extraordinário. Há um cabedal de conhecimentos incrível. Nestas poucas horas aprendi mais do que em todos os meus anos de estudos.

– São Livros Proibidos, Adrass...

Ele a fitou quase surpreso, então corou.

– Eu sei... Mas até o mal pode ensinar alguma coisa, você não acha?

Era uma frase que sem dúvida combinava com o relacionamento entre eles. Durante a maior parte da viagem, Adrass fora para ela a personificação de todo o mal. Mas, indiretamente, havia sido justamente ele a dar-lhe uma prova da sua humanidade.

– E de qualquer maneira estou procurando uma coisa específica, você sabe disso, é só nela que me estou concentrando – replicou, sério.

– Obrigada... – resmungou ela, sem jeito.

– Estou lhe devendo.

A resposta a todas as suas perguntas chegou no dia seguinte. Adhara estava avaliando os mantimentos que ainda sobravam. Só dariam para mais dois dias, talvez três ou quatro se racionassem ao máximo a comida. Quanto à água não havia problema, lá embaixo ela certamente não faltava. Quando levantou a cabeça viu Adrass diante dela, um livro na mão, o rosto pálido. Ficou quase com medo.

— Encontrei — disse ele.

Teve uma tontura, seu coração quase parou no seu peito. Estava salva.

— Ao que parece, cometemos um erro na hora de criá-la. Não unimos corpo e espírito.

— Quer dizer? — perguntou Adhara.

— Não é a carne que quer voltar ao túmulo, é a sua alma que, de algum modo, é percebida como algo alheio ao corpo.

Adhara sorriu com amargura.

— Está admitindo que tenho uma alma? Que não sou apenas um objeto, o resultado de uma experiência?

A seriedade com que Adrass olhou para ela, a dor que podia ser lida em seus olhos calaram em sua garganta aquele tom sarcástico.

— Compreendi muita coisa ao ficar aqui embaixo com você. *Vi coisas que antes me recusava a ver.* Quer que me arrependa do que fiz? Estou arrependido, arrependo-me da dor que lhe infligi, arrependo-me da maneira como olhei para você desde que a conheci. Mas o meu ato de vaidade deu-lhe a vida, e disso não me arrependo.

— Continue — murmurou Adhara.

— Existe um ritual para dar um basta nesta coisa toda, mas só é aplicável a quem, como você, é uma Sheireen.

— Por quê?

— Porque será preciso recorrer ao Selo de Shevrar.

Adhara não estava entendendo.

Adrass tentou explicar melhor:

— Trata-se de uma espécie de bênção do deus, que deverá ser invocada sobre você em algum lugar onde a presença dele é particularmente forte. Agora, quando a criei, eu cometi de qualquer forma um sacrilégio, e você é, afinal, o resultado de uma Magia Proibida. Assim sendo, o deus poderia não lhe conceder a sua bênção.

Calou-se, suas mãos tremiam.

— Mas...? — continuou Adhara por ele.

— Mas você é Sheireen, a Consagrada. Você lhe pertence, é uma criatura sua. Por este motivo vai funcionar.

— E se não funcionar?

Ele suspirou, apertando os punhos de forma convulsa.

— Ambos morreremos – respondeu, seco.

Adhara olhou para o coto. Parecia nunca haver muita escolha na sua história.

— Ou isto ou morte certa, não é?

Adrass limitou-se a anuir.

Adhara fitou-o, pensativa.

— Muito bem. Aonde temos de ir?

— Não muito longe – disse ele, sorrindo, com uma estranha luz no olhar.

26
A CONSAGRADA

— Precisamos ir a um templo élfico, um templo dedicado a Shevrar, para sermos precisos – explicou Adrass.
— E você diz que não fica longe daqui?
— Não, fica até bastante longe, mas não teremos que enfrentar um longo caminho e tampouco demorar muito tempo.

Adhara continuava não entendendo, mas ele pareceu até estar gostando da situação. Obviamente, achava graça na brincadeira, no efeito surpresa.

— O templo ao qual me refiro não se encontra fisicamente no Mundo Emerso. É uma espécie de espaço mágico no qual os elfos o confinaram quando abandonaram este lugar.

— Mas os santuários, aqueles onde Nihal encontrou as oito pedras do talismã do poder, eles ficaram no Mundo Emerso.

— Eram considerados lugares menos sagrados, embora guardassem um grande poder. E, se você pensar bem, eles tinham outro tipo de proteção: as pedras só podiam ser tocadas por alguém que tinha sangue élfico.

Isso mesmo, Adhara se lembrava. Nihal só tinha conseguido recuperar as pedras porque era um semielfo.

— O lugar que precisamos encontrar, por sua vez, está escondido. Só pode ser alcançado através de um portal mágico que está por aqui, nesta biblioteca.

— Portal mágico? Existem realmente essas coisas?

Adrass anuiu.

— Trata-se de uma verdadeira porta, que pode levar a lugares muito distantes no espaço ou, então, ocultos, como este templo. É assim que funcionam – disse, acocorando-se melhor em cima dos calcanhares.

Estava visivelmente excitado, parecia gostar do papel de mestre.

— São construídos aos pares, ao mesmo tempo, pois do contrário a magia não funciona nos dois lugares que se querem conectar. Usa-se cristal negro, ao qual é imposto um selo que, em troca, exige a vida do mago.
— A vida?! — exclamou Adhara, incrédula.
Adrass, muito sério, acenou que sim com a cabeça.
— Evoca-se então outro selo, e o portal está pronto.
— E é isso que nós estamos procurando?
Mais uma vez, Adrass anuiu.
Encontrá-lo foi mais difícil do que tinham imaginado. Na sala onde estavam nada induzia a pensar que houvesse uma passagem, um aposento secreto, um alçapão, algo que pudesse esconder um portal. Examinaram as paredes com todo o cuidado, mexeram em todas as estantes. Nada.
Acabaram sentando-se no meio da sala, exaustos.
— Você tem certeza de que está aqui? — perguntou Adhara.
— Está escrito num dos livros que consultei. Quanto a isso não há dúvidas.
Ela apoiou o rosto na mão, cansada e desanimada. Não podia acreditar que teriam de desistir logo agora que estavam tão perto.
O seu olhar começou a vaguear pelas paredes da sala, sem prestar muita atenção. A primeira coisa em que reparou, obviamente, foram os símbolos, mais reluzentes do que nunca. Percebeu que as suas dimensões variavam. Havia alguns levemente maiores que os demais, e foi como receber uma iluminação.
— Adrass... — disse, indicando-os um por um.
Ele ficou de pé, intuindo o que ela queria dizer, e começou a examinar atentamente as runas. De pergaminho na mão, tomou nota daquelas que pareciam diferentes das outras. Demorou algum tempo para realizar a operação, pois a sala era enorme. A certa altura pediu que Adhara o ajudasse.
Encontraram-se no meio do caminho, cada um com a sua lista. Compararam-nas e viram que só havia umas poucas dúzias de runas maiores. Adrass reparou que era como se a sala tivesse sido dividida em vários setores, cada um dos quais compreendia um único símbolo ampliado. Pensou quase de pronto que se tratasse de um código, e teve a confirmação disso ao perceber que as runas compunham

palavras que faziam sentido. Era a linguagem usada pelos elfos para a Magia Oculta, mas os símbolos anotados por Adhara pareciam não significar nada.

– Tem certeza que tomou nota de todos?
– Absoluta.
– E escreveu na mesma ordem com que as letras se apresentavam?
– Claro. Algo errado?

Adrass explicou a situação, e ela olhou à sua volta, confusa. Como era possível que as suas runas não fizessem sentido, se ambos tinham empregado o mesmo método? Começou a percorrer de novo o mesmo caminho e voltou a controlar os símbolos que iluminava as paredes. Ao chegar à quinta letra entendeu. Olhou para trás, pensou na maneira com que Adrass tinha feito as suas anotações e teve a confirmação das suas suspeitas.

– As minhas também têm sentido – disse.
– Examinei-as com todo o cuidado, mas lhe asseguro que *lehemsarvaliarht* não significa nada.

Quem riu, desta vez, foi Adhara.

– Não duvido, mas o que me diz de *thrail avras mehel*? Ao repartirmos em duas a sala, seguimos direções diferentes, razão pela qual eu li tudo ao contrário.

– É verdade, como pude não pensar nisso? É isso! – exclamou Adrass.

Transcreveu a frase inteira no pergaminho, então leu em voz alta:

– *Chega-se à meta com a compreensão...* Não me parece uma frase muito esclarecedora.

Adhara procurou concentrar-se no sentido da tradução que ele acabara de fazer.

– A meta, obviamente, é o portal.
– Sim, claro, mas o que vem a ser a compreensão?

Estavam perdidos, sem pistas.

– Na verdade, acho que já usamos a compreensão; descobrimos o segredo dos símbolos maiores.

Adrass olhou para ela.

– O que quer dizer com isso?

– Que talvez não se trate tanto do sentido da frase, quanto da própria frase em si. Talvez a frase seja a chave que abre o portal.
Ele a fitou, cheio de dúvidas.
– O portal não se abre com a magia, é feito de sólido cristal negro.
– Bom, então poderia ser a chave que permite o acesso ao lugar onde se encontra, algo no gênero... Leia a frase em rúnico – sugeriu Adhara.
Adrass continuava cético, mas tentou mesmo assim.
– *Ersha tras avelya ru wyrto gol anthrail avras mehel* – disse, não muito convencido.
Ouviram imediatamente o ruído de alguma coisa que rodava em cima de dobradiças, ao longe, do outro lado da sala.
– Funciona... – murmurou, incrédulo, Adrass, e ambos correram para a origem do barulho, receando que aquilo que se abrira também pudesse, muito rápido, fechar-se.
Era uma das estantes, que tinha rodado sobre si mesma. No mesmo espaço, uma porção da parede abrira-se como uma porta, revelando um estreito cunículo cavado na pedra.
Adrass curvou-se para examiná-lo.
– Acho que é por aqui – concluiu. E, impaciente como de costume, enfiou-se nele.

Tiveram de andar bastante. Fazia calor e estava úmido. O ar se encontrava extremamente abafado. A passagem se estreitava à medida que avançavam, forçando-os a baixar cada vez mais a cabeça. A escuridão era total. Nada mais de símbolos, nada mais de lava. Foram forçados a recorrer novamente à magia para enxergar alguma coisa. Não que houvesse a possibilidade de se perderem. O corredor seguia rápido para baixo, mudava continuamente de direção, dobrando-se sobre si mesmo, dando curvas, ora mais inclinado, ora quase plano, mas sem desvios, sem bifurcações. Não havia como errar.
A certa altura tiveram de engatinhar. Proceder assim era, para Adhara, particularmente penoso, pois quando se apoiava no coto acabava sempre escorregando.
– Estou vendo uma luz, estamos chegando – disse Adrass, de repente.

Vislumbrava-se ao longe uma claridade difusa que, pouco a pouco, revelou ser uma abertura circular. Logo que a alcançaram, o homem parou de estalo.

– O que houve? – perguntou Adhara.

– Vamos precisar outra vez de um feitiço de voo – respondeu ele. E deu início a uma lenta descida, com Adhara logo atrás.

Parecia uma abóbada esboçada na rocha, e eles estavam a mais ou menos dez braças do chão. No meio erguia-se o portal. Era imenso, um anel de cristal negro de forma elíptica que dominava a sala ocupando quase completamente o seu espaço. Em volta dele havia runas e ornatos de animais que Adhara nunca vira antes. O cristal negro pulsava com reflexos sanguíneos, como que animado de luz interna.

– É por causa do selo – explicou Adrass, quando aterrissaram na frente dele. – Foi imposto com o sangue do mago que deu a vida para ativá-lo. *Todo* o seu sangue.

Adhara estremeceu. Entendeu por que nunca ouvira falar dos portais e por que deixaram de ser construídos.

O espaço elíptico, cercado pelo anel de cristal negro, estava totalmente ocupado por algum tipo de superfície flutuante translúcida, verde. Parecia feita de ondas que se cruzavam, que apareciam e desapareciam continuamente, e onde havia tremores os reflexos se tornavam cambiantes, com todas as cores do arco-íris. Existia alguma coisa linda e terrível naquela construção.

– Será que ainda funciona? – perguntou Adhara.

– Claro. O tempo, aqui, não conta – respondeu Adrass. Em seguida virou-se para ela. – Precisamos da chave.

– Que chave?

– Sangue – declarou ele, secamente. – O seu, para sermos precisos.

Adhara observou o portal.

– O meu sangue de Sheireen, não é?

– Sem ele, o selo não se abrirá e nós estaremos fadados à morte certa. Eram bastante ciumentos de seus segredos os elfos – tentou brincar Adrass.

– Faça o que achar necessário – disse Adhara, e ofereceu o braço.

Ele pegou uma ampola de vidro e um bisturi muito fino. Fez um corte mínimo, e ela quase não sentiu dor. Umas poucas gotas já bastaram, e então Adrass cobriu a ferida com um lenço.

Logo que jogou a ampola contra o portal, a membrana pareceu dissolver-se por alguns instantes, para então aparecer de novo, densa e azul como um véu de água. Quase convidativa.

Adrass segurou a mão dela e a apertou com força.

– Vamos – disse, e os dois simplesmente se jogaram na abertura do portal. Adhara experimentou uma sensação estranha. Fazia frio, como se um lago gelado os recebesse em suas profundezas, mas também calor, como se chamas destruidoras lambessem seus corpos. Durou um só momento, em que tudo foi luz. Então o clarão sumiu, estavam do outro lado. Um lugar sem espaço nem dimensão. Encontravam-se no templo.

O recinto era circular, e o chão ardia em chamas, mas nem ela nem Adrass sentiam calor. As paredes eram de cristal negro, reluzente, decoradas com inúmeras armas: lanças, espadas, flechas, bestas, maças, arcos. Mais espadas, muito numerosas e afiadas, também estavam penduradas no teto, dominando os visitantes, ameaçadoras. O espaço era dividido em dois por uma fileira de colunas que desenhavam uma espécie de corredor ao longo das paredes. Em torno de cada coluna enroscavam-se terríveis lampejos que dardejavam do chão para cima, desaparecendo tão depressa quanto surgiam. Tudo tinha um ar sinistro. O lugar certo para glorificar o deus da guerra, da destruição e da criação, princípio e fim de todas as coisas.

O altar erguia-se no meio da sala, redondo, envolvido por raios e labaredas. Abrigava uma espada em volta da qual se enroscava, não se sabe como, uma trepadeira verde e viçosa, ornada com flores perfumadas e vermelhas como sangue.

– Thenaar... – sussurrou Adrass, ajoelhando-se com devoção. Era a casa do seu deus, ao qual dedicara muitos anos da sua vida.

Adhara podia perceber a força da sua fé, a sua dedicação.

– Não está sentindo, Adhara? É o *nosso* deus! – gritou ele, levantando-se, os olhos reluzentes. – E irá salvá-la, entende? Irá libertá-la da escravidão que a oprime!

Adhara deixou que segurasse sua mão e a levasse para o altar.

– Ajoelhe-se.

— O que vai fazer comigo? — perguntou.

— Irei benzê-la com a espada, passarei pelo seu corpo o suco da flor da flâmia, a planta que está vendo, uma planta sagrada. E estará salva.

Adhara olhou para os raios e as línguas de fogo que envolviam a arma.

— Deve pegá-la?

Adrass anuiu, sorrindo.

— Mas... — De nada adiantavam as palavras.

Ele manteve os olhos fixos nela por um bom tempo, sem parar de sorrir. E Adhara entendeu.

— A magia sempre exige um preço, até um mago medíocre como eu sabe disso. E o que fiz, embora lhe tenha dado a vida, criando a pessoa que agora você é, continua mesmo assim sendo um sacrilégio.

— O que vai ser de você? — perguntou Adhara, já imaginando a resposta.

— Afinal — prosseguiu ele, ignorando a pergunta —, eu usei a Magia Proibida e me afastei do deus. Até uns tempos atrás achava que, para o triunfo do bem, fosse possível fazer qualquer iniquidade e que, aliás, quanto mais longe eu fosse, mais Thenaar iria apreciar a minha fé cega.

— Adrass...

— Porque era isso que os Vigias me haviam dito, e eu acreditava. Mas nestes últimos dias experimentei o afastamento da fé. A minha doença, as minhas inúteis orações, e agora isto. São sinais. Thenaar nunca desejou que eu obedecesse sem consciência, que eu desistisse da minha natureza de homem. E compreendi isso graças a você.

Adhara segurou a mão dele, quase a deter aquela absurda confissão.

— O que será de você? — perguntou de novo, aflita.

— Ninguém pode tocar naquela espada sem que ela sugue a energia de quem a empunha. Só um elfo pode sair ileso. É o que dizem os antigos escritos, e assim foi decidido por quem ocultou este lugar sagrado.

Adhara sacudiu a cabeça.

— Não quero! Estou cansada de sobreviver graças ao sacrifício dos outros! — berrou.

— Vai dar tudo certo — murmurou ele, curvando-se perto dela.
— Deve acabar antes que eu morra, você vai ver.
Mas Adhara sentia que só dizia aquilo para tranquilizá-la.
— São condições que eu não posso aceitar.
— Então morrerá.
— Talvez seja a coisa certa. Talvez eu nunca devesse ter nascido.
Adrass amuou-se na mesma hora.
— Não diga isso. Você é o único fruto sadio desta história toda. Brotou do mal, Adhara, e a única coisa da qual sinto orgulho. Ofereceu o seu sangue para salvar-me, tem muito mais consciência do que eu, e não por ser a Consagrada, mas sim por ser a jovem que demonstrou ser.

Adhara ficou sem palavras. Lágrimas ardentes queimavam as suas faces e se dissolviam no calor das chamas.

— Não posso mudar o seu destino, não posso desfazer o que fiz. Mas sobreviva, Adhara. Quando isso tudo acabar, quando o Mundo Emerso ficar novamente em paz, sobreviva, seja livre. Livre de mim, de Thenaar, de qualquer opressão. Viva livre e feliz.

Em seguida desvencilhou-se do aperto e correu para o altar.
— Adrass!

Adhara deu um pulo na tentativa de detê-lo. Mas ele continuou em frente: com uma das mãos já segurava a empunhadura e com a outra, a flor da salvação.

Raios e labaredas envolveram o templo, fazendo vibrar as paredes da sala. Adrass fincou os pés e, afinal, conseguiu sacar a espada. Seu rosto era agora uma máscara de dor.

— Fique de joelhos — murmurou quase sem voz.
— Não posso... deste jeito não posso...
— Fique de joelhos ou será tudo inútil! — rugiu ele, cambaleando.

Adhara obedeceu. Não havia outra coisa a fazer. Sentiu a lâmina encostar no seu ombro. Para ela era quase fria, para ele devia ser escaldante.

— Pelo aço desta lâmina, eu te consagro a Shevrar.

Soltou a espada, que caiu ao chão tilintando, então levantou a duras penas um braço e espremeu a flor, devagar, quase sem forças. Apertou o queixo, transtornado.

Adhara percebeu as gotas caindo em seus cabelos, escorrendo pelo seu rosto.

– Pelo sangue desta flor, eu te consagro a Shevrar.

Então até aquelas pétalas escorregaram dos seus dedos trêmulos, e ele levantou os braços para o céu.

– Ressurge em Shevrar, como metal forjado a nova vida no fogo! – gritou.

Adhara sentiu-se como que atravessada por uma chama, ardente mas benéfica, que se espalhou por todo o seu corpo com seu irrefreável calor. Sentiu-a dar nova vida aos seus membros, moldar seu corpo numa nova forma e infundir-lhe uma força que nunca experimentara antes. Mas nem mesmo aquele bem-estar tão intenso podia fazer-lhe esquecer o preço a ser pago para dar-lhe aquela nova vida. Só queria que acabasse e que Adrass deixasse de sofrer. Já não importava o que tinha feito e o que houvera entre eles *antes*. Agora só interessava o que descobriram, o que construíram naqueles poucos dias. Ele dera-lhe a vida. Uma vida imperfeita, incompleta e dolorosa, mas mesmo assim vida. Sem ele, ela nunca teria existido. E essa era uma coisa que não podia esquecer.

Tudo acabou num violento clarão, acompanhado de um ruído surdo e pesado. Adhara abriu os olhos e o viu. Adrass estava deitado no chão, sem sentidos.

27

A ESCOLHA DE ADHARA

— Adrass!
Adhara correu perto dele e o virou, deixando-o deitado de costas. Estava extremamente pálido e molhado de suor. As mãos haviam sido massacradas pelo fogo, mas ainda respirava, embora com dificuldade. Precisava de água. Adhara remexeu na mochila, naquela altura quase vazia. Encontrou o cantil e esvaziou-o na sua boca.

— Adrass, não me deixe, não posso sair deste lugar sem você, sozinha nunca conseguiria...

Precisava dele. Principalmente agora que tinha aprendido a vê-lo sem disfarce. Só haviam chegado até ali porque estavam juntos, ajudando-se e amparando-se reciprocamente. Naquelas poucas semanas, ele ensinara-lhe mais coisas do que qualquer outro fizera antes. Não só a tinha criado, como também a moldara como pessoa, ajudando-a a encontrar o próprio caminho, ora opondo-se a ela e às suas convicções, ora confiando nela, reconhecendo-a pelo que era: sua filha.

Adrass abriu lentamente os olhos, e Adhara abraçou-o como se fosse pela última vez.

— Como está se sentindo? – perguntou ele, tossindo.
— Muito bem, mas você... – respondeu ela, soltando-se do abraço.

Adrass sorriu para acalmá-la.
— Está fazendo um calor insuportável.
Adhara nem tinha reparado. Provavelmente devia-se à sua natureza de Sheireen.

— Então acho bom irmos embora – disse, tentando levantá-lo. Tinha alguma dificuldade devido ao coto, mas quanto ao resto sentia-se extraordinariamente bem, como nunca lhe acontecera antes. Seu corpo, afinal, respondia, deixara finalmente de ser um elemento estranho com o qual ainda não se acostumara. Agora era *seu*, de forma completa, verdadeira. O ritual junto daquele altar transformara-a de fato numa Consagrada.

– Está diferente... – disse Adrass, ofegante, enquanto se aproximavam do portal.

– Mérito seu – respondeu Adhara.

Era como se tivesse renascido. Mas nada faria sentido se ele morresse ali. Estava arrastando-o para a entrada quando percebeu que ele opunha resistência.

– Deixe-me aqui. – A sua voz não passava de um sopro.

– Não costumo abandonar os meus amigos e muito menos os inimigos – rebateu ela sem parar.

– Estou falando sério.

Fincava os pés no chão, de forma obstinada.

– Este é o lugar certo para mim. O templo onde finalmente encontrei o meu deus.

– Por isso mesmo não pode desistir logo agora – disse Adhara, puxando-o com força.

Adrass meneou a cabeça.

– Não, o certo é eu ficar aqui, porque, de qualquer forma, o que fiz é imperdoável.

Estavam diante da porta que dava acesso àquele templo suspenso numa dimensão mágica. A membrana era novamente de um verde irisado, como quando haviam entrado. Adhara, com delicadeza, fez com que se sentasse e se plantou diante dele, olhando fixamente em seus olhos.

– Eu lhe perdoei, por tudo. E se eu perdoei, Thenaar certamente fez o mesmo. Agora chega de bobagem, vamos sair daqui e levar ao Mundo Emerso a cura da doença.

Fez um esforço para sorrir, então descobriu o braço e sacou o punhal. Mais uma dívida de sangue a ser paga.

– Não faça isso – murmurou Adrass, esgotado.

Adhara engoliu o amargor das lágrimas. Incidiu a carne com firmeza, como já fizera alguns dias antes, quando tivera de salvar a vida do seu inimigo. O início da mudança, pensando bem. O líquido começou a gotejar na mesma hora. Guardou a arma, então recolheu as gotas na palma da mão. Quando achou que já bastavam, jogou-as contra o portal. O véu tornou-se de um azul reconfortante, e então levantou Adrass. Ainda estava pálido, cada vez mais ofegante.

Preciso tirá-lo daqui. É o ar, este lugar só lhe faz mal, não é próprio para ele, repetia a si mesma. Tinha de acreditar que tudo ficaria bem saindo dali.

Lançaram-se no portal. Desta vez, Adrass gritou. Adhara segurou-o com ainda mais força. Não estava entendendo. Obviamente ele sofria, enquanto ela só percebia uma agradável sensação na pele. Depois de alguns instantes já estavam fora, e diante dos seus olhos apareceu de novo a sala de onde partiram.

Conseguimos! Mas a alegria morreu em sua garganta quase de imediato. A primeira coisa que viu foi a ameaça de uma luz vermelha. O medalhão usado por Amhal era uma das lembranças mais vivas do último encontro dos dois. Reconheceu-o e um calafrio correu pela sua espinha. A surpresa tornou-a incapaz de reagir, e a única coisa que percebeu com clareza foi a espada dele que se levantava no ar, pronta a golpear.

O cheiro de sangue foi terrível, mas pior ainda foi o som da lâmina que, dilacerando a carne, ressoou em seus ouvidos.

Adhara sentiu o corpo de Adrass que se contraía no aperto da sua mão. Percebeu a sua respiração no próprio pescoço, um último estertor que sabia a morte.

O homem levantou por um momento o olhar para ela e sorriu. Um sorriso distante, cansado, perdido.

Escorregou lentamente ao longo do corpo da jovem, afastando-se inexoravelmente do seu abraço. Caiu no chão, uma enorme mancha de sangue em suas costas. A espada de Amhal trespassara-o de lado a lado. Adrass a salvara e ela nem se dera conta de nada. Tudo havia sido rápido demais. Aquele espetáculo horrendo desnorteou-a, deixando-a aturdida. O seu flanco queimava, mas isso não importava, nem mesmo conseguia atribuir um sentido àquela dor.

A ira ofuscava qualquer outra sensação. Sentiu o ódio crescer dentro de si, surdo, como uma irrefreável onda de calor. Amhal sacudia a espada manchada de sangue, o sangue do pai dela. Um rastro de minúsculas pérolas vermelhas desenhou-se no ar, e Adhara compreendeu que do rapaz que amara não sobrava mais coisa alguma.

– Agora é a sua vez – sibilou Amhal, com indiferença.

Fitava-a como se ela não passasse de um empecilho ao longo de um caminho de glória já escrito havia muito tempo. Não representava mais nada para ele. E esta sensação encheu-a de indignação e rancor.

Foi o que lhe deu força, o que escorraçou do seu coração qualquer piedade. Alguma coisa dentro dela quebrou, e daqueles cacos ressurgiu o que para os outros ela sempre fora: uma esperança, uma Sheireen. E de repente tudo ficou claro para ela. O homem que estava lentamente escorregando para o esquecimento, aos seus pés, não morreria em vão. Ela se encarregaria de dar um sentido àquele derradeiro sacrifício.

Pulou de lado, apanhou a espada de Adrass, gritou e ficou de pé, em posição de ataque. Era uma lâmina enferrujada, velha, mas não fazia diferença. A sua fúria bastaria para torná-la mais dura que aço temperado. A sua ira e os seus poderes.

Amhal investiu com um golpe de cima para baixo, que Adhara deixou cair em cima de uma barreira mágica evocada pelo pensamento. Sim, ela estava diferente. O rito de Adrass fizera dela uma pessoa nova. Agora era realmente a Consagrada.

Retribuiu com um amplo golpe circular, então lançou-se contra o inimigo com toda a força, sem poupar-se, com intenção de matar. As lâminas se cruzaram, e naquele choque o corpo de Adhara estremeceu de dor. Era um adversário difícil, e então fechou os olhos e evocou uma fórmula que nem desconfiava conhecer.

Uma luz dourada envolveu imediatamente a sua arma, que pareceu renascer. Sentia-a vibrar, pronta a tomar com ela o cálice da vingança. De repente pareceu ficar mais dura e resistente, e seus golpes tornaram-se na mesma hora mais precisos. Por um momento, Amhal teve de recuar, mas em seguida livrou-se do aperto com um pulo e a espada de dois gumes acertou o portal com um golpe de raspão. Um grande pedaço de cristal negro caiu ao chão e o estrondo ecoou pela sala. Adhara esquivou-se bem em cima da hora, rolando no piso com uma cambalhota. Levantou-se prontamente, evitando um raio branco que cavou um sulco profundo a dois passos dela. Abrigou-se atrás do que sobrava do monolito negro, tentando recuperar o fôlego. Não podia baixar a guarda, se quisesse sair vencedora. Uma fisgada de dor no flanco trouxe-a de volta à realidade.

Olhou para o corte visível através do corpete. A grande espada de Amhal devia ter rasgado sua carne ao trespassar o corpo de Adrass. Não era profundo, mas tornava os seus movimentos mais lentos e complicados. Não importava. Pensaria nisso quando chegasse a hora, disse para si mesma, enquanto se debruçava para fora do esconderijo para avaliar a situação.

Amhal respirava ofegante no meio da sala. Segurava a espada com uma só mão. A outra ainda levantada para evocar o feitiço que pouco antes quase acabara com ela. Sem pensar duas vezes, Adhara deu um pulo adiante, aproveitando aquele momento de fraqueza. Ele não foi bastante rápido para evitar a sua trajetória, e a estocada acertou o alvo. Um berro lancinante ecoou na caverna, ao mesmo tempo que dois dedos voavam para longe. Adhara acertara-o na mão esquerda e o viu contrair-se numa máscara de dor enquanto levava ao peito o membro ferido.

– Agora estamos quase empatados! – gritou ela, feroz.

A sua fúria era irrefreável, a ponto de não deixar o inimigo se recobrar. Golpeou-o repetidamente, de raspão, num braço, numa perna. Insistiu com determinação até encostá-lo na parede. Levantou a espada, pronta para o golpe final. Mas agora foi a vez dele de se proteger atrás de uma barreira, e a estocada de Adhara ricocheteou penosamente fazendo-lhe perder o equilíbrio.

Amhal permaneceu encostado na parede, arfando, enquanto ela recuava alguns passos. Os olhos dele estavam desprovidos de qualquer expressão, e Adhara sentiu-se grata por aquilo, porque naquela altura o rapaz se tornara somente o assassino de Neor e de Adrass. Nada mais que um inimigo a ser abatido.

Por Thenaar, pensou.

Lançou uma fórmula de petrificação. Amhal conseguiu esquivar-se e respondeu com mais um clarão branco, mais fraco que o primeiro. Estava começando a perder as forças, o que não impediu que o portal explodisse numa miríade de fragmentos. Adhara mal conseguiu abrigar-se atrás de uma barreira mágica. Os cacos, pesados e letais, abateram-se no piso com um estrondo ensurdecedor. Depois, só silêncio.

Ficou sob os escombros, para retomar o fôlego, protegida pela barreira que tinha evocado. Estava exausta, mas a sua raiva permanecia intacta. Sentia-se oprimida pelo desespero e pela ânsia de lutar. O coração pulsava feroz em seu peito. Havia alguma coisa arcana no embate que se estava desenvolvendo ali dentro. Percebia claramente que o destino dirigia cada movimento deles, uma sina que compunha um enredo muito maior que eles, para a qual estavam desde sempre fadados, desde o começo dos séculos, dos milênios. Por trás, uma necessidade ancestral e açuladora de fazer justiça. O corpo de Adrass devia ter acabado embaixo dos escombros, perdido para sempre. A sensação de solidão e derrota tornou-se cortante.

Esperou, atenta, o próximo movimento do inimigo. Apertou a espada enquanto sentia fluir de si as últimas energias. A barreira ficou mais tênue, e foi justamente então que um barulho de passos, surdo e metálico, a surpreendeu.

Amhal estava se aproximando e arrastava consigo a sua espada, deixando-a ranger no piso desconexo.

Adhara juntou as forças que lhe sobravam, fechou os olhos e concentrou-se. O Marvash estava perto, muito próximo. Quase em cima dela.

Deixou a barreira explodir e saiu do cúmulo de escombros apontando a arma para cima. Sentiu a carne que se rasgava sob o ombro esquerdo, mas também percebeu a própria lâmina penetrar no flanco do adversário. Empurrou com força, com crueldade. Então ambos desmoronaram ao chão, exaustos, aturdidos. Aquele último choque devia ter provocado algum tipo de reação, pois já não se encontravam na caverna do templo, mas sim numa densa floresta iluminada por um céu estrelado e limpo. O portal estava a poucos passos deles, completamente destruído. Em volta, a calma estranha daquela clareira e um vento gélido que fustigava seus rostos molhados de suor.

Quem se levantou primeiro foi ela, apoiando-se na espada. Seu corpo estava todo dolorido. Avançou cambaleando, quase sem dar-se conta do que estava fazendo. A duras penas Amhal ficou de joelhos, a mão apertando convulsamente a empunhadura da espada. Adhara podia sentir o cheiro do seu sangue, um odor que conhecia muito bem. E se lembrou.

Os treinamentos solitários, as feridas que infligia a si mesmo para punir a fúria que corroía a sua alma desde que viera ao mundo. A sua eterna luta para manter vivo o que de bom havia nele.

Sentiu-se invadir por um sentimento estranho, e reencontrou naquela figura impassível e ofegante o rapaz que perseguira até uns poucos dias antes. O ódio esvaiu-se, enquanto as palavras de Adrass ecoavam em sua cabeça:

Seja livre. Liberte-se de mim, de Thenaar, de qualquer constrição. Viva livre e feliz.

Esta era a herança que ele deixara, o seu último desejo antes do extremo sacrifício. Incitando-a a não desistir de si mesma só para lutar nas guerras dos outros, a não se dobrar a um destino que ele se arrependera de ter-lhe imposto. Para, ao contrário, poder viver as suas convicções, conforme os seus sentimentos. Porque é isso que transforma um ser vivo numa pessoa.

Adhara deixou escorregar a espada entre os dedos e, quando Amhal tentou levantar a sua, deteve-o, achatando-a no chão com o pé, até ele soltá-la.

Caiu de joelhos, sem parar de fitar aquele homem perdido.

– Não quero que seja assim – disse, baixinho. – Não quero odiar.

Aproximou-se, acariciou aquele rosto de traços contraídos e desprovidos de emoção.

– Não sei que fim levou aquela parte de você que eu amava, não sei se algum dia voltarei a encontrá-la. Mas não me sujeitarei a este jogo – sussurrou, suavemente, entre as lágrimas.

– Saia daqui – respondeu ele, com voz trêmula.

– Não farei o que o mundo e os deuses exigem de mim. Seguirei pelo meu caminho, o caminho que o meu coração indica desde que acordei naquela clareira. Porque só assim saberei quem sou *realmente*.

– Saia daqui! – berrou ele de novo, com a voz finalmente carregada de dor.

Adhara apoiou os lábios nos de Amhal, entreabriu-os devagar e deu-lhe um longo beijo. Beijou o assassino, o inimigo, o monstro.

Depois afastou-se, e, por um momento, nos olhos dele apareceu o verdadeiro Amhal, o Amhal que, embora sofrendo, recusava sujeitar-se aos seus piores instintos, o Amhal que preferiria a morte àquilo que estava fazendo agora. A pedra vermelha no seu peito esmoreceu, quase apagando-se por completo.

— Encontrarei uma maneira de parar isso tudo sem matá-lo, eu juro. Mudarei a história do Mundo Emerso.

Então, Adhara afastou-se lentamente, rumo à floresta, deixando ao inimigo a possibilidade de golpeá-la pelas costas.

Amhal levou as mãos aos cabelos, apertou as têmporas, subjugado. Os sentimentos, aqueles malditos sentimentos dos quais conseguira livrar-se, turbilhonavam em sua cabeça levando-a a explodir. E, entre todos, a imagem dela, de Adhara, que não podia odiar, que não podia matar. Viu-a entrar no bosque com passo claudicante.

Então, finalmente, as feridas e o cansaço levaram a melhor. Caiu ao chão, um último olhar ao céu estrelado acima da sua cabeça, frio e cruel. Fechou os olhos, e a inconsciência livrou-o da dor do presente. Pouco a pouco o medalhão no seu peito voltou a brilhar, com sua luz sombria e sinistra.

EPÍLOGO

Kriss estava de pé, o mapa desdobrado diante dele. Um triunfo de pequenas bandeiras vermelhas assinalava o alcance do seu sucesso. A Terra da Água estava quase totalmente sob o seu domínio, e o avanço parecia irrefreável.

Na outra ponta da mesa, San olhava para ele, satisfeito. Estava sentado num assento muito elaborado para a simplicidade da tenda onde o rei estudava os planos de batalha. Na sua mão, a costumeira taça de vinho com mel.

– Deveria controlar a bebida – disse Kriss.

– Brindo à sua vitória – respondeu San, sorrindo. – E, portanto, à minha – acrescentou, tomando mais um longo gole de vinho.

O rei não fez comentários, mantendo os olhos fixos no mapa.

– Não esqueceu o nosso acordo, eu espero.

O elfo levantou o olhar. O rosto do Marvash tornara-se subitamente contraído.

– Onde está Amhal?

– Mandei-o seguir os rastros da Sheireen, antes que ela se torne mais um empecilho a ser vencido. Por enquanto é uma jovenzinha meio perdida, sei que ele poderá acabar com ela sem maiores problemas. Mas você não procure mudar de assunto – insistiu.

Kriss soubera disso desde o começo. San não estava ali por ele e nunca estaria. Por mais que tivesse tentado envolvê-lo, só continuaria lhe obedecendo desde que pudesse alcançar seus propósitos.

Afinal, é um deles, disse para si mesmo, com desdém. Mas, para realizar os seus planos, valia a pena servir-se de armas traiçoeiras e ignóbeis como aquele homem.

– Claro que não esqueci.

– Esperei muito tempo, como você bem sabe, e não poupei esforços para ajudá-lo. Mas nunca esqueci os motivos que me levaram a fazer tudo isso.

Kriss tirou as mãos do mapa e suspirou.

– Sei muito bem que é um mercenário, e para dizer a verdade nem me importo. Você é uma arma, e até agora demonstrou ser um elemento valioso.

– Mas ainda não vi o meu prêmio.

A expressão do rei tornou-se severa.

– Já lhe disse. É uma coisa ao alcance da magia élfica. Você deveria parar de pôr em dúvida a minha palavra.

– Eu sei – disse San, desviando displicentemente o olhar. – Eu sei.

Às vezes parecia uma criança, pensou Kriss. Quando se haviam conhecido, San era um ser completamente perdido. Não se sabe lá por quantos anos vagueara pelas Terras Desconhecidas sem destino, dilacerado pelos seus demônios, em busca de alguma coisa que sozinho, só com suas forças, não era capaz de conseguir. Ele lhe dera uma finalidade, tornara-o a arma invencível que era agora e prometera-lhe o impossível. Era por isso que o homem continuava ao seu lado, por isso que também lhe trouxera o outro Marvash: uma criança como ele, atormentada pelos mesmos dilemas que, aos seus olhos, pareciam tão pueris.

– Terá o que quer quando tudo acabar, no novo mundo que oferecerei ao meu povo. Entenda bem que você será o único ser não élfico a morar nele. Por si só, isso já é um grande prêmio – disse Kriss, insinuando naquelas palavras uma ameaça velada.

– Não estou interessado em sobreviver. Só quero o que me prometeu. Depois disso, posso até morrer.

O rei encarou-o em silêncio.

– Terá, quando tudo acabar – concluiu, com voz firme.

San pareceu relaxar.

– O que vai acontecer muito em breve, olhando para esse mapa.

Kriss não escondeu uma expressão um tanto preocupada.

San reparou na sua insatisfação.

– O que foi? Não lhe parece que tudo está correndo da melhor maneira possível?

O elfo mostrou-se preocupado:

– O exército dos usurpadores está se reorganizando. Até uns poucos meses atrás era um corpo sem cabeça. Você tinha feito um excelente trabalho ao matar o rei e o seu filho, eram a alma da resistência, eram os responsáveis do moral alto da tropa.

San logo compreendeu aonde o elfo queria chegar.

— Está preocupado com a rainha?

Kriss anuiu.

— Não passa de uma velha — replicou, então, num tom desdenhoso. Mas aquela reação repentina era sinal de uma agitação profunda. Bem no fundo, San sabia que Dubhe representava um obstáculo que não podia ser subestimado.

— Precisa ser esmagada — rebateu o soberano. — Os seus homens infligiram-nos perdas consideráveis. Ela é o nosso próximo objetivo — acrescentou, frio.

San limitou-se a anuir com displicência.

— Será derrotada bem antes do que você imagina.

Kriss levantou-se de chofre, dando um soco na mesa.

— Eu não quero simplesmente derrotá-los e tirar a terra deles. Quero aniquilá-los! — gritou. — Esta luta não se parece com nenhuma das guerras que você já viu, ela não é nada, comparada com a batalha que tive de enfrentar na minha pátria para assumir o poder.

As lembranças fizeram-no devanear por alguns instantes. As ruas de Orva, a sua cidade natal, os soldados por toda parte, as muralhas manchadas de sangue. Elfos contra elfos, e então seu pai.

Foi preciso. Foi o preço a ser pago para tirar o meu povo da humilhação e levá-lo de volta ao lugar de onde vinha.

— Este é um extermínio — sibilou, afinal, pronunciando nitidamente as palavras.

Um lampejo de medo passou pelos olhos de San. Não era a primeira vez. Kriss sabia que podia ser terrível e se regozijava com o poder absoluto com que dominava os outros.

— Para levar a bom termo um plano tão grandioso, preciso de milhares de homens, de uma força avassaladora e sem limites.

— Você já tem — respondeu San. — Tem a peste.

— A peste é só o começo — falou Kriss, baixinho. — Acredite, o melhor ainda está por vir.

PERSONAGENS

Adhara: moça criada pela magia da Seita dos Vigias a partir do corpo de uma jovem morta. Recebeu o seu nome de Amhal.

Adrass: o Vigia que criou Adhara.

Amhal: aprendiz de Cavaleiro de Dragão; desde sempre luta contra um obscuro desejo de morte que o persegue. Abdicou a boa parte de si, para dedicar-se completamente ao mal, matando Neor. É um Marvash.

Amina: filha de Fea e Neor, irmã gêmea de Kalth.

Aster: semielfo que cem anos antes tentou conquistar todo o Mundo Emerso. Foi um Marvash.

Baol: ordenança de Dubhe na guerra.

Calipso: rainha das ninfas.

Caridosos: os sobreviventes que se encarregam de cuidar dos doentes da peste.

Chandra: sexta, em élfico.

Cidade Nova: nome com que Makrat foi rebatizada.

Conselho dos Sábios: organismo que se autoproclamou guia de Makrat.

Dakara: fundador da Seita dos Vigias.

Dália: assistente de Theana no templo.

Dohor: pai de Learco, cruel rei da Terra do Sol que tentou conquistar todo o Mundo Emerso.

Dowan: chefe da resistência em Makrat.

Dubhe: rainha da Terra do Sol; já foi uma ladra extremamente habilidosa.

Elfos: antigos habitantes do Mundo Emerso. Abandonaram-no quando as outras raças começaram a povoá-lo, retirando-se para as Terras Desconhecidas.

Elyna: nome da jovem de cujo cadáver foi criada Adhara.

Erak Maar: nome élfico do Mundo Emerso.

Fea: viúva de Neor, mãe de Amina e Kalth.

Guardiões da Sabedoria: braço armado do Conselho dos Sábios.

Guilda dos Assassinos: seita secreta que perverteu o culto de Thenaar.

Ido: gnomo, Cavaleiro de Dragão, matou Dohor, acabando com o seu sonho de conquista.

Irmãos do Raio: os sacerdotes do culto de Thenaar.

Jamila: dragão de Amhal.

Kalima: vilarejo no sul da Terra da Água, sede de um acampamento de retirantes.

Kalth: filho de Fea e Neor, irmão gêmeo de Amina.

Karin: noivo de Elyna.

Kriss: rei dos elfos, lidera o seu povo na reconquista do Mundo Emerso.

Laodameia: capital da Terra da Água.

Learco: soberano da Terra do Sol, artífice dos cinquenta anos de paz que o Mundo Emerso viveu. Foi morto pela peste que San espalhou no Palácio Real.

Lonerin: mago, marido de Theana, morto de doença vários anos antes.

Makrat: capital da Terra do Sol.

Marvash: Destruidor, em língua élfica.

Milo: Irmão do Raio.

Mira: Cavaleiro de Dragão, mestre de Amhal. Foi morto por San.

Mundo Submerso: território sob o oceano, construído por fugitivos do Mundo Emerso.

Neor: único filho de Dubhe e Learco, paraplégico. Foi morto por Amhal.

Nihal: semielfo, heroína que salvou o Mundo Emerso do Tirano, cem anos antes. Foi uma das Sheireen.

Ninfas: criaturas feitas de água, vivem na Terra da Água. São imunes à doença.

Nova Enawar: única cidade da Grande Terra, sede do Conselho do Mundo Emerso e do Exército Unitário.

Peste: doença mortal, muito contagiosa, que pouco a pouco se espalha por todo o Mundo Emerso.

Saar: grande rio que marca a fronteira entre o Mundo Emerso e as Terras Desconhecidas.

Salazar: cidade-torre, capital da Terra do Vento.

San: neto de Nihal e Senar; depois de uma longa ausência, volta ao Mundo Emerso. É o segundo Marvash.

Senar: mago poderoso, marido de Nihal.

Sheireen: Consagrada, em língua élfica.

Shevrar: nome élfico de Thenaar.

Terras Desconhecidas: territórios além do Saar.

Theana: maga e sacerdotisa, Ministro Oficiante dos Irmãos do Raio.

Thenaar: deus da guerra, da destruição e da criação.

Tirano: nome pelo qual era conhecido Aster.

Uro: gnomo que acredita ter encontrado a cura para a peste.

Vigias: seita secreta, dissidente dos Irmãos do Raio.

Viverna: animal parecido com um dragão, mas desprovido de patas anteriores, cavalgadura predileta dos guerreiros élficos.

Impressão e Acabamento:
GRÁFICA STAMPPA LTDA.
Rua João Santana, 44 - Ramos - RJ